달콤 쌉싸름한 초콜릿

Como agua para chocolate

세계문학전집 108

달콤 쌉싸름한 초콜릿

Como agua para chocolate

라우라 에스키벨

권미선 옮김

민음사

식탁과 침대로의
단 한 번의 초대

차례

1월
크리스마스 파이

재료

정어리 통조림 1개

초리소 1/2개

양파 1개

오레가노

세라노 칠레고추 통조림 1개

페이스트리 반죽 10개

만드는 방법

양파는 아주 곱게 다진다. 양파를 다지면서 눈물을 흘리고 싶지 않다면 자그마한 양파 조각을 머리 위에 얹는다. 양파를 다질 때 눈물이 나오면 우는 것 자체가 아니라, 그게 그러니까, 한번 눈물이 나왔다 하면 양파를 다지는 내내 울음을 멈출 수 없다는 게 영 안 좋다. 여러분도 그런지는 모르겠지만 나는 정말 만날 그랬다. 수도 없이 울었다. 엄마는 내가 양파에 민감한 건 티타 이모할머니를 닮아서라고 했다.

사람들이 말하길 티타는 증조외할머니 배 속에 있을 때부터 양파를 다질 때마다 울고 또 울어서 그렇게 양파에 민감한 거라고 했다. 티타가 어찌나 요란하게 울어 댔던지 반 귀머거리였던 우리 집 요리사 나차도 그 울음소리를 들었을 정도였다. 그러던 어느 날 티타는 하도 울어서 달도 채우지 못한 채 일찌감치 세상 밖으로 나왔다. 증조외할머니가 끙 소리 한 번 제대로 내기도 전에 서둘러 세상 밖으로 나왔던 것이다. 그것도 백리향 냄새와 월계수 잎사귀 향, 고수 향, 끓는 우유 향, 마늘 향과 함께 파스타를 넣은 수프 냄새가 진동을 하는 가운데 부엌 식탁 위로 나왔다. 물론 양파 향도 빠지지 않았다. 여러분도 예상했겠지만 아기를 거꾸로 들어 올려 엉덩이를 때릴 필요도 없었다. 어쩌면 티타는 자기가 결혼할 수 없는 운명이라는 걸 알았기 때문에 미리부터 그렇게 울면서 태어났는지도 모르겠다. 나차는 티타가 부엌 식탁과 바닥을 흥건하게 적신 엄청난 눈물 급류에 떠밀려 세상 밖으로 나왔다고 했다.

그날 오후, 놀라움도 어느 정도 진정되고 햇볕 덕분에 물기도 대충 말랐을 때 나차는 붉은 부엌 돌바닥 위에 흩어져 있던 눈물의 흔적을 쓸어 담았다. 그때 주워 담은 소금이 오 킬로그램짜리 자루 하나를 가득 채웠다. 그 소금은 요리하는 데 한참 동안 요긴하게 사용했다. 이런 예사롭지 않은 출생 때문에 티타는 부엌에 크나큰 애착을 느끼게 되었고 살면서 대부분의 시간을 부엌에서 보냈다. 사실 태어나면서부터 거의 부엌에서 살다시피 했다. 티타가 태어난 지 이틀째 되었을 때 티타의 아버지가, 그러니까 나의 증조외할아버지가 심장마비로 돌아가셨다. 그때 증조외할머니인 마마 엘레나는 그 충격으로 젖이 말라 버렸다. 그 시절에는 분유나 그 비슷한 것도 없었고, 급히 유모를 구할 수도 없었기 때문에 티타의 배고픔을 달랠 길이 없어서 애를 많이 먹었다. 음식과 관련된 거라면 훤히 꿰뚫고 있을뿐더러 요즘은 사용되지 않는 다른 많은 것들도 훤히 꿰뚫고 있었던 나차가 티타를 책임지고 먹이겠다며 자청하고 나섰다. 나차는 결혼도 하지 않았고 자식도 없었지만, 그래도 자기가 '아무 죄 없는 어린것의 배를 채워 주는 데'는 제격이라고 생각했다. 나차는 글은 읽을 줄도, 쓸 줄도 몰랐다. 하지만 음식에 대해서는 어느 누구보다도 해박한 지식을 갖고 있었다. 마마 엘레나는 나차의 제안을 기꺼이 받아들였다. 그녀는 남편을 잃은 슬픔과 농장을 제대로 운영해야 한다는 강박 관념 때문에 큰 부담을 느끼고 있었다. 게다가 자식들을 제대로 먹이고 교육도 시켜야 했고, 그것도 모자라 갓난아이까지 있어서 어쩔 수 없었다.

그래서 그날부터 티타는 아예 부엌으로 옮겨 와, 아톨레[1]와 차를 마시며 아주 건강하고 씩씩하게 자랐다. 그러니 티타가 음식에 특별히 뛰어난 감각을 지니게 된 것도 당연한 일이었다. 예를 들어 티타가 밥 먹는 시간은 부엌의 일상에 따라 움직였다. 아침나절에 콩 삶는 냄새가 나거나, 정오에 닭 잡을 물이 준비되었거나, 오후에 저녁 식사를 위한 빵이 오븐에서 구워질 때면 티타는 이제 슬슬 자기가 밥 먹을 시간이 되었다는 것을 알았다.

티타는 나차가 양파를 다질 때 때때로 아무 이유 없이 그냥 울었다. 하지만 두 사람 모두 이 눈물의 의미를 알았기 때문에 심각하게 생각하지는 않았다. 심지어 둘이 함께 울면서 재미있어하기까지 했다. 티타는 어렸을 때 기뻐서 흘리는 눈

---

1) 옥수수 가루와 계피, 바닐라 씨를 넣고 걸쭉하게 끓인 음료.

물과 슬퍼서 흘리는 눈물을 제대로 구별하지 못했다. 티타에게는 웃음도 울음의 또 다른 표현이었다.

티타는 삶의 즐거움과 먹는 즐거움을 혼동했다. 부엌을 통해 삶을 알게 된 사람에게 바깥세상을 이해하는 일은 쉽지 않았다. 하지만 부엌문에서부터 집 안쪽까지 연결된 거대한 세상은 티타의 손안에 있었다. 부엌 뒷문이나 안뜰, 밭, 과수원 같은 세상은 완벽하게 티타의 것이었다. 언니들과는 정반대였다. 언니들에게 부엌은 미지의 위험으로 가득 찬 두려운 세상이었다. 언니들은 부엌에서 노는 건 어리석고 위험천만한 일이라고 생각했다. 어느 날 티타는 뜨겁게 달궈진 질냄비 위로 현란하게 춤을 추며 떨어지는 물방울이 얼마나 놀라운 장관을 연출하는지를 언니들에게 보여 주기로 했다.

티타가 노래 부르면서 젖은 손을 장단에 맞춰 흔들며 질냄비 위로 물방울을 튀겨서 '춤추게' 하는 동안, 로사우라는 자기가 보고 있는 광경에 괜히 움츠러들어서 한쪽 구석에 가만히 앉아 있었다. 그렇지만 헤르트루디스는 리듬이나 춤, 음악과 관련된 거라면 뭐든지 좋아했기 때문에 그 놀이가 아주 재미있다고 생각했고 신이 나서 함께 놀았다. 그래서 로사우라도 어쩔 수 없이 함께 놀 수밖에 없었다. 하지만 손도 거의 물에 적시지 않은 데다 겁을 먹어서 잔뜩 움츠러들어 있었기 때문에 별 재미는 느끼지 못했다. 그래서 티타는 로사우라의 양손이 질냄비에 가까이 다가갈 수 있도록 도와주려고 했다. 하지만 로사우라가 싫다고 버티는 바람에 둘이 계속 실랑이를 벌이다가 결국에는 티타가 화가 나서 로사우라의 손을 놓고 말았다. 그러자 로사우라의 양손은 뜨겁게 달궈진 질냄비 위로 맥없이 떨어졌다. 티타는 질리도록 매를 맞았고, 그것도 모자라 그녀의 세상인 부엌에서 다시는 언니들하고 놀지 못하는 벌을 받았다. 그때부터는 나차가 티타의 소꿉친구가 되었다. 두 사람은 항상 음식과 관련된 놀이나 게임을 개발했다. 한번은 마을 광장에서 긴 풍선을 꼬아 동물 모양을 만드는 아저씨를 본 적이 있었다. 그때 티타와 나차는 초리소[2)]를 가지고 똑같이 해 보았다. 두 사람은 평범한 동물 모양만 만든 것이 아니었다. 예를 들어 백조의 목에 개 다리나 말 꼬리를 붙인 이상한 동물 모양도 만들어 냈다.

문제는 초리소를 튀기기 위해 그 매듭을 풀어야 할 때였다. 거의 매번 티타가 안 된다며 고집을 피웠기 때문이다. 티타는 크리스마스파이를 만들 때만 유일하게 좋다고 허락했다. 티타는 크리스마스파이를 아주 좋아했다. 그때는 동물 모양의 매듭을 푸는 걸 허락하기만 한 게 아니었다. 초리소가 튀겨지는 모습을 옆에서 즐겁게 바라보기까지 했다.

파이에 넣을 초리소를 튀길 때는 아주 약한 불에서 튀기되 은근히 잘 익으면서도 타지 않도록 주의해야 한다. 초리소가 준비되면 불을 끄고, 미리 가시를 발라둔 정어리를 붓는다. 물론 정어리의 까만 껍질은 칼로 잘 벗겨 내야 한다. 정어리와 함께 양파, 다진 칠레고추, 오레가노 가루를 섞는다. 파이 속을 채우기 전에 이렇게 미리 준비한 것을 잠깐 재워 둔다.

---

2) 매콤한 맛이 나는 스페인식 소시지.

티타는 이 과정을 매우 좋아했다. 파이 소가 양념에 재워지는 동안 거기서 흘러나오는 냄새를 맡는 것은 정말 흐뭇했다. 냄새는 기억 속의 소리와 향을 전하며 과거의 어떤 시간을 떠오르게 하는 특성을 지녔다. 티타는 냄새를 흠뻑 들이마시며 그 각별한 냄새나 향과 함께 자신의 추억 속으로 여행을 떠나는 걸 좋아했다.

티타는 맨 처음 이 파이의 냄새를 맡은 게 언제였을까 기억을 더듬어 보았지만 아무 소득도 얻지 못했다. 어쩌면 태어나기 전이었을지도 몰랐다. 어쩌면 정어리와 초리소의 묘한 조화가 티타로 하여금 하늘의 평화를 저버리고 마마 엘레나의 배 속으로 들어가게 했는지도 모른다. 마마 엘레나의 딸이 될 수 있도록, 초리소로 아주 특별한 요리를 만드는 데 라 가르사 가문의 일원이 될 수 있도록 말이다.

마마 엘레나의 농장에서 초리소를 만드는 일은 굉장한 의식이었다. 하루 전날 마늘 껍질을 까고, 칠레고추를 깨끗이 씻고, 양념을 빻았다. 집안 여자들 모두가 거들어야 했다. 마마 엘레나와 딸들인 헤르트루디스, 로사우라, 티타, 요리사 나차, 하녀 첸차까지 모두 말이다. 오후 나절에 식탁에 둘러앉아 수다 떨고 농담하다 보면 시간이 훌쩍 지나갔다. 날이 어둑어둑해지면 마마 엘레나가 말했다.

"오늘은 이만 됐다."

한마디만 해도 모두 알아들었다. 이 말이 떨어지기 무섭게 모두 어떤 일을 해야 하는지 잘 알고 있었다. 먼저 식탁을 정리하고 나서 일을 분담했다. 한 사람은 암탉들을 우리에 집어

넣고, 다른 한 사람은 우물에서 물을 길어 와 아침에 쓸 수 있도록 준비하고, 또 한 사람은 부뚜막에 불을 지필 장작을 책임졌다. 그날은 다리미질도 하지 않고, 수도 놓지 않고, 바느질도 하지 않았다. 그러고 나서 모두 각자 자기 방으로 돌아가 책을 보다가 기도를 드리고 잠을 잤다. 그러던 어느 날 오후, 마마 엘레나가 식탁에서 일어나도 좋다는 말을 내뱉기도 전에 티타가 떨리는 목소리로, 페드로 무스키스가 어머니에게 할 말이 있어 올 거라며 얘기를 꺼냈다. 그때 티타의 나이 열다섯이었다.

"그런데 그 청년이 나에게 무슨 얘기를 하러 온다는 거냐?"

마마 엘레나는 티타의 영혼까지 얼어붙을 정도로 기나긴 침묵을 지킨 후 입을 열었다.

티타가 거의 들릴락 말락 하게 대답했다.

"저도 잘 모르겠어요."

마마 엘레나는 티타를 무섭게 한 번 째려본 후 말을 이었다. 티타는 가족 모두를 무겁게 짓누르던 그 따가운 눈총 아래 기나긴 억압의 세월을 보내야 했다.

"너에게 청혼을 하러 오는 거라면 아예 그만두라고 해라. 그 청년이나 나나 괜한 시간만 낭비하는 거니까. 네가 막내딸이라 내가 죽는 날까지 나를 돌봐야 한다는 건 너도 잘 알잖니?"

마마 엘레나는 그 말을 마친 후 천천히 일어나 안경을 벗어 앞치마에 집어넣었다. 그러고는 여느 때처럼 마지막 절차를 공표했다.

"오늘은 이만 됐다."

티타는 이 집안의 의사소통 방식에는 대화가 포함되어 있지 않다는 걸 잘 알고 있었다. 그래도 난생처음 어머니가 내린 명령에 항의해 보려고 했다.

"하지만 내 생각에는……."

"네 생각은 필요 없다. 더는 듣고 싶지 않아. 몇 세대를 내려오면서도 우리 가문에서 이 관습에 토를 단 사람은 아무도 없었다. 그런데 이제 와서 내 딸이 토를 달 수는 없는 일이야."

티타는 고개를 떨구었다. 식탁 위로 하염없이 떨어지는 눈물처럼 그녀의 운명 역시 처량하기 그지없었다. 그때부터 티타와 식탁은 미래를 예측할 수 없는 운명의 방향을 조금도 바꿀 수 없다는 것을 깨달았다. 그 때문에 식탁은 티타가 태어나면서부터 흘린 슬픈 눈물을 받아 내며 그녀와 운명을 함께해야 했으며, 티타는 이 어처구니없는 결정을 속수무책으로 받아들여야만 했다.

아무리 그래도 티타는 그냥 굴복할 수 없었다. 수많은 질문과 불만으로 머릿속이 복잡했다. 누가 그런 가족 전통이라는 걸 만들어 냈는지 알아낸다면 소원이 없을 것 같았다. 어머니의 노년을 보장하는 완벽한 계획이랍시고 그 전통을 만들어 놓은 순진한 사람에게, 그 전통에도 자그마한 허점이 있다는 걸 알려 줄 수만 있다면 속이 다 후련할 것 같았다. 만일 티타가 결혼을 할 수 없고, 그래서 자식도 낳을 수 없다면 티타가 늙은 뒤에는 누가 그녀를 돌본단 말인가? 그런 경우에는 무슨 해결책이 있나? 어머니를 돌봐야 하는 딸인 경우, 부모가 죽은 다음에는 아예 오래 살기를 바라지 말아야 하는 건가? 결혼을 했어도 아이를 낳지 못한 여자는 어떻게 되지? 그때는 누가 그들을 돌보나? 티타는 게다가 장녀가 아니라 막내딸이 어머니를 돌보는 데 가장 적합하다는 결론을 내린 근거가 무엇인지 알고 싶었다. 그로 인해 희생되는 딸들의 의견은 들어보기라도 한 건가? 그리고 결혼할 수 없다면 적어도 사랑이 뭔지는 알게 내버려 둬야 하는 것 아닌가? 아니면 그것마저도 용납되지 않는 건가?

티타는 이 모든 의문들이 해답 없는 질문으로 남을 수밖에 없다는 것도 잘 알았다. 데 라 가르사 집안에서는 복종 이외에 그 어느 것도 용납되지 않았다. 마마 엘레나는 티타를 완전히 무시한 채 화를 벌컥 내며 부엌에서 나간 뒤 일주일 내내 티타에게 말 한마디 하지 않았다.

그러다 딸들이 바느질한 옷을 검사할 때 다시 마마 엘레나의 말문이 트였다. 티타가 바느질한 옷이 가장 완벽했지만 마마 엘레나는 시침질을 하지 않았다는 걸 알아냈다.

"축하한다. 네 바느질 솜씨는 흠잡을 데가 없구나. 하지만 시침질을 하지 않았구나. 그렇지?"

마마 엘레나가 티타에게 물었다.

"네, 그래요."

티타는 어머니가 자신에게 말을 걸자 깜짝 놀라 대답했다.

"그렇다면 바느질한 것을 뜯어라. 시침질을 한 뒤에 다시 바느질해서 검사받도록 해. 게으르고 무슨 일이든 대충 하는 사람은 한 번에 할 수 있는 일을 두 번에 한다는 점 명심해라."

"하지만 그건 잘못되었을 경우에나 그렇지요. 방금 어머니가 내 옷이 제일……."

"또 반항하려는 거냐? 규칙을 어겨 바느질하고 나한테 대든 걸로 충분하다."

"잘못했어요, 어머니. 다시는 안 그럴게요."

티타는 그 말로 마마 엘레나의 화를 누그러뜨릴 수 있었다. 티타는 신경 써서 적절한 때에 공손하게 '어머니'라는 호칭을 사용했다. 마마 엘레나는 '엄마'라는 호칭을 무례하다고 생각했다. 그래서 딸들이 어렸을 때부터 '어머니'라는 호칭을 사용하도록 교육시켰다. 티타는 말을 안 듣거나 공손한 호칭을 사용하지 않아서 딸들 중에서는 유일하게 무수히 뺨을 얻어맞았다. 하지만 지금은 시기적절하게 제대로 그 호칭을 붙였다! 마마 엘레나는 그제야 막내딸의 성격을 고분고분하게 만들었다는 생각으로 위안을 얻었다. 하지만 불행히도 그런 기대는 오래가지 못했다. 그 이튿날 페드로 무스키스가 자기 아버지와 함께 티타에게 청혼하러 왔기 때문이다. 그들의 뜻하지 않은 방문으로 집안에는 일대 회오리바람이 불었다. 며칠 전 티타는 나차의 남동생을 통해 청혼을 포기하라는 편지를 페드로에게 보냈다. 나차의 남동생은 분명히 페드로에게 편지를 전해 주었다며 맹세까지 했지만 여하튼 그들 부자는 티타의 집에 나타났다. 마마 엘레나는 그들을 거실에서 맞았다. 마마 엘레나는 페드로 부자를 아주 상냥하게 대하며 티타가 왜 결혼할 수 없는지 그 이유를 설명했다.

"페드로를 결혼시키는 데 의의를 두신다면 제 딸 로사우라는 어떠십니까? 티타보다 두 살 위예요. 그 아이는 언제든지 결혼시킬 수 있습니다…….”

첸차는 파스쿠알 씨와 그 아들에게 대접할 커피와 쿠키를 들고 거실에 갔다가 그 말을 듣고는 마마 엘레나의 머리 위로 커피와 쿠키를 그냥 쏟아부을 뻔했다. 첸차는 거듭 사과하고는 서둘러 부엌으로 돌아왔다. 그곳에는 거실에서 무슨 얘기가 오가는지 자세히 알고 싶어 하는 티타와 로사우라, 헤르트루디스가 첸차를 기다리고 있었다. 첸차가 정신없이 부엌으로 들어오자, 그들은 첸차의 말을 한마디도 놓치지 않기 위해 하던 일까지 즉각 멈추었다.

그들은 크리스마스파이를 준비하기 위해 부엌에 모여 있었다. 요리 이름에서 알 수 있듯이 이 파이는 원래 크리스마스 때 만드는 요리다. 하지만 지금은 티타의 생일을 축하하기 위해 만들고 있었다. 티타는 9월 30일이면 열여섯 살이 되었다. 그래서 티타가 제일 좋아하는 음식을 준비하고 있었던 것이다.

“세상에 어떻게 그럴 수가 있어요? 주인마님은 무슨 엔칠라다[3] 얘기하듯 결혼 준비가 되어 있다고 말하는 거 있죠? 그러면 안 되지, 안 되고말고. 그거랑 그거랑은 완전히 다르지요. 타코[4]랑 엔칠라다랑은 엄연히 다르지, 암.”

첸차는 자신이 목격한 장면을 자기 방식대로 비유하면서

---

3) 칠리소스를 바른 토르티야에 소를 넣고 둥글게 말아 구운 요리.

4) 고기, 야채, 치즈, 소스 등을 토르티야에 얹어서 먹는 요리.

온갖 호들갑을 다 떨었다. 티타는 첸차가 얼마나 과장이 심하고 갖다 붙이기를 좋아하는지 잘 알았기 때문에 괜히 속상해하지 않으려고 애썼다. 티타는 방금 전해 들은 이야기를 믿지 않으려고 했다. 그녀는 침착해지려고 노력하면서 언니들과 나차가 파이 속을 채울 수 있도록 페이스트리 반죽을 나누었다.

페이스트리 반죽은 집에서 오븐에 직접 구운 게 제일 맛있다. 하지만 그게 여의치 못할 경우에는 제과점에 작은 페이스트리 반죽 덩어리를 부탁해 구입하는 게 좋다. 큰 반죽 덩어리는 이 요리법에 적합하지 않다. 파이 속을 채운 후 십 분간 오븐에 집어넣었다가 따뜻할 때 먹으면 된다. 페이스트리 반죽에 초리소 기름 맛이 배도록 파이를 천에 싸서 밤새도록 밤이슬을 맞히면 더욱더 제 맛이 난다.

티타가 다음 날 먹을 파이들을 천에 싸고 있는데 마마 엘레나가 부엌으로 들어왔다. 페드로의 청혼을 받아들였지만 신부는 로사우라라는 얘기를 전하러 왔던 것이다.

그 얘기가 사실로 확인된 순간 티타는 순식간에 한겨울이 몸 안으로 밀려들어 오는 기분이었다. 너무나도 싸늘하고 매서운 추위라 양 볼까지 그녀 앞에 놓여 있던 새빨간 사과처럼 꽁꽁 얼어붙어 시뻘게졌다. 온몸을 꽁꽁 얼어붙게 한 이 추위는 오랫동안 티타 곁을 떠나지 않았다. 그 무엇도 추위를 누그러뜨리지 못했다. 나차가 농장 입구까지 파스쿠알 무스키스와 그의 아들을 배웅하러 나가면서 들은 얘기를 티타에게 전해 주었는데도 추위는 누그러지지 않았다. 나차는 부자 앞에서 걸어가고 있었다. 파스쿠알 씨와 페드로는 화를 삭이며 나지막한 목소리로 얘기하면서 천천히 걸어가고 있었다.

"왜 그랬니, 페드로? 로사우라와의 결혼을 받아들여서 일이 더 난처하게 되었다. 네가 티타한테 맹세했던 사랑은 어디로 간 거냐? 그 맹세를 지키지 않을 셈이야?"

"물론 지킬 겁니다. 하지만 사랑하는 여자와는 절대 결혼할 수 없고, 그녀 가까이에 있을 수 있는 유일한 방법이 그녀의 언니와 결혼하는 길밖에 없다면 아버지 역시 저와 똑같은 결정을 내리지 않았을까요?"

농장 개 풀케가 토끼를 고양이로 착각하고 큰 소리로 짖어대며 쫓아갔기 때문에 나차는 아버지가 뭐라고 대답하는지는 듣지 못했다.

"그러면 사랑 없는 결혼을 하겠다는 거냐?"

"아니에요, 아버지. 나는 티타를 향한 크고 영원한 사랑으로 결혼하는 겁니다."

발밑에서 바스락거리는 낙엽 소리 때문에 그들의 목소리는 점점 알아듣기 힘들어졌다. 그즈음 거의 귀머거리가 다 된 나차가 그들의 얘기를 들었다는 게 오히려 더 이상했다. 그래도 티타는 나차에게 그 얘기를 전해 줘서 고맙다고 인사했다. 하지만 그렇다고 해서 티타가 페드로를 대하는 차갑고 예의 바른 태도가 바뀐 것은 아니었다. 귀머거리가 듣지는 못해도 이해는 할 수 있다고들 한다. 어쩌면 나차는 사람들이 모두 입 다물고 얘기하지 않은 걸 들은 건지도 몰랐다. 그날 밤 티타는 잠을 이룰 수가 없었다. 자신의 감정을 설명할 수가 없었다. 아직 그 시절에는 우주에 블랙홀이 있다는 사실이 알려지지 않았던 게 안타까울 뿐이다. 그걸 알았다면 가슴 한가운데 있는 블랙홀 때문에 추위가 끝없이 밀려들어 와서 그토록 가슴이 시리디시렸던 것임을 쉽게 알 수 있었을 텐데.

티타는 두 눈을 감을 때마다 일 년 전 크리스마스 날 저녁의 광경이 생생하게 떠올라 가슴이 더 아프게 시려 왔다. 그날 밤 페드로와 그의 가족은 저녁 식사 초대를 받아 처음으로 티타네 집에 왔다. 많은 시간이 흘렀지만 티타는 모두 생생하게 기억했다. 웅성거리는 소리, 음식 냄새, 새로 왁스를 칠한 마룻바닥 위를 사각거리며 스치던 자신의 새 드레스, 어깨 위로 느껴지던 페드로의 눈빛…… 그 눈빛! 살갗을 파고드는 듯한 뜨겁고 강렬한 시선이 느껴졌을 때 티타는 달걀노른자로 만든 젤리를 쟁반에 담아 식탁으로 향하던 중이었다. 고개를 돌리자 페드로와 눈길이 마주쳤다. 그 순간 티타는 팔팔 끓는 기름에 도넛 반죽을 집어넣었을 때의 느낌이 이런 거겠구나 하고 생각했다. 얼굴과 배, 심장, 젖가슴, 온몸이 도넛처럼 기포가 몽글몽글 맺힐 듯이 후끈 달아올랐다. 티타는 그 느낌이 너무 생생해서 페드로의 눈길을 더 이상 견딜 수 없었다. 그래서 시선을 내리깐 채 거실을 황급히 지나 건너편 쪽으로 향했다. 그곳에서는 헤르트루디스가 피아노의 페달을 밟으며 「젊음의 눈동자」라는 왈츠곡을 연주하고 있었다. 티타는 방 한가운데에 있는 테이블에 쟁반을 내려놓고는, 얼떨결에 자기 앞에 있던 노요 칵테일 잔을 들고 이웃에 사는 파키타 로보 옆에 앉았다. 일부러 페드로에게서 멀리 떨어져 있었지만 아무 소용이 없었다. 펄펄 끓는 뜨거운 피가 혈관을 타고 흐르는 것이 느껴졌다. 양 볼이 새빨갛게 달아올랐으며, 어디다 시선을 둬야 할지 몸 둘 바를 몰랐다. 파키타는 티타가 뭔가 이상하다는 걸 눈치채고 심히 걱정되는 듯 물었다.

"이 칵테일 아주 맛있다. 그렇지?"

"네?"

"티타, 너 다른 데 정신이 팔린 것 같구나. 괜찮니?"

"네, 괜찮아요."

"너도 이제 특별한 날에 칵테일 정도는 마실 수 있는 나이가 되었지. 하지만 어머니께서 마셔도 좋다고 허락하셨니? 좀 들뜬 것 같구나. 떠는 것 같기도 하고." 그러고는 안 되겠다는 듯 덧붙였다. "그만 마시는 게 좋겠어. 괜한 술주정 부리지 않으려면 말이다."

이게 바로 엎친 데 덮친 격이지! 파키타 로보 아주머니가 내가 취한 걸로 알고 있다니! 티타는 파키타 아주머니가 그렇게 오해하도록 내버려 둘 수 없었다. 안 그러면 어머니한테 가서 그대로 고자질할 게 분명했다. 티타는 어머니에 대한 두려움으로 잠깐이나마 페드로가 앞에 있다는 사실을 잊을 수 있었다. 티타는 자기가 정신이 멀쩡하고 취하지 않았다는 걸 입증하기 위해 안간힘을 썼다. 떠도는 소문이나 쓸데없는 농담을 쉬지 않고 재잘거렸다. 심지어는 자기에게 그 많은 근심거리를 안겨 준 노요 칵테일 만드는 법까지 파키타에게 알려 주었다. 먼저 복숭아 4온스와 살구 0.5파운드를 껍질이 잘 벗겨지도록 물 2아숨브레에 스물네 시간 동안 담가놓는다. 그런 다음 과일 껍질을 벗겨 내고 으깨서 펄펄 끓는 물 4아숨브레를 붓고 십오 일 동안 담가 놓았다가 증류 과정을 거친다. 그리고 설탕 2.5파운드를 물에 완전히 녹인 후 오렌지 에센스 4온스를 섞어서 걸러 내면 된다. 티타는 자기가 정신이 멀쩡하다는 걸 보여 주기 위해 지나가면서 하는 말처럼 1아숨브레가 정확히 2.016리터라는 것까지 언급했다.

그래서 마마 엘레나가 다가와서 티타에게 파키타를 제대로 대접하고 있냐고 물었을 때 파키타는 신이 나서 대답했다.

"그럼요! 정말 나무랄 데 없는 딸들을 두셨어요! 게다가 말도 얼마나 재미있게 잘하는지!"

마마 엘레나는 티타에게 부엌으로 가서 손님들에게 대접할 보카디요[5]를 가지고 오라고 시켰다. 그때 일부러 그 옆을 지나가던 페드로가 티타를 도와주겠다며 따라나섰다. 티타는 아무 말도 하지 못한 채 부엌 쪽을 향해 황급히 걸어갔다. 페드로가 곁에 있어서 너무나 긴장되었다. 티타는 부엌으로 들어가 식탁 위에서 얌전하게 기다리고 있던 맛난 보카디요 쟁반 하나를 얼른 들었다.

두 사람이 황급하게 한 쟁반을 집으려던 순간, 그때 우연히 스쳤던 그 손길의 감촉을 티타는 영원히 잊을 수 없을 것 같았다.

그때 페드로가 티타에게 사랑을 고백했다.

"티타, 당신과 단둘이 있을 수 있는 이 기회에 당신을 깊이 사랑하고 있음을 고백합니다. 물론 이 고백이 무례하고 갑작

---

5) 토마토, 과일, 치즈 등을 바게트에 넣은 멕시코식 샌드위치.

스럽다는 거 잘 압니다. 하지만 당신에게 다가가기가 너무 어려워서 오늘 밤 고백하기로 결심했습니다. 나는 당신의 사랑을 기다려도 좋을지, 단지 그것을 알고 싶을 뿐입니다."

"뭐라 대답해야 할지 모르겠어요. 생각할 시간을 주세요."

"아니요. 그럴 수 없습니다. 지금 당장 당신의 대답이 절실해요. 사랑은 생각하는 게 아니에요. 느낌으로 오는 거지요. 나는 말이 없는 편이지만 내가 한 말은 반드시 지키는 사람입니다. 영원히 당신만을 사랑하겠다고 맹세합니다. 당신은, 당신도 나를 사랑하나요?"

"네!"

네! 네! 수천 번도 더 넘게 '네'라고 대답할 수 있었다! 티타는 그날 밤 이후 페드로를 영원히 사랑하게 되었다. 하지만 이제는 그를 단념해야만 했다. 미래의 형부를 사랑할 수는 없는 일이었다. 티타는 어떻게든 페드로를 머릿속에서 몰아내고 잠을 자려고 안간힘을 써 보았다. 티타는 나차가 우유 한 잔과 함께 탁자 위에 올려놓고 간 맛난 크리스마스파이 한 조각을 먹었다. 나차는 많은 경험을 통해 티타가 맛난 크리스마스파이를 먹는 동안에는 아무런 슬픔도 느끼지 않는다는 것을 잘 알았다. 하지만 이번에는 그 방법도 통하지 않았다. 위가 텅 빈 것 같은 허전함이 여전히 가시지 않았다. 티타는 배가 고파서 허전한 게 아니라는 걸 깨달았다. 오히려 그 느낌은 시리도록 고통스러운 오한에 가까웠다. 티타는 그 거북한 추위부터 몰아내야 했다. 우선 무거운 담요와 털옷을 꺼내 덮었다. 그래도 한기는 가시지 않았다. 티타는 털 신발을 꺼내 신고 숄 두 개를 더 뒤집어썼다. 그래도 아무 소용이 없었다. 그래서 마지막으로 바느질 상자를 찾아 페드로가 결혼 얘기를 꺼낸 날부터 뜨기 시작한 담요를 꺼냈다. 코바늘로 떠서 담요 하나를 완성하려면 대략 일 년이 걸렸다. 바로 페드로와 티타가 결혼 준비를 하며 기다리기로 한 기간이었다. 티타는 그 담요를 버리는 대신 실이라도 다시 써야겠다고 마음먹고는 미친 듯이 뜨개질을 했다. 뜨개질하다가 울다가, 울다가 뜨개질하다가, 그렇게 새벽녘이 되자 담요가 완성되었다. 티타는 그 담요를 뒤집어썼지만 그래도 아무 소용이 없었다. 그날 밤에도, 그날 밤 이후에도 티타가 살아 있는 동안은 뼛속 깊이 시려 오는 그 한기를 어쩔 수 없었다.

이어서

다음 요리는

차벨라 웨딩 케이크

2월
차벨라 웨딩 케이크

재료

설탕 175그램

세 번 체 친 박력분 300그램

달걀 17개

레몬 껍질 약간

만드는 방법

커다란 양푼에 달걀노른자 5개와 달걀 4개, 설탕을 넣는다. 반죽이 걸쭉해질 때까지 휘젓다가 달걀 2개를 더 집어넣는다. 계속 휘젓다가 반죽이 다시 걸쭉해지면 달걀 2개를 더 첨가한다. 달걀을 2개씩 깨서 모두 다 넣을 때까지 이 과정을 계속 반복한다. 페드로와 로사우라의 웨딩 케이크를 만들기 위해 티타와 나차는 이 요리법에 있는 양을 열 배로 늘려야 했다. 케이크 한 개가 18인분인데 180명을 위한 케이크가 필요했던 것이다. 즉 달걀 170개가 필요했다! 그리고 하루에 170개의 최상품 달걀을 사용한다는 것은 특별 대책을 세워야 함을 의미했다.

그 많은 달걀을 모으기 위해 티타와 나차는 몇 주 전부터 최상품 암탉이 낳은 달걀들만을 모아 보관해 왔다. 이 보관

방법은 겨울에도 영양가 높은 달걀을 손쉽게 먹을 수 있도록 농장에서 예부터 사용하던 방법이다. 달걀을 보관하기에는 8월과 9월이 제일 좋은 계절이다. 보관할 달걀들은 아주 신선해야 했다. 나차는 당일 낳은 달걀을 선호했다. 건초를 잘게 부숴 차갑게 한 다음, 커다란 용기에 달걀을 넣고 그 위를 건초로 덮는다. 이렇게 하면 몇 달 동안 달걀을 신선하게 보관할 수 있다. 일 년 이상 보관하려면 달걀을 항아리에 담고 열 배로 희석한 석회 물을 붓는다. 그리고 공기가 들어가지 않도록 잘 밀봉한 다음 포도주 저장고에 보관한다. 티타와 나차는 달걀을 그렇게까지 오래 보관할 필요는 없었기 때문에 첫 번째 방법을 택했다. 티타와 나차는 달걀이 담긴 통을 아예 부엌 식탁 밑에다 갖다 놓고 케이크를 만드는 동안 직접 꺼내서 썼다.

그 많은 달걀들을 휘젓기란 엄청 고된 일이었다. 티타는 달걀 100개쯤을 휘저었을 때 팔이 떨어져 나갈 것만 같았다. 170개라는 숫자가 까마득하게 느껴졌다.

나차가 껍질을 깨서 집어넣으면 티타가 달걀을 휘저었다. 티타는 달걀이 하나하나 깨질 때마다 온몸에 소름이 돋았다. 속되게 말해 온몸에 닭살이 돋았다. 하얀 거품이 한 달 전 거세시킨 닭들의 고환을 연상시켰기 때문이다. 거세해서 살찌운 수탉으로 만든 요리가 페드로와 로사우라의 결혼식 때 나올 주 요리였다. 거세된 수탉은 기가 막힌 맛을 낼 뿐만 아니라 요리 과정이 까다롭고 복잡해서 최고급 요리로 정평이 나 있었다.

1월 12일로 결혼식 날짜가 잡힌 후 수탉 200마리를 사들여서 거세시키고 그 즉시 살찌우기 시작했다.

이 일은 티타와 나차가 책임지고 맡았다. 나차는 경험이 풍부했기 때문이었고, 티타는 로사우라 언니의 약혼식 때 편두통을 핑계로 참석하지 않으려 한 데 대한 벌이었다.

"네가 내 명령을 거스르는 건 용납할 수 없다."

마마 엘레나가 티타에게 말했다.

"네가 마치 무슨 희생이라도 당한 것처럼 굴어서 언니의 결혼식을 망치는 걸 그대로 두고 볼 수는 없어. 지금부터 연회 준비는 네가 전적으로 맡아서 해라. 하지만 절대 눈물을 짜거나 얼굴을 찡그리지 않도록 주의해라. 알겠니?"

티타는 닭을 거세할 준비를 하며 어머니의 경고를 잊지 않으려고 노력했다. 거세는 수탉의 고환 부위를 절개해 그 안에 손가락을 집어넣어 잡아뗀 다음, 상처 부위를 꿰매고 신선한 기름이나 새의 지방을 문지르면 되었다. 티타는 손가락을 집어넣어 첫 번째 수탉의 고환을 잡았을 때 거의 기절할 뻔했다. 손은 부들부들 떨리고 진땀이 송골송골 맺혔으며, 눈앞에서 연(鳶)이 뱅글뱅글 맴도는 것처럼 배 속이 울렁거렸다. 마마 엘레나가 티타를 매섭게 쏘아보며 말했다.

"왜 그러냐? 왜 그렇게 벌벌 떨어? 무슨 문제라도 있는 거냐?"

티타는 시선을 들어 어머니를 바라보았다. 그렇다고 소리 지르고 싶은 마음이 굴뚝같았다. 문제가 있다고, 거세할 상대를 잘못 찾았으며 자기를 거세시켜야 했다고 소리 지르고 싶었다. 그래야 자기를 결혼시키지 않고 대신 자기가 사랑하는 남자와 로사우라를 결혼시키는 최소한의 명분이 선다고 울부짖고 싶었다. 마마 엘레나는 그런 티타의 마음을 읽었는지 불같이 화를 내며 있는 힘껏 티타의 뺨을 갈겼다. 티타는 거세를 잘못해서 죽은 수탉이 버려져 있던 땅바닥에 나뒹굴었다.

티타는 자신의 고통이 한 번에 끝나기를 바라는 마음으로 케이크 반죽을 젓고, 또 저었다. 이제 달걀 2개만 더 저으면 케이크를 만들 반죽은 완성되었다. 연회를 위한 스무 가지 요리와 애피타이저로 먹을 보카디요는 이미 다 준비되어 있었고 케이크만이 남아 있었다. 부엌에는 티타와 나차, 마마 엘레나만 남아 있었다. 첸차와 헤르트루디스, 로사우라는 웨딩드레스의 마무리 손질을 하고 있었다. 나차는 한시름 덜었다는 표정으로 마지막 남은 달걀 2개를 깨려고 했다. 그때 티타가 소리를 지르면서 막았다.

"안 돼!"

티타는 케이크 반죽을 젓다 말고 두 손으로 달걀을 감싸 쥐었다. 달걀 껍질 안에서 병아리가 삐악거리는 소리가 틀림없이 들렸던 것이다. 달걀을 귀에 가까이 갖다 대자 삐악거리는 소리가 더 크게 들렸다. 마마 엘레나는 하던 일을 멈추고 위압적인 목소리로 물었다.

"무슨 일이냐? 왜 그렇게 소리를 지르는 게야?"

"이 안에 병아리가 들어 있어요! 물론 나차는 들을 수 없겠지만 난 들을 수 있어요."

"병아리? 너 미쳤니? 여태까지 보관했던 달걀 중에서 그런 건 하나도 없었다!"

마마 엘레나는 티타가 있는 곳까지 단걸음에 달려와 티타의 손에서 달걀을 낚아채 껍질을 깼다. 티타는 두 눈을 꼭 감았다.

"두 눈 똑바로 뜨고 네 병아리를 봐!"

티타는 천천히 눈을 떴다. 틀림없이 병아리인 줄 알았는데 놀랍게도 평범한 달걀, 그것도 꽤 신선한 달걀이었다.

"내 말 잘 들어라, 티타. 너는 내 인내심을 바닥내고 있어. 나도 네가 미친 짓을 하도록 그냥 내버려 두지는 않을 거다. 이번이 처음이자 마지막이야! 안 그러면 반드시 후회하게 될 거다!"

티타는 그날 밤 일을 어떻게 설명해야 할지 몰랐다. 피곤해서 그런 소리가 들린 건지, 아니면 환청이었는지 도무지 설명할 수가 없었다. 그러니 어머니 인내심의 한계가 어디까지인지 시험하지 않으려면 밀가루 반죽이나 열심히 저어야 했다.

마지막 남은 달걀 2개까지 다 젓고 나면 레몬 껍질 간 것을 집어넣는다. 반죽이 충분히 걸쭉해지면 젓는 것을 멈추고, 나무 주걱으로 조금씩 섞으면서 체에 친 밀가루를 모두 집어넣는다. 마지막으로 빵틀에 버터를 칠하고 밀가루를 뿌린 다음 케이크 반죽을 붓는다. 그리고 삼십 분 동안 오븐에서 굽는다.

나차는 사흘 동안 각기 다른 스무 가지 요리를 준비하느라 피곤에 절어 기진맥진이었다. 케이크를 오븐에 넣고 쉴 수 있을 때까지 버티지 못할 것 같았다. 이번에는 티타가 평소처럼 좋은 조수 노릇을 하지 못했다. 티타는 어머니의 따가운 감시의 눈총이 두려워서였는지 한 번도 불평하지 않았다. 하지만 마마 엘레나가 부엌에서 나가 자기 방으로 돌아가자마자 땅이 꺼져 내려갈 듯 깊은 한숨을 내쉬었다. 나차가 옆에 있다가 티타의 손에서 주걱을 부드럽게 빼내고는 그녀를 꼭 껴안으면서 말했다.

"얘야, 이제 부엌에 아무도 없으니 울어도 괜찮아. 실컷 울어라. 내일은 네가 우는 모습을 보고 싶지 않다. 그것도 로사우라 앞에서는."

나차는 티타가 신경 발작을 일으킬 것 같았기 때문에 반죽 젓는 일을 그만두게 했다. 물론 나차는 신경 발작이 뭔지도 몰랐다. 하지만 해박한 지식으로 티타가 더 이상 버틸 수 없다는 건 알 수 있었다. 사실 나차도 더는 버틸 수 없었다. 로사우라와 나차는 한 번도 잘 지낸 적이 없었다. 나차는 로사우라가 어렸을 때부터 까다롭게 음식 투정하는 게 상당히 거슬렸다. 로사우라는 음식에 거의 손도 대지 않고, 몰래 농장 개 풀케의 아비인 테킬라에게 주었다. 나차는 로사우라를 가리는 음식 없이 늘 잘 먹는 티타와 항상 비교했다. 물론 티타가 좋아하지 않는 음식이 딱 하나 있기는 했다. 그건 마마 엘레나가 티타에게 억지로 먹였던 달걀 반숙이었다. 하지만 나차가 티타의 식사를 맡으면서부터 티타는 보통 음식뿐만 아니라, 식용 벌레나 용설란[6] 벌레, 가재, 파카[7], 아르마딜로 같은 혐오 식품까지 로사우라가 놀라 쳐다보는 앞에서도 잘 먹었다. 그

6) 주로 테킬라를 만드는 데 쓰이는 선인장. 그 열매는 용과라고 불린다.
7) 주로 중남미 지역에 서식하는 설치류.

때부터 나차는 로사우라를 싫어했다. 그리고 그때부터 생겨난 두 자매간의 경쟁심은 로사우라가 티타가 사랑하는 남자와 결혼하면서 정점에 다다랐다. 로사우라는 혹시나 하고 의심은 했지만 페드로가 티타를 헤아릴 수 없이 사랑한다는 건 몰랐다. 그러니 나차가 티타 편을 들며 티타의 고통을 덜어 주려고 애끓어하는 것도 당연한 일이었다. 나차가 티타의 얼굴 위로 흐르는 눈물을 앞치마로 닦아주며 말했다.

"얘야, 이제 케이크를 끝내야지."

하지만 티타의 눈물 때문에 반죽이 묽어져서 평소보다 더 많은 시간이 걸렸다.

티타의 눈물이 말라 더 이상 나오지 않을 때까지 두 사람은 서로 꼭 껴안고 하염없이 울었다. 티타는 눈물이 마른 채로 계속 울었다. 마른 눈물은 양수 없이 출산할 때처럼 아프다는 말도 있다. 그래도 최소한 케이크 반죽은 묽게 하지 않았기 때문에 다음 과정으로 넘어갈 수 있었다. 케이크 속에 바를 잼을 만드는 일이었다.

케이크에 바를 잼 재료

살구 150그램

설탕 150그램

만드는 방법

살구에 물을 아주 조금 붓고 끓인다. 물이 끓으면 체에 거른다. 체가 없으면 일반 깔때기를 사용하면 된다. 다시 냄비에 붓고 설탕을 첨가한 후 잼처럼 걸쭉하게 될 때까지 불 위에서 계속 저어 준다. 불을 끈 다음 식혀서 반으로 자른 케이크 시트 위에 바른다.

다행히 결혼식 한 달 전에 나차와 티타가 살구잼이랑 망고잼, 파인애플을 넣은 고구마잼을 몇 병 준비해 둔 게 있었다. 그래서 그날은 번거롭게 잼까지 만들지 않아도 되었다.

티타와 나차는 안뜰에 커다란 가마솥을 갖다 놓고 계절 과일을 이용해 엄청난 양의 잼을 만들었다. 장작불을 지펴 가마솥을 올려놓고 양쪽 팔에 낡은 이불 홑청으로 만든 토시를 끼고 잼을 저었다. 그래야만 거품이 튀어서 생기는 화상을 막을 수 있다.

티타가 병을 여는 순간 살구 냄새가 확 퍼지면서 잼을 만들던 날 오후가 떠올랐다. 그때 티타는 바구니를 깜빡 잊어서, 치마에다 과일을 한가득 담고 과수원에서 돌아오는 길이었다. 치마를 들어 올린 채로 부엌으로 들어서다 페드로와 마주쳤을 때의 놀라움이란 말로 표현할 수 없을 정도였다. 페드로는 마차를 준비하기 위해 뒤뜰로 가던 중이었다. 초대장을 돌리러 마을에 가야 했는데, 그날 마부가 농장에 오지 않아서 그가 직접 그 일을 해야만 했던 것이다. 나차는 페드로가 부엌으로 들어오는 것을 보고는, 콩이랑 마실 차를 준비해야 한다며 거의 뛰다시피 달려 나가 그 자리를 피했다. 티타는 놀라서 부엌 바닥에 살구 몇 알을 떨어뜨렸다. 페드로가 티타를 도와 살구를 주우려고 얼른 뛰어왔다. 그는 몸을 숙이는 순간 밖으로 드러난 티타의 다리를 볼 수 있었다.

티타는 페드로의 시선이 느껴지자 얼른 치마를 내렸다.

그 순간 나머지 살구들이 페드로의 머리 위로 와르르 쏟아졌다.

"미안해요, 페드로. 아파요?"

"내가 당신을 아프게 한 것만큼은 아니에요. 내가 왜 결혼하려고 하는지 설명할 수 있게 해줘요."

"나는 당신한테 설명해 달라고 요구한 적 없어요."

"당신에게 말할 기회를 주세요……."

"한 번 드린 적이 있었지만 그건 죄다 거짓말이었어요. 더는 듣고 싶지 않아요……."

티타는 그 말을 마친 후 다른 문을 통해 얼른 부엌을 나가 거실로 향했다. 그곳에서는 첸차와 헤르트루디스가 혼수 이불에 수를 놓고 있었다. 하얀색 실크 시트로, 가운데에 정교하게 수를 놓은 이불이었다. 가운데에 있는 구멍은 첫날밤에 신부의 은밀한 부분이 살짝 비치게 하기 위한 것이었다. 이렇게 정치적으로 불안한 시기에 프랑스제 실크를 구할 수 있었던 것은 정말 행운이었다. 혁명전쟁이 한창이라 여행하는 것은 안전하지 못했다. 그나마 중국인 밀수업자가 아니었다면 천도 구하지 못했을 것이다. 마마 엘레나가 로사우라의 옷과 혼수를 사기 위해 딸을 수도로 보냈을 리는 없으니까. 중국 남자는 정말 수완이 대단한 사람이었다. 그는 수도에서 거래를 할 때 그곳에서는 별 가치가 없어서 유통되지 않는 북부 혁명군의 지폐를 받았다. 물론 그 돈을 헐값에 받아서 북부로 갔다. 그러면 그곳에서는 화폐 가치가 현 시세 그대로였기 때문에 그 돈으로 물건을 구입할 수 있었다.

물론 북부에서는 반대로 수도에서 발행한 지폐를 헐값으로 받았다. 그는 혁명 기간 내내 이런 식으로 사업을 벌여서 백만장자가 되었다. 하지만 중요한 것은 그 중국 사람 덕분에 로사우라의 결혼식에 쓰일 우아한 최고급 천을 구할 수 있었다는 것이다.

티타는 뭔가에 홀린 듯이 새하얀 시트를 바라보았다. 단 몇 초뿐이었지만 눈이 멀기에는 충분한 시간이었다. 시선을 어디에 두건 온통 하얀색밖에 보이지 않았다. 초대장을 쓰고 있는 로사우라까지 하얀 유령처럼 보였다. 하지만 티타가 시치미를 잘 떼었기 때문에, 눈치챈 사람은 아무도 없었다.

티타는 마마 엘레나한테 괜히 또 혼나고 싶지 않았다. 그래서 로보 집안 사람들이 결혼 선물을 전하러 왔을 때에는 신경을 곤두세우고 자기가 지금 누구에게 인사를 건네고 있는지 알려고 했다. 그녀에게는 모두 하얀 시트를 뒤집어쓴 중국 유령처럼 보였다. 다행히 파키타의 째지는 목소리 덕분에 그들에게 아무 문제 없이 인사를 건넬 수 있었다.

그리고 그들을 배웅하러 농장 입구까지 나갔을 때, 어두운 밤조차도 전에는 본 적 없었던 순백색으로 하얗게 빛났다.

케이크 표면에 입힐 크림을 만들기 위해서는 신경을 집중

해야 하는데 티타는 그때처럼 또 눈앞이 하얘질까 봐 두려웠다. 하얀 설탕조차도 두려웠다. 하얀색이 어린 시절의 하얀 풍경 속으로 그녀를 잡아끌고 들어가면서, 어떻게 손쓸 수도 없이 한순간에 그녀를 마비시킬 것만 같았다. 5월이면 티타는 하얀 옷을 차려입고 성모 마리아께 하얀 꽃을 바치러 갔다. 그녀는 하얀 옷을 입고 나란히 줄 서 있는 계집아이들 사이를 지나 하얀 초와 하얀 꽃 들이 가득한 제단까지 걸어갔다. 제단은 하얀 예배당의 창유리를 통해 들어오는 희뿌연 빛으로 하얀 광채를 발했다. 티타는 성당에 들어서면서 언젠가는 남자의 팔짱을 끼고 이곳에 들어올 거라고, 하루도 거르지 않고 늘 꿈꾸어 왔었다. 티타는 이 기억뿐만 아니라 그녀를 아프게 하는 기억은 모두 지워야 했다. 언니의 웨딩 케이크에 입힐 크림을 끝내야 했다. 티타는 혼신을 다해 크림을 준비하기 시작했다.

크림 재료

설탕 800그램

레몬 즙 60방울과 설탕 녹일 만큼의 물

만드는 방법

냄비에 설탕과 물을 넣고 끓을 때까지 계속 저어 준다. 걸러서 다른 냄비에 부은 다음 레몬 즙을 첨가하면서 크림 상태가 될 때까지 끓여 준다. 설탕이 타지 않도록 중간중간에 냄비 가장자리를 물 묻은 행주로 닦아 준다. 크림 상태가 되면 물기가 있는 다른 냄비에 붓고 그 위에 물을 뿌린 후 잠시 식힌다.

그리고 케이크 위에 입힐 수 있게 될 때까지 나무 주걱으로 저어 준다.

크림을 입힐 때는 우유 한 스푼을 넣고 데워서 부드럽게 만든다. 빨간 식용색소 한 방울을 첨가한 후 케이크 상단에만 크림을 바른다.

티타가 식용색소를 넣지 않을 거냐고 물었을 때 나차는 티타의 상태가 좋지 않다는 걸 알았다.

"얘야, 방금 넣었잖아. 이 분홍색이 안 보이니?"

"예……."

"얘야, 그만 자러 가는 게 좋겠다. 캐러멜은 내가 만들마. 끓는 수프는 냄비가 안다지만 너는 내가 알아. 자, 이제 그만 울어. 크림이 너무 묽어져서 못 쓰겠구나. 자, 얼른 가."

나차는 티타에게 여러 번 뽀뽀한 후 부엌 밖으로 밀어냈다. 눈물이 어디서 더 나왔는지는 알 수 없었지만 눈물 때문에 캐러멜이 묽어져 버렸다. 제 상태로 만들려면 두 배의 노력이 필요했다. 이제 혼자 남은 나차는 가능한 한 빨리 캐러멜을 만들기 위해 서둘렀다. 그래야 빨리 자러 갈 수 있었기 때문이다. 캐러멜은 달걀흰자 10개와 설탕 500그램을 넣고 끈기가 생길 때까지 저어야 했다.

나차는 일을 다 마친 후 티타의 눈물로 맛이 변하지는 않았나 보기 위해 살짝 크림을 맛보았다. 겉으로 보기에 맛은 변하지 않았다. 하지만 아무 이유 없이 크나큰 그리움이 느닷없이 밀려들어 왔다. 매번 다음 결혼식은 자기 결혼식이 될 거라는 환상으로 애써 준비했던 데 라 가르사 가문의 결혼식 피로연들이 하나씩 하나씩 떠올랐다. 이제 여든다섯의 나이에 그토록 기다렸던 결혼식이나 피로연을 하지 못했다고 울어도, 한탄해도 다 부질없는 짓이었다. 그래도 애인은 있었다! 물론 애인은 있었다! 하지만 마마 엘레나가 그 애인을 멀리 쫓아 버렸다. 그때부터 나차는 남의 결혼식을 보는 걸로 만족해야 했다. 그리고 아무런 불평 없이 오랫동안 그렇게 살아왔다. 그런데 이제 와서 왜 새삼스럽게 이러는지 알 수가 없었다. 나차는 최선을 다해 케이크에 캐러멜을 바른 후 가슴에 심한 통증을 느끼며 자기 방으로 갔다. 그녀는 밤새도록 울었고 결국 다음 날 결혼식에 참석하지 못했다.

티타는 나차와 입장을 바꿀 수만 있다면 뭐든 할 수 있을 것만 같았다. 그녀는 결혼식에 참석해야 했을 뿐만 아니라, 자신의 감정이 어떻든 그 어떤 심기의 동요도 일절 밖으로 드러나지 않도록 신경 써야 했다. 페드로와 시선을 마주치지만 않는다면 그럴 자신이 있었다. 하지만 만에 하나 페드로와 시선이 마주친다면 여태껏 애써 침착하고 담담한 척 감춰 왔던 게 모두 수포로 돌아갈 수도 있었다.

티타는 로사우라 언니보다도 자신에게 사람들의 이목이 더 많이 쏠리고 있다는 것을 알았다. 하객들은 단지 예의상 축하하러 온 것이 아니라 티타가 어떤 모습으로 고통받고 있는지 보고 싶어서 온 것이었다. 하지만 티타는 그들을 만족시켜 주고 싶지 않았다, 절대로. 티타는 사람들 옆을 지나칠 때마다 등 뒤에서 소곤거리는 소리를 또렷하게 들을 수 있었다.

"티타 봤어? 불쌍하기도 해라! 언니가 자기 애인과 결혼하다니! 전에 페드로와 티타가 마을 광장에서 손잡고 있는 걸 봤는데, 그때 얼마나 행복해 보이던지!"

"정말? 파키타가 그러는데 언젠가 한창 미사 보던 중에 페드로가 향수 뿌린 연애편지를 티타한테 전해 주는 걸 봤다지 뭐예요!"

"한집에서 살 거라던데! 내가 엘레나라면 그렇게는 안 할 거야!"

"설마 그럴 리가 있겠어? 다 헛소문일 거야!"

티타는 사람들이 그렇게 수군거리는 게 더 기분 나빴다. 호락호락 당하고 싶지는 않았다. 그럴수록 더 당당하고 의기양양하게 굴어야 했다! 티타는 뛰어난 여배우처럼 훌륭하게 자기 역할을 소화해 냈다. 결혼 행진곡이나 주례 신부의 연설, 결혼의 상징인 매듭이나 반지에는 일절 신경 쓰지 않았다.

티타의 기억은 아홉 살 때 동네 사내아이들과 물놀이 갔던 날로 거슬러 올라갔다. 엄마가 남자아이들과 놀지 못하게 했지만 티타는 언니들하고만 노는 게 너무 지겨웠다. 그래서 누가 더 빨리 강을 헤엄쳐 건너는지 내기하러 큰 강에 갔던 것이다. 그날 그녀가 1등을 차지하고 얼마나 기뻐했던지!

티타의 또 다른 무훈담은 평화로웠던 어느 일요일, 마을에서 일어났다. 열네 살 먹은 티타는 언니들과 함께 마차를 타고 산책하고 있었다. 그런데 그때 몇몇 아이들이 폭죽을 터트리는 바람에 말이 놀라서 미친 듯이 날뛰기 시작했다. 마을 밖까지 다다랐는데도 마부는 말을 진정시키지 못했다.

티타는 마부를 한쪽으로 밀어내고 혼자서 말 네 마리를 모두 진정시켰다. 그들을 돕기 위해 말을 타고 급히 달려왔던 마을 아저씨들 몇 명이 티타의 대담한 행동에 경의를 표했다.

마을에서는 티타를 영웅처럼 맞이했다.

티타는 결혼식 내내 이런저런 추억들을 떠올리며 기분 좋은 고양이처럼 환한 미소를 머금었다. 마침내 언니를 포옹하고 축하해야 할 시간이 되었다. 언니 옆에 있던 페드로가 티타에게 말했다.

"나는 축하해 주지 않을 건가요?"

"당연히 축하해 드려야죠. 많이 행복하세요."

페드로는 필요 이상으로 티타를 꽉 껴안으면서 단 한 번밖에 없는 그 기회를 이용해 티타의 귀에 속삭였다.

"반드시 행복할 거라 확신합니다. 이 결혼을 통해 내가 그토록 바라던 걸 비로소 이룰 수 있었으니까요. 내가 정말로 사랑하는 당신 곁에 있는 것 말입니다……."

티타에게 페드로의 말은 다 꺼져 가던 불씨를 활활 되살아나게 하는 시원한 바람과도 같았다. 몇 달 동안 마지못해 자신의 감정을 숨기느라 찡그려져 있던 얼굴이 이제는 완전히 바뀌었다. 크나큰 안도감과 함께 행복에 들뜬 얼굴이 되었다. 거의 다 사그라졌던 내면의 동요가 그녀의 목덜미에 닿은 페드로의 뜨거운 입김과 그녀의 등에 닿은 페드로의 뜨거운 손길, 그녀의 가슴과 맞닿은 페드로의 단단한 가슴으로 인해 갑자기 생기를 되찾은 것 같았다……. 마마 엘레나가 무섭게 째려보는 바람에 금세 떨어지지 않았다면 그렇게 영원히 있을 수도 있을 것 같았다. 마마 엘레나가 티타에게 다가와 물었다.

"페드로가 너에게 무슨 말을 한 거냐?"

"아무 말도 하지 않았어요, 어머니."

"나는 속일 수 없다. 네가 뭘 하건 다 알고 있으니까. 괜히 순진한 척하지 마. 다시 한번 페드로 근처를 서성거리면 따끔한 맛을 보여 줄 거다."

마마 엘레나의 서릿발 같은 위협 때문에 티타는 될 수 있는 한 페드로에게서 멀리 있으려고 했다. 하지만 그녀의 얼굴에서 만족스러운 미소를 지울 수는 없었다. 그때부터 티타에게 이 결혼은 다른 의미를 지녔다.

이제는 페드로와 로사우라가 하객들에게 인사하며 테이블 사이를 오가는 걸 보아도, 함께 왈츠 추는 걸 보아도, 케이크 자르는 걸 보아도 괴롭지 않았다. 티타는 이제 페드로의 사랑을 확신할 수 있었다. 티타는 얼른 나차에게 달려가 죄다 얘기하고 싶어서 한시라도 빨리 연회가 끝나기만을 손꼽아 기다렸다. 하지만 누구든 케이크를 다 먹어야만 자리를 뜰 수 있었기 때문에 티타는 안절부절못했다. 올바른 예의범절에 따르면 케이크를 다 먹기 전에는 식탁을 떠날 수 없었다. 하지만 티타가 뜬구름 같은 상태로 허둥지둥 자기 몫을 먹는 것까지 막을 수는 없었다. 티타는 너무 자기 생각에만 몰두한 나머지, 주변에서 벌어지고 있는 이상한 광경을 알아채지 못했다. 그곳에 있던 사람들 모두 케이크를 한 입 깨무는 순간 걷잡을 수 없는 그리움에 휩싸였던 것이다. 평소에는 침착했던 페드로도 눈물을 참기 위해 안간힘을 써야 했다. 남편이 죽었을 때도 눈물 한 방울 흘리지 않았던 마마 엘레나도 조용히 흐느껴 울었다. 그리고 그게 다가 아니었다. 눈물은 이 괴이한 식중독의 첫 번째 증세에 불과했다. 모든 하객들은 크나큰 슬픔과 좌절감의 포로가 되었다. 결국 하객들 모두 옛사랑을 그리워하며 안뜰이나 뒤뜰, 화장실로 흩어졌다. 모두 마법에 걸린 것 같았다. 몇몇 운 좋은 사람들만이 제때 화장실에 도착할 수 있었다. 그렇지 못한 사람들은 마당 한가운데서 단체로 함께 토해야 했다. 케이크를 먹고도 아무런 영향을 받지 않은 사람은 티타 한 사람뿐이었다. 티타는 케이크를 먹자마자 연회장을 떠났다. 페드로가 자기만을 사랑하고 있었던 게 사실이었다고 빨리 나차에게 알리고 싶었던 것이다. 티타는 나차가 지을 행복한 표정을 생각하며 가느라, 주변에서 벌어지는 불행이 끔찍한 상황에 이르게 될 때까지도 아무런 눈치를 채지 못했다.

로사우라 역시 구역질을 하면서 자리를 박차고 일어나야 했다.

어떻게든 메스꺼움을 참아보려 했지만 아무 소용이 없었다! 로사우라는 친지들과 친구들이 토해 낸 구토물이 웨딩드레스에 묻지 않도록 애썼지만 안뜰을 지나가다 미끄러지는 바람에 웨딩드레스는 온통 구토물 범벅이 되었다. 로사우라는 흥건한 강물을 이룬 구토물 위로 몇 미터를 미끄러지면서 더는 참을 수 없는 지경이 되었다. 그녀는 페드로가 경악을 금치 못한 채 쳐다보는 앞에서 마치 용암이 터져 나오듯이 토하고 말았다. 로사우라는 자기 결혼식을 망친 이 불미스러운 사건 때문에 많이 속상해했다. 그리고 티타가 케이크에 뭔가를 넣었다는 생각은 사람들이 옆에서 아무리 얘기해도 절대 바뀌지 않았다.

로사우라는 그토록 오랫동안 정성껏 수놓은 혼수 이불을 당장 사용할 수 없게 되었다는 생각에 밤새 흐느끼며 속상해했다. 페드로가 기다렸다는 듯이 첫날밤은 다음 날 치르자고 얘기했기 때문이다. 하지만 페드로가 첫날밤에 대한 의무를 느끼고, 로사우라가 이제는 다 나았다고 감히 얘기를 꺼낼 때까지는 몇 달이 흘렀다. 그제야 페드로는 더 이상 남편으로서의 의무를 피할 수 없다는 것을 깨달았다. 그날 밤 페드로는 첫날밤을 위해 준비한 혼수 이불이 펼쳐진 침대 앞에서 무릎을 꿇고 기도했다.

"하느님, 이것은 결코 욕정이나 탐욕 때문이 아닙니다. 다만 당신을 섬길 아들을 갖기 위한 것입니다."

티타는 그 우여곡절 많은 결혼이 성사될 때까지 그토록 오랜 시간이 흘러야 했으리라곤 상상도 하지 못했다. 그녀는 첫날밤이 어떻게 치러졌는지 궁금하지 않았으며, 첫날밤을 결혼식 날 당일에 치렀는지, 다른 날 치렀는지는 더더욱 궁금하지 않았다.

티타는 다른 일로 난처한 입장에 처했기 때문에 그게 더 걱정이었다. 결혼식 날 밤 마마 엘레나가 티타의 뺨을 세차게 후려갈겼던 것이다. 그 이전이나 이후에도 그렇게 심하게 맞은 적은 없을 정도였다. 티타는 멍든 상처 때문에 2주 동안이

나 침대에 누워 있어야 했다. 티타가 나차와 짜고 케이크에 구토제를 넣어서 로사우라의 결혼식을 망치려고 계획한 거라고 마마 엘레나가 믿었기 때문에 그런 끔찍한 벌을 받았던 것이다. 티타는 그 안에 다른 게 들어갔다면 케이크를 만들면서 흘린 눈물밖에 없다고 설명했지만 마마 엘레나를 납득시킬 수는 없었다. 그리고 이젠 나차도 그녀 편에서 증언할 수도 없었다. 결혼식 날 티타가 나차를 찾아갔을 때 나차는 양손에 옛 애인의 사진을 꼭 쥐고 두 눈을 뜬 채 죽어 있었던 것이다.

이어서

다음 요리

장미 꽃잎을 곁들인 메추리 요리

3월

장미 꽃잎을 곁들인
메추리 요리

재료

가능한 한 빨간 장미로 12송이

밤 12개

버터 2큰술

감자 전분 2큰술

장미 에센스 2방울

아니스 2큰술

꿀 2큰술

마늘 2톨

메추리 6마리

용과 1개

만드는 방법

손가락을 찔리지 않도록 주의하면서 장미 꽃잎을 최대한 조심스럽게 떼어 낸다. 가시에 찔리면 아프기도 하지만 꽃잎에 피가 스며들면 요리 맛이 변할 뿐만 아니라 위험한 화학 반응을 일으킬 수도 있다.

하지만 티타는 페드로에게서 직접 선물받은 장미 꽃다발로 인해 엄청난 환희를 느꼈기 때문에 그런 세세한 것까지 모두 기억할 수 없었다. 언니의 결혼식 날 페드로가 다른 사람들 몰래 사랑을 고백한 후 처음으로 느낀 깊은 감동이었다. 눈치 빠른 마마 엘레나는 페드로와 티타가 단둘이 있게 되면 무슨 일이 생길지 알고 있었다. 그래서 지금까지는 서로 눈길을 마주치거나 만나지 못하도록 놀라울 정도로 손을 써 왔다. 하지만 한 가지 그녀가 미처 생각하지 못한 게 있었다. 나차의 죽음으로 생긴 부엌의 빈자리를 메우는 데에는 그 집안 여자들 중에 티타가 가장 적합한 사람이라는 거였다. 그리고 그곳에서 만들어지는 음식의 맛과 향기, 느낌에까지 마마 엘레나가 감시의 손길을 뻗칠 수는 없었다.

티타는 식민지 전 시대부터 대대로 내려오는 요리 비법을 전수받은 마지막 계승자였다. 그녀는 요리라는 이 신비한 예술을 최고로 잘 표현할 줄 아는 요리사였다. 그래서 티타가 농장의 공식 요리사로 임명되자 모두들 대환영이었다. 티타도 나차를 잃어서 슬프기는 했지만 기꺼이 그 자리를 받아들였다.

나차의 불행한 죽음으로 티타는 아주 상심이 컸다. 나차의 죽음 이후 티타는 완전히 혼자가 되었다. 마치 친엄마를 잃은 것 같았다. 페드로는 티타가 그 슬픔을 극복할 수 있도록 도와주고 싶었다. 그래서 티타가 농장의 요리사가 된 지 일 년이 되었을 때 장미 꽃다발을 선물하면 그녀에게 많은 위로가 될 거라 생각했다. 하지만 첫 아이를 임신 중인 로사우라는 생각이 달랐다. 그녀는 남편이 장미를 들고 들어와 자신이 아닌 티타에게 주는 것을 보고는 울음을 터트리며 거실을 뛰쳐나갔다.

마마 엘레나는 눈짓 한 번으로 티타에게 거실 밖으로 나가 장미꽃을 버리라는 명령을 내렸다. 페드로는 그제야 뒤늦게 자기가 겁 없이 괜한 짓을 했다는 걸 깨달았다. 하지만 마마 엘레나는 페드로에게 아직 실수를 만회할 수 있다는 눈길을 보냈다. 그래서 페드로는 양해를 구한 후 서둘러 로사우라를 찾아 나섰다. 티타는 장미꽃을 가슴에 꼭 끌어안았다. 그래서 부엌에 들어왔을 때에는 원래 분홍색이었던 장미꽃이 티타의 손과 가슴에서 흐른 피로 붉게 물들어 있었다. 티타는 그 장미를 어떻게 해야 할지 얼른 생각해야 했다. 장미는 눈부시게 아름다웠다! 난생처음 꽃을 선물받았고, 그것도 다름 아닌 페드로의 선물이었기 때문에 장미를 쓰레기통에 버릴 수는 없었다. 그때 장미 꽃잎으로 만드는 식민지 전 시대의 전통 요리법을 귓가에 속삭이는 나차의 목소리가 또렷하게 들려왔다. 티타는 그 요리법을 거의 잊고 있었다. 그 요리를 하려면 꿩이 필요했지만 농장에서는 꿩을 기르지 않았다.

그때 있는 거라곤 메추리밖에 없었다. 그래서 티타는 장미 꽃잎을 사용하기 위해 요리를 약간 바꾸기로 했다.

티타는 두 번 생각할 것도 없이 그 즉시 안뜰로 나가 메추리 뒤를 쫓아다녔다. 메추리 여섯 마리를 잡아 와 부엌에서 죽여야 했는데, 오랫동안 손수 먹이를 주고 기른 거라 쉽지만은 않았다.

티타는 심호흡을 크게 한 번 한 다음, 나차가 하던 것처럼 첫 번째 메추리의 목을 비틀었다. 하지만 힘이 너무 약했는지 불쌍한 메추리는 죽지 않고 고개를 한쪽으로 축 늘인 채 푸드덕거리며 부엌을 뛰어다녔다. 티타에게는 너무나도 잔인하고 끔찍했다! 어쩔 수 없이 죽여야 하는 경우에는 마음 약해져서는 안 된다는 걸 티타는 깨달았다. 독하게 마음 먹고 단번에 끝내지 않으면 오히려 더 큰 고통만 안겨 주게 되는 것이다. 그 순간 티타는 마마 엘레나처럼 독한 게 이로울 수도 있다는 생각을 했다. 이런 경우에 마마 엘레나는 아무런 동정심 없이 단번에 죽였다. 하지만 잘 생각해 보니 꼭 그런 것만도 아니었다. 티타는 예외였다. 티타가 어렸을 때부터 어머니는 티타를 조금씩 조금씩 죽여 왔고, 아직까지도 완전히 죽이지는 않고 있었다. 페드로와 로사우라의 결혼으로 티타는 메추리처럼 고개가 꺾이고 영혼도 꺾였다. 그래서 티타는 마음을 굳게 먹고, 메추리도 자기와 같은 고통을 느끼기 전에 단번에 죽였다. 다른 메추리들은 쉽게 죽일 수 있었다. 배 속을 꽉 막고 있는 미지근한 달걀들 때문에 고통받고 있는 메추리들을 자신이 목만 살짝 비틀어서 고통으로부터 자비롭게 구해 준다고 생각하기로 했기 때문이다. 티타는 어렸을 때 아침 식사로 미지근한 달걀 반숙을 먹어야 할 때마다 죽고 싶다고 생각했다. 마마 엘레나가 억지로 먹였기 때문이다. 티타는 마치 식도가 서로 딱 달라붙어서 음식물을 하나도 삼킬 수 없을 것처럼 느껴졌다. 그렇지만 어머니가 한 대 때리기만 하면 목구멍에 막혀 있던 게 순식간에 뻥 뚫리는 기적이 일어났다. 그리고 달걀도 아무런 문제 없이 쑥 넘어갔다. 티타는 이제 마음의 평온을 되찾아 다음 과정을 아주 능수능란하게 할 수 있었다.

마치 나차가 티타의 몸을 빌려 메추리의 털을 뽑고 내장을 꺼내고 튀기는 것만 같았다.

산 채로 메추리의 털을 뽑고 내장을 꺼낸 다음에는, 모양이 흐트러지지 않도록 다리를 묶고 소금과 후추를 적당히 뿌린 후 버터를 녹여 노르스름하게 익힌다.

끓는 물에 메추리를 담그면 고기 맛이 떨어지기 때문에 산 채로 메추리 털을 뽑는 게 가장 중요하다. 이것은 실습을 통해서만 얻을 수 있는 수많은 요리 비법들 중 하나다. 로사우라는 질냄비에 손을 덴 후로는 요리를 하려 하지 않았기 때문에 요리에 관해서는 문외한이었다. 그렇지만 남편 페드로를 놀라게 하려고 했는지, 아니면 요리라는 영역에서 티타와 경쟁하려고 했는지, 한번은 자기가 요리하겠다며 나섰다. 티타가 친절하게 몇 가지 충고를 해 주려고 했지만 로사우라는 버럭 화를 내며 자기 혼자 부엌에 내버려 둬 달라고 했다.

물론 밥은 너무 됐고, 고기는 너무 짰고, 디저트는 완전히 숯덩이였다. 그렇지만 마마 엘레나가 한마디 거들었기 때문에 식탁에서는 아무도 요리가 맛없다는 표정을 감히 내비칠 수 없었다.

"처음 요리한 것치고는 나쁘지 않구나. 페드로, 자네는 어떻게 생각하나?"

페드로는 아내의 기분을 상하게 하고 싶지 않았기 때문에 간신히 표정 관리를 하며 말했다.

"괜찮네요. 처음 한 것치고는 나쁘지 않습니다."

물론 그날 오후, 식구들은 모두 배탈이 났다.

그 일도 비극이긴 했지만 그날 농장을 뒤흔든 사건처럼 큰 비극은 아니었다. 페드로가 선물한 장미 꽃잎에 티타의 피가 스며들면서 엄청나게 폭발적인 요리가 만들어졌던 것이다.

식구들이 식탁에 둘러앉았을 때에는 약간의 긴장감이 감돌고 있었다. 하지만 메추리 요리가 나오기 전까지는 그렇게 살벌한 분위기는 아니었다. 페드로는 아내의 질투를 자극한 걸로도 모자라, 메추리 요리를 한 입 맛보고는 자신을 주체하지 못하고 황홀한 표정으로 두 눈을 감은 채 탄성을 질렀다.

"이건 신들이나 먹을 수 있는 황홀한 음식이야!"

마마 엘레나는 정말 기가 막히게 맛난 요리라는 건 인정하지 않을 수 없었지만 사위가 한 말 때문에 기분이 상해서 이렇게 말했다.

"너무 짜다."

로사우라는 속이 메슥거리고 어지럽다며 세 입 이상 먹지 못했다. 하지만 헤르트루디스에게는 이상한 변화가 일어났다.

헤르트루디스에게 그 음식은 최음제 작용을 일으킨 것 같았다. 다리에서부터 후끈한 열기가 올라왔으며, 몸의 가운데 부분이 간질거려서 의자에 제대로 앉아 있을 수도 없었다. 헤르트루디스는 진땀을 흘리며 일주일 전 마을 광장에 들어서면서 보았던 혁명군 장교를 떠올렸다. 땀 냄새와 흙냄새로 범벅이 되고 생사를 오가며 공포와 불안으로 새벽을 맞이하는 남자의 품에 안겨 말 등에 올라타면 어떤 기분일까 하는 생각이 들었다. 그때 헤르트루디스는 하녀 첸차와 함께 시장에 가던 길이었다. 부대원들을 이끌고 맨 앞에서 피에드라스 네그라스 시내 한복판으로 들어서는 그가 보였다. 두 사람의 눈길이 마주쳤을 때 그의 눈에 비친 뭔가가 그녀를 섬뜩하게 했다. 그의 눈에는 여자를 그리워하며 불 가에서 지새웠던 수많은 밤들이 서려 있었다. 키스할 수 있는 여자, 포옹할 수 있는 여자…… 헤르트루디스 같은 여자를 그리워하는 눈길이었다. 헤르트루디스는 손수건을 꺼내어 이런 음탕한 생각을 단숨에 지워 버리려는 듯 땀을 닦아 냈다.

하지만 모두 부질없는 짓이었다. 뭔가 이상한 변화가 일어난 게 틀림없었다. 헤르트루디스는 티타에게 도움을 청하려고 했지만 티타는 그곳에 없었다. 물론 티타의 몸은 의자에 똑바로 앉아 있었지만 그녀의 눈은 멍하니 넋이 나가 있었다. 연금술 같은 묘한 작용이 일어나 그녀의 존재 자체가 장미 소스, 메추리 고기, 포도주, 음식 냄새 하나하나 속으로 스며들어 녹아내린 것 같았다. 티타는 그렇게 달아오른 체취를 풍기며 육감적이고 섹시하게 페드로의 몸속으로 파고들었다.

티타와 페드로는 새로운 소통 방식을 발견한 듯했다. 그 안에서 티타는 발신자, 페드로는 수신자였으며, 불쌍한 헤르트루디스의 몸은 그들의 성적인 메시지가 지나가는 매개체였다.

페드로는 아무 저항도 하지 않았다. 그는 티타에게서 시선을 떼지 않은 채 그녀가 자신의 몸 구석구석까지 들어오도록 가만히 있었다. 페드로가 티타에게 말했다.

"이렇게 맛있는 음식은 먹어 본 적이 없습니다. 정말 고마워요."

그 요리는 정말 기가 막히게 맛있었다. 장미가 아주 세련되고 기품 있는 맛을 선사했다.

장미 꽃잎을 모두 뜯어 낸 다음 아니스[8]와 함께 절구에 넣고 빻는다. 이와는 별도로, 밤은 질냄비에 넣고 노릇노릇하게 구워서 껍질을 깐 다음 물에 넣고 끓여서 죽처럼 만든다. 마늘은 잘게 썰어서 버터 두른 팬에 노릇하게 굽는다. 마늘이

---

8) 주로 그 씨를 과자, 고기, 야채 요리에 향신료로 쓰거나 술 담그는 데 쓴다.

다 익으면 꿀, 곱게 간 용과, 장미 꽃잎, 적당량의 소금과 함께 밤 끓여 놓은 것에 넣는다. 그리고 옥수수 가루 2작은술을 넣어 소스를 걸쭉하게 만든다. 마지막으로 고운 체에 거르고 장미유를 두 방울만 첨가한다. 그 이상 넣으면 장미 향이 너무 짙어져서 맛을 떨어뜨리기 때문이다. 간을 하고 불을 끈다. 메추리 고기는 맛이 배도록 이 소스에 십 분간만 담가 두었다가 꺼낸다.

장미유의 향이 어찌나 강했던지 장미 이파리를 빻을 때 사용했던 절구통에서도 며칠 동안은 장미 향이 가시지 않았다.

부엌에서 사용했던 그릇들을 설거지하는 것은 헤르트루디스의 일이었다. 설거지는 매끼 식사가 끝난 후에 안뜰에서 했다. 그러면 설거지하면서 냄비에 남아 있던 음식 찌꺼기를 가축들에게 던져 줄 수도 있었다. 게다가 부엌 식기들이 워낙 컸기 때문에 개수대에서 하는 것보다 훨씬 편했다. 하지만 메추리 요리를 먹었던 날 헤르트루디스는 티타에게 자기 대신 설거지를 해 달라고 부탁했다. 헤르트루디스는 정말로 몸이 불편해 보였다. 온몸이 땀범벅이었다. 그녀의 몸에서 흐르는 땀방울은 분홍빛이었으며, 그윽하고 달콤한 장미 향을 풍겼다. 헤르트루디스는 샤워하고 싶은 마음이 간절해져서 샤워 준비를 하러 달려갔다.

마마 엘레나는 안뜰 뒤편, 마구간과 옥수수 창고 옆에 원시적이나마 샤워 시설을 설치하도록 했다. 두꺼운 판자를 이어서 만든 비좁은 방이었다. 하지만 판자 사이에 커다란 틈새가 있어서 안에 누가 있는지 쉽게 들여다볼 수 있었다. 어찌 됐든 그게 그 마을에서는 최초의 샤워 시설이었다. 그 시설은 텍사스주 샌안토니오에 사는 마마 엘레나의 사촌이 개발한 것이었는데, 높이는 2미터, 용량은 40리터인 용량의 물탱크에 물을 채워 넣으면 중력을 이용해 작동되는 원리였다. 물이 출렁이는 양동이를 들고 나무 사다리를 오르는 일은 힘들었지만 샤워 꼭지를 틀었을 때 전신으로 물이 쏟아지는 느낌은 정말 상쾌했다. 바가지로 물을 퍼서 하는 목욕과는 비교도 되지 않았다. 몇 년 후에는 양키들이 마마 엘레나의 사촌으로부터 이 발명품을 헐값에 사들여서 제대로 된 샤워 시설을 완성시켰다. 양키들은 파이프를 이용하여 따로 물을 저장할 필요가 없는 샤워 시설을 수천 개나 만들었다.

이 사실을 헤르트루디스가 알았더라면! 불쌍한 헤르트루디스는 물 양동이를 들고 열 번도 넘게 사다리를 오르락내리락했다. 너무 고된 일이라 가뜩이나 후끈 달아오른 열기가 더 달아올라서 거의 쓰러질 지경이었다.

그래도 시원하게 샤워할 수 있다는 생각에 참고 견딜 수 있었다. 하지만 샤워기에서 떨어지는 물줄기가 몸에 닿기도 전에 증발해 버렸기 때문에 불행히도 헤르트루디스는 샤워를 즐길 수 없었다. 그녀의 몸에서 뿜어져 나오는 열기가 어찌나 강했던지 나무판자가 뒤틀리면서 불이 붙었다. 헤르트루디스는 불길에 휩싸여서 타 죽을까 봐 너무 두려웠던 나머지, 완전히 벌거벗은 채로 샤워장에서 뛰쳐나왔다.

그때 그녀의 몸에서 뿜어져 나온 장미 향은 멀리, 아주 멀리까지 퍼져나갔다. 혁명군과 정부군이 치열한 접전을 벌이고 있던 마을 바깥까지 퍼져 나갔다. 그들 중 유독 한 군인이 출중한 용기 때문에 돋보였다. 일주일 전 피에드라스 네그라스에 도착했을 때 광장에서 헤르트루디스와 마주쳤던 바로 그 혁명군 장교였다.

장밋빛 구름이 주위로 몰려와 그의 몸을 휘감자 잠시 후 그는 마마 엘레나의 농장 쪽을 향해 전속력으로 말을 몰기 시작했다. 후안이라는 이름을 가진 그는 반쯤 죽여 놓은 적을 아무 이유도 없이 내버려 둔 채 전장을 등졌다. 알 수 없는 힘에 이끌리는 것 같았다. 알 수 없는 장소에서 알 수 없는 누군가를 만나기 위해 가능한 한 빨리 가야 한다는 절박감밖에 느낄 수 없었다. 그리고 그곳을 찾기란 어렵지 않았다. 헤르트루디스의 몸에서 풍겨 나오는 향이 그를 인도했던 것이다. 그는 제때 도착하여 들판 한가운데를 뛰어다니고 있는 헤르트루디스를 볼 수 있었다. 그는 그제야 자기가 왜 그곳까지 오게 되었는지를 깨달았다. 이 여자에게는 타오르는 뜨거운 열정을 잠재워 줄 남자가 절실하게 필요했던 것이다.

그녀만큼 사랑이 절실한 남자가 필요했던 것이다. 바로 그 같은 남자가 필요했던 것이다.

헤르트루디스는 그가 자신을 향해 오는 것을 보고 달리던 걸음을 멈추었다. 실오라기 하나 걸치지 않고, 강렬하게 반짝이는 머리카락을 허리춤까지 늘어뜨린 헤르트루디스는 천사와 악마를 반반씩 섞어 놓은 모습이었다. 가녀린 얼굴과 순결한 처녀의 육체는 눈과 땀구멍에서 미친 듯이 뿜어져 나오는 열정이나 관능과는 선명한 대조를 이루었다. 그런 그녀의 모습은 오랫동안 산에서 싸우며 억눌러 왔던 후안의 욕정과 맞물리면서 크나큰 장관을 이루었다.

후안은 시간을 낭비하지 않기 위해 말을 멈추지 않은 채로 몸을 숙이더니 헤르트루디스의 허리를 낚아채서 자기 앞에 앉혔다. 하지만 자신과 마주 보도록 앉힌 채로 함께 말을 타고 갔다. 겉으로 보기에 말은 주인의 명령에 따르고 있는 듯했다. 후안이 헤르트루디스를 열정적으로 껴안고 키스하느라 말고삐를 놓았지만 말은 최종 목적지가 어디인지 확실하게 아는 것처럼 계속 질주했다. 전력으로 질주하면서 어렵사리 첫 번째 결합을 이루었을 때는 말의 움직임과 그 둘의 움직임이 하나가 되어 구분조차 되지 않았다.

후안이 너무 빨리 달렸기 때문에 뒤를 따르던 혁명군 부하들은 그를 따라잡을 수 없었다. 실의에 빠진 대원들은 포기하고 돌아갔다. 나중에 그들은 대장이 전투 중에 갑자기 미쳐서 부대를 이탈했다고 보고했다.

역사는 대개 이렇게 써진다. 목격한 증인들의 진술로 이루어지지만 그 진술이 늘 사실과 일치하는 것은 아니다. 이 사건에 대한 티타의 관점은 혁명군들의 관점과는 전혀 달랐다. 티타는 안뜰에서 설거지를 하면서 모든 것을 세세하게 보았다. 샤워장에서 뿜어져 나온 분홍색 수증기 구름과 불길에 가려지기는 했지만 하나도 놓치지 않았다. 페드로도 안뜰 쪽으로 자전거를 타고 산책 나왔다가 티타 옆에서 운 좋게 그 광경을 목격했다.

페드로와 티타는 묵묵히 영화를 보는 관객처럼 자신들에게는 금지된 사랑을 이룬 주인공들을 보면서 눈물까지 흘리며 감격했다. 아주 잠깐, 찰나와 같은 순간, 페드로는 자신의 운명을 바꿀 수도 있었다. 그는 티타의 손을 붙잡고 "티타……." 그 한마디만 내뱉었다. 하지만 더 얘기할 시간이 없었다. 더러운 현실이 방해했다. 안뜰에 무슨 일이 있냐고 묻는 마마 엘레나의 고함 소리가 들렸던 것이다. 그때 페드로가 티타에게 함께 도망치자고 했다면 그녀 역시 두 번 생각하지도 않았을 것이다. 하지만 페드로는 그렇게 하지 않았다. 그저 재빠르게 자전거에 올라타서는 페달만 무섭게 밟아 댔을 뿐이었다. 그는 벌거벗은 채로 들판을 뛰어가던 헤르트루디스의 모습을 머릿속에서 지울 수가 없었다! ……사방으로 출렁거리던 커다란 젖가슴이 그를 홀려 놓았다. 페드로는 벌거벗은 여자를 한 번도 본 적이 없었다. 로사우라와 단둘이 있을 때에도 그녀의 몸을 보거나 애무하고 싶다는 마음은 전혀 들지 않았다. 잠자리에서는 아내의 은밀한 부분만을 드러내는 이불을 사용했다. 그리고 관계가 끝나면 아내가 몸을 드러내기 전에 서둘러 그 방에서 나왔다. 하지만 지금은 아무것도 걸치지 않은 티타의 몸을 한참 동안 바라보고 싶은 욕망이 일었다.

사랑스러운 티타의 조각 같은 몸 구석구석을 샅샅이 살펴보고 냄새 맡고 싶었다. 한 자매이니 틀림없이 헤르트루디스와 비슷한 몸매일 것 같았다.

그가 본 티타의 몸이라고는 얼굴과 손을 제외하고 언젠가 한 번 우연히 보았던 날씬한 종아리가 전부였다. 페드로는 그날의 기억 때문에 밤마다 괴로워했다. 그는 헤르트루디스를 데려간 남자처럼 티타의 종아리부터 시작해서 온몸을 더듬고 싶었다. 열정적으로, 거침없이, 관능적으로 애무하고 싶어 미칠 것만 같았다!

한편 티타도 페드로에게 기다리라고, 자신을 멀리 데려가 달라고 소리 지르고 싶었다. 서로 사랑할 수 있는 곳으로, 따라야만 하는 관습이 없는 곳으로, 어머니가 없는 곳으로 데려가 달라고 소리 지르고 싶었지만 목구멍에서는 아무 소리도 나오지 않았다. 말은 목구멍에서 뒤엉켜서 밖으로 나오기도 전에 그냥 사그라졌다.

티타는 너무 외롭고 쓸쓸했다! 성대한 연회가 끝난 후 접시에 달랑 하나 남은, 호두 소스를 끼얹은 칠레고추도 그녀보다는 덜 외로웠을 것이다. 그렇게 남겨진 음식을 버리기가 아까워서 얼마나 많이 부엌에서 혼자 먹었던가! 접시에 남겨진 마지막 칠레고추를 아무도 먹지 않은 것은 괜히 식탐 많은 사람처럼 보일까 봐 두려워서였다. 속으로는 한입에 꿀꺽 먹어 치우고 싶었지만 감히 나서지 못했다. 그래서 사람들은 설탕에 절인 달콤한 시트론 맛, 매운 고추 맛, 그윽한 호두 맛, 시원한 석류 맛 등 갖가지 진미로 속을 가득 채운 칠레고추를 남겼다. 호두 소스를 끼얹은 칠레고추가 얼마나 맛있는데! 정말 꿀맛인데! 그 안에는 갖가지 사랑의 비법이 들어 있었지만 점잖은 체면 때문에 아무도 그것을 제대로 밝히지 못했다.

빌어먹을 체면! 빌어먹을 예의범절! 그것들 때문에 그녀의 몸은 속수무책으로 조금씩 시들어 가야만 하는 운명이었다. 빌어먹을 페드로! 그는 너무 점잖고, 너무 올바르고, 너무 남자답고, 너무…… 너무 사랑스러웠다!

몇 년 후에 육체적 사랑을 나누게 될 거라는 사실을 그때 티타가 알았더라면 그렇게까지 절망하지는 않았을 것이다.

마마 엘레나가 두 번째로 소리를 지르고 나서야 티타는 퍼뜩 제정신으로 돌아와 어떻게 대답해야 좋을지부터 얼른 생각했다. 안뜰 뒤편에서 불이 났다는 말부터 먼저 해야 할지, 헤르트루디스가 벌거벗은 채 혁명군과 함께 말을 타고 떠났다는 말부터 해야 할지, 어느 말부터 어머니에게 해야 좋을지 몰랐다.

티타는 자신이 싫어하는 정부군이 무리를 지어 몰려와 샤워장에 불을 지르고 헤르트루디스를 납치해 갔다고 하기로 결심했다. 마마 엘레나는 그 이야기를 그대로 믿고는 속상해서 앓아누웠다. 하지만 일주일 후 마을의 교구 신부인 이그나시오 신부님의 입을 통해 헤르트루디스가 국경에 있는 사창가에서 일하고 있다는 사실을 듣고는 까무라칠 뻔했다. 신부님이 그 사실을 어떻게 알게 되었는지는 아무도 몰랐다. 마마 엘레나는 헤르트루디스의 이름을 입에 올리지도 못하게 했으며, 그녀의 사진과 출생 신고서를 모두 불사르게 했다.

불이 난 후 몇 년의 세월이 흘렀는데도, 예전에 샤워장이 있었던 곳에는 아직도 장미 향이 가득하다. 지금은 아파트 주차장이 되었다. 페드로와 티타가 목격한 장면 역시 그들의 기억에서 지워지지 않고 영원히 각인되었다. 그날 이후 장미 꽃잎을 곁들인 메추리 요리는 그 황홀했던 경험을 말없이 되살리는 추억이 되었다.

티타는 언니가 쟁취한 자유를 기리기 위해 매년 그 요리를 준비했고, 메추리 요리 장식에 특별히 정성을 기울였다.

메추리를 커다란 쟁반 위에 얹어 놓고 그 위에 소스를 뿌린다. 가운데에 장미 한 송이를 얹고 주위에는 장미 꽃잎을 뿌려 장식한다. 큰 쟁반을 사용하는 대신 처음부터 개인 접시를 사용할 수도 있다. 티타는 이 방법을 더 선호했다. 이렇게 하면 메추리 요리를 접시에 덜 때 장식이 흐트러질 위험이 없기 때문이다. 티타는 그날 밤부터 쓰기 시작한 요리 책에 이 점을 강조해서 적었다. 그녀는 이 요리 책을 매일 밤 담요를 뜬 후에 적기 시작했다. 뜨개질하는 내내 들판을 뛰어가던 헤르트루디스의 모습이 자꾸 어른거렸다. 그리고 시야에서 벗어난 후에 언니에게 일어났을 것 같은 일들을 떠올려 보았다. 물론 경험이 부족한 탓에 이 부분에 있어서는 티타의 상상력에 많은 한계가 있었다.

티타는 언니가 이제는 옷을 걸치고 있을지, 아니면 아직까지도 아무것도 안 걸치고 있을지 몹시 궁금했다. 언니가 자기처럼 추위를 탈까 봐 걱정도 되었다. 하지만 그녀는 그렇지 않을 거라는 결론에 이르렀다. 불 옆에서 남자의 품에 안겨 있을 가능성이 더 많았다. 그리고 그것만으로도 충분히 따뜻할 거라 생각했다.

그때 순간적으로 무슨 생각인가가 머릿속을 스쳐 지나갔고 티타는 몸을 일으켜서 별이 총총한 밤하늘을 바라보았다. 몸소 느껴 보았기 때문에 티타는 불타는 눈길이 얼마나 강렬한지 잘 알았다.

그것은 태양까지도 녹일 정도로 강렬했다. 티타는 이런 생각을 하면서 만일 헤르트루디스가 별을 바라본다면 어떻게 될까 생각해 보았다. 틀림없이 그녀의 몸에 붙은 사랑의 불이 그 열기가 전혀 수그러들지 않은 채로 무한대의 우주를 지나서 그녀의 시선이 머물렀던 샛별에 다다랐을 것이다. 커다란 별들은 세계 곳곳에서 연인들이 밤마다 보내는 강렬한 시선을 한 번도 받지 않았기 때문에 저렇게 수백만 년을 지탱할 수 있었으리라. 만일 한 번이라도 받았더라면 그 시선에서 뿜어져 나온 강렬한 열기 때문에 벌써 수천 조각으로 산산조각 났을 것이다. 별들은 사랑하는 연인의 시선을 받으면 그 즉시 돌려보냈다. 거울로 장난치듯 지구를 향해 빛을 반사했다. 그래서 밤마다 별들이 그렇게 반짝거렸던 것이다.

티타는 하늘의 저 수많은 별들 중에서 그 순간 언니가 바라보고 있을 별을 찾고 싶었다. 그러면 언니에게 남아도는 열기가 조금이라도 자신에게로 반사되어서 자기를 따뜻하게 데워줄 것만 같았다.

물론 그것은 티타의 바람일 뿐이었다. 하늘에서 빛나는 별들을 아무리 하나하나 뜯어보아도, 아무런 열기도 느껴지지 않았다. 오히려 정반대였다. 티타는 헤르트루디스가 두 눈을 꼭 감고 포근하게 잠들어 있는 탓에 그 방법이 통하지 않는 거라고 생각하며 부들부들 떨면서 침대로 돌아왔다. 티타는 이제 세 번이나 접을 수 있을 정도로 커진 담요를 뒤집어쓴 채 요리책을 훑어보며 혹시 빠뜨리고 적지 않은 것은 없는지 확인해 보았다. 그리고 이렇게 덧붙였다.

“이 요리를 먹은 헤르트루디스가 오늘 집에서 도망쳐 버렸다…….”

이어서

다음 요리는

아몬드와 참깨를 넣은 칠면조몰레

4월

아몬드와 참깨를 넣은 칠면조몰레

재료

물라토 칠레고추 1/4개

파시야 칠레고추 3개

안초 칠레고추 3개

아몬드 한 주먹

참깨 한 주먹

칠면조 육수

딱딱한 빵 1/3덩어리

땅콩

양파 1/2개

포도주

판 초콜릿 2개

아니스

돼지기름

정향

계피

후추

설탕

칠레고추 씨

마늘 5통

만드는 방법

칠면조는 잡은 지 이틀 뒤에 깨끗이 씻은 다음 소금을 뿌려서 삶는다. 제대로 키우기만 하면 칠면조 고기도 맛있을 수 있다. 심지어 훌륭한 맛을 내기도 한다. 깨끗한 사육장에서 충분한 옥수수와 물을 줘서 키우면 그런 맛을 얻을 수 있다.

잡기 보름 전부터 칠면조에게 조그마한 호두를 먹이기 시작한다. 첫날은 한 알, 그다음 날은 두 알을 주둥이에 넣어 준다. 잡기 전날까지, 칠면조가 옥수수를 얼마나 먹건 간에 상관없이 이런 방식으로 먹이는 양을 계속 늘려 준다.

티타는 칠면조를 잘 먹이는 데 정성을 기울였다. 농장에서 아주 중요한 파티가 열리기 때문에 신경이 온통 거기에 가 있었다. 자신의 조카이자 페드로와 로사우라의 첫 아들인 로베르토의 세례식을 축하하는 파티였다. 티타는 만찬으로 몰레 요리를 준비해서 성대하게 치르고 싶었다. 이 만찬을 위해 로베르토의 이름이 새겨진 황토 그릇도 특별히 주문했다. 로베르토는 친지와 친구들의 사랑과 관심을 듬뿍 받았다. 특히 티타의 사랑을 듬뿍 받았다. 생각했던 것과는 달리 티타는 이 아이에게 각별한 애정을 느꼈다. 이 아이가 자신의 전부였던 페드로와 언니가 결혼해서 낳은 아이라는 사실도 새까맣게 잊고 있었다.

티타는 신바람이 나서 세례식 때 내놓을 몰레를 하루 전날부터 준비하기 시작했다. 페드로는 거실에서 티타의 노래를 들으면서 여태껏 느껴 보지 못했던 새로운 감정을 느꼈다. 냄비 부딪히는 소리, 질냄비 위에서 노르스름하게 익어 가는 아몬드 냄새, 요리하면서 흥얼거리는 티타의 달콤한 목소리가 페드로의 성적 본능을 자극했던 것이다. 연인들이 사랑하는 이의 은밀한 체취를 가까이에서 느끼면서 애무를 즐길 때 둘만의 시간이 다가왔음을 직감적으로 아는 것처럼, 페드로는 달그락거리는 그릇 소리와 음식 냄새, 특히 노르스름하게 익은 참깨 냄새로 굉장한 요리가 준비되고 있다는 것을 알 수 있었다.

아몬드와 참깨는 질냄비에서 볶는다. 껍질을 얇게 벗겨 낸 안초 칠레고추도 볶는다. 하지만 쓴 맛 나지 않도록 살짝만 볶아 준다. 나중에 돼지기름을 약간 넣어야 하기 때문에 이것은 프라이팬에서 따로 볶는다. 그 다음 아몬드와 참깨를 함께 맷돌에 넣고 간다.

티타는 무릎을 꿇고 맷돌 위로 몸을 숙인 채 아몬드와 참깨를 갈면서 춤을 추듯 몸을 움직였다.

브래지어를 하지 않았기 때문에 블라우스 밑으로 젖가슴이 출렁거렸다. 목에 맺힌 굵은 땀방울이 둥글고 탱탱한 가슴 사이의 깊은 계곡 아래로 흘러내렸다.

페드로는 부엌에서 풍겨 나오는 냄새를 맡고 더 이상 참을 수가 없어져서 티타가 있는 곳으로 들어오다가 티타의 육감적인 모습을 보고는 문 앞에서 돌처럼 굳어졌다.

티타는 하던 일을 멈추지 않은 채 고개를 들었다가 페드로와 시선이 마주쳤다. 그 순간 두 사람의 격정적인 시선은 하나가 되었다. 그때 누군가 그들을 보았다면 이글거리는 시선이나 춤추는 듯한 매혹적인 몸 동작, 거친 숨소리, 욕망, 그 모두가 두 사람의 것이 아닌 한 사람의 것이라 느꼈을 것이다.

페드로의 눈길이 티타의 가슴에 머무를 때까지 두 사람은 황홀경에 빠진 채 서로 마냥 바라보기만 했다. 티타는 맷돌질을 멈추고는 페드로가 잘 볼 수 있도록 몸을 꼿꼿하게 세워서 자랑스럽게 가슴을 펼쳤다. 이 뜨거운 탐색전으로 두 사람의 관계는 영원히 바뀌었다. 옷을 뚫는 듯한 강렬한 시선을 나눈 후로는 모든 게 전과 같지 않았다. 티타는 그제서야 자신의 몸을 통해 비로소 깨달았다. 모든 물질이 왜 불에 닿으면 변하는지, 평범한 반죽이 왜 토르티야가 되는지, 불 같은 사랑을 겪어 보지 못한 가슴은 왜 아무런 쓸모도 없는 반죽 덩어리에 불과한 것인지 그제야 알 것 같았다. 그 짧은 시간 동안 페드로는 전혀 손을 대지 않고서도 티타의 가슴을 순수한 소녀의 가슴에서 관능적인 여인의 가슴으로 바꿔 놓았던 것이다.

그때 안초 칠레고추를 사러 시장에 갔던 첸차가 돌아오지 않았더라면 페드로와 티타 사이에 무슨 일이 벌어졌을지는 아무도 모를 일이었다. 어쩌면 페드로가 티타의 젖가슴을 쉬지 않고 만졌을는지도 모른다. 하지만 불행히도 그런 일은 일어나지 않았다. 페드로는 레몬 주스 한 잔을 가지러 온 것처럼 태연히 잔을 집어 들고는 재빨리 부엌을 빠져나갔다.

티타는 두 손이 부들부들 떨렸지만 짐짓 아무 일도 없었던 것처럼 몰레 만드는 일을 계속했다.

아몬드와 참깨가 다 갈아졌으면 칠면조 육수와 섞고 소금을 적당히 넣는다. 절구통에는 정향, 계피, 아니스, 후추를 넣고 빻는다. 마지막으로 다진 양파와 마늘, 미리 돼지기름에 튀겨놓은 빵을 넣고 빻는다.

그리고 포도주를 넣고 잘 섞는다.

향신료들을 빻는 동안 첸차는 괜스레 티타의 관심을 끌어보려고 했다. 마을 광장에서 목격한 사건을 부풀려 얘기하며 전쟁의 참상을 자세하게 열거했지만 첸차는 티타의 관심을 아주 잠깐밖에 끌지 못했다.

티타는 방금 전 사로잡혔던 그 짜릿한 느낌 외에는 아무것도 생각할 수 없었다. 게다가 티타는 첸차가 왜 그렇게 시시콜콜하게 얘기하는지도 잘 알고 있었다. 이제 티타는 우는 아이 이야기나 아이들을 납치하는 마녀 이야기, 도깨비나 귀신 이야기를 듣고 놀라던 어린아이가 아니었다. 첸차는 목매달려 죽은 사람들이나 총살당한 사람들, 사지가 잘려 나간 사람들,

목이 잘려 나간 사람들, 심지어 전쟁터 한복판에서 심장이 도려내진 사람들 이야기로 티타를 겁주려고 했다. 다른 때 같았으면 신나서 얘기하는 첸차의 말솜씨에 이끌려서, 그녀가 하는 거짓말을 그대로 믿었을지도 모른다. 심지어 판초 비야가 피 묻은 적들의 심장을 도려내어 먹는다는 얘기까지도 믿었을 것이다. 하지만 오늘은 아니었다.

페드로의 강렬한 시선으로 티타는 그의 사랑에 대한 확신을 되찾았다. 티타는 페드로가 단지 자신의 고통을 덜어 주기 위해 결혼식 날 거짓말을 했던 게 아닌가, 혹은 시간이 흐르면서 로사우라를 진정으로 사랑하게 된 건 아닌가 하는 생각에 사로잡혀서 몇 달째 괴로운 시간을 보내고 있었다. 이런 의심은 페드로가 아무 이유 없이 갑자기 그녀의 요리를 칭찬하지 않게 되면서 시작되었다. 상심한 티타는 더 맛있는 요리를 내놓기 위해 갖은 정성을 다 기울였다. 그리고 밤에는 절망감으로 담요를 한참 뜨개질하고, 요리를 통해 다시 전처럼 둘만의 교감이 되살아나길 바라면서 새로운 요리법들을 개발했다. 그녀에게는 고통스럽기만 했던 시간이었지만, 그녀가 만든 최고의 요리들이 이 기간 동안에 탄생되었다.

시인이 단어로 유희를 즐기듯 티타는 음식을 마음대로 요리하며 유희를 즐겼다. 훌륭한 성과도 얻어 냈다. 하지만 그녀의 애절한 노력도 아무 소용이 없었다. 페드로의 입에서 단 한마디의 찬사도 이끌어 낼 수 없었기 때문이다. 티타는 마마 엘레나가 페드로에게 식사를 칭찬하지 말라고 요구한 사실을 까마득하게 몰랐다. 마마 엘레나는 로사우라가 임신 때문에 몸이 불어난 것만으로도 우울해하고 자신감 없어하는데, 그런 그녀 앞에서 맛있는 음식을 구실로 티타를 칭찬하면 안 된다고 했던 것이다.

그 시기에 티타는 얼마나 외로웠던가! 나차를 얼마나 그리워했던가! 티타는 페드로를 포함한 모두를 증오했다. 살아 있는 동안은 이제 그 누구도 절대 사랑하지 못할 거라고 믿었다. 물론 이런 생각은 티타가 자기 손으로 직접 로사우라의 아들을 받아 내는 순간 사라졌다.

3월의 어느 추운 날 아침이었다. 티타는 아침 식사를 준비하기 위해 닭장에서 갓 낳은 달걀들을 모으고 있었다. 달걀 몇 개는 그때까지도 따듯했다. 티타는 갈수록 심해지는 한기를 조금이라도 덜어 보려고 블라우스 안에다 달걀을 집어넣고 가슴에 갖다 대었다. 그녀는 평소처럼 제일 먼저 일어났다.

그렇지만 그날은 헤르트루디스의 옷 가방을 싸기 위해 평소보다 삼십 분 더 일찍 일어났다. 소를 몰아오기 위해 길을 떠나는 니콜라스 편에 언니의 옷 가방을 보내려는 거였다. 물론 마마 엘레나 모르게 해야 했다. 티타는 헤르트루디스가 계속 벌거벗고 있을 거라는 생각을 머릿속에서 지울 수가 없었다. 물론 언니가 국경에 있는 사창가에서 일하기 때문에 벌거벗고 지낼 거라고 생각하는 것은 아니었다. 단지 입을 옷이 없어서 벗고 지내고 있을 거라고 생각했다.

티타는 옷 가방과 헤르트루디스가 있을 거라 미뤄 짐작되는 곳의 주소가 적힌 봉투를 얼른 니콜라스에게 전해 주고는 아침 식사를 준비하기 위해 돌아왔다.

페드로가 마차를 준비하는 소리가 들려왔다. 페드로가 이렇게 아침 일찍 서두르는 것은 이상한 일이었다. 하지만 아침 햇살을 본 순간 티타는 시간이 꽤 흘렀음을 알았다. 헤르트루디스에게 옷과 함께 그녀의 과거를 싸서 보내는 일이 생각보다 오래 걸렸던 것이다. 세 자매가 첫 영성체를 받던 날을 가방 안에 밀어 넣는 일은 쉽지만은 않았다. 베일과 책, 성당 밖에서 찍은 사진은 잘 들어갔지만, 나차가 그들을 위해 준비해서 식이 끝난 후 친구들과 맛나게 먹었던 타말[9]과 아톨레의 맛은 잘 들어가지 않았다. 또 색색 가지 살구씨는 잘 들어갔지만, 학교 운동장에서 뛰어놀던 때의 웃음소리와 호비타 선생님, 그네, 헤르트루디스의 방 냄새, 방금 만든 초콜릿 냄새는 잘 들어가지 않았다. 그렇지만 마마 엘레나의 매질이나 꾸중이 들어가지 않은 것은 정말 다행이었다. 티타는 혹시라도 그것들이 몰래 숨어들까 봐 급히 옷 가방을 닫았다.

티타가 안뜰로 나갔을 때, 페드로는 다급하게 소리 지르며 그녀를 찾고 있었다. 집안의 주치의인 브라운 박사를 부르러 이글 패스에 가야 하는데 어디서도 티타를 찾을 수가 없었던 것이다. 로사우라가 산통 중이었다.

페드로는 자기가 돌아올 때까지 로사우라를 보살펴 달라고 티타에게 부탁했다.

지금 로사우라를 보살필 수 있는 사람은 티타뿐이었다. 집

---

9) 옥수수 가루 반죽에 고기, 야채, 치즈, 향료 등을 넣고 옥수수 잎이나 바나나 잎으로 싸서 찐 음식.

에 아무도 없었기 때문이다. 마마 엘레나와 첸차는 식료품과 그 밖에 필요한 것들을 사기 위해 시장에 가고 없었다. 아이가 언제 태어날지 몰랐기 때문에 필요한 물건들을 모두 미리 갖춰 놓으려 했던 것이다. 정부군이 마을을 점거한 후로 상황이 험악해졌기 때문에 그때그때 시장에 다녀올 수가 없었다. 그들은 그렇게 일찍 아이가 나올 줄은 몰랐다. 그들이 떠나자마자 로사우라가 산통을 시작했던 것이다.

티타는 너무 오래 걸리지 않기를 바라면서 언니 곁을 지킬 수밖에 없었다.

그녀는 태어날 아이가 사내아이건 계집아이건 아무 상관 없었다.

그렇지만 정부군이 부당하게 페드로를 억류해서 페드로는 의사한테 가지도 못하고, 마마 엘레나와 첸차는 마을에서 일어난 총격전 때문에 돌아오지 못하고 로보 씨네 집에 피신해 있으리라고는 생각도 못 했다. 이제 티타는 조카의 탄생을 지켜봐야 할 유일한 사람이었다. 다른 누구도 아닌 티타가!

티타는 언니 곁에 있는 몇 시간 동안 학교에서 몇 년간 배운 것보다 훨씬 더 많은 것을 배웠다. 티타는 아이를 낳을 때 어떻게 해야 하는지에 대해 아무 말도 해 주지 않은 선생님과 어머니를 원망하고 또 원망했다. 언니가 다 죽어 가고, 언니를 위해 아무것도 할 수 없는데 행성 이름이나 예의범절이 다 무슨 소용이란 말인가! 로사우라는 임신 기간 동안 몸무게가 삼십 킬로그램이나 불어난 데다 초산이었기 때문에 분만이 더욱 힘들었다. 티타는 언니의 거대한 체구를 감안하더라도 지금 지나치게 몸이 부어 있다는 걸 깨달았다. 맨 먼저 발이 부어올랐고, 나중에는 얼굴과 손이 부어올랐다. 티타는 로사우라의 이마에 맺힌 땀을 닦아주며 용기를 주려 했지만 로사우라는 티타의 말을 들으려고도 하지 않았다.

티타는 가축들이 태어나는 것을 본 적이 있었지만 이 경우에는 그 경험도 아무런 도움이 되지 않았다. 그때는 그저 구경만 했었기 때문이다. 가축들은 자기가 무엇을 해야 할지 잘 알고 있었지만, 지금 그녀는 뭘 어떻게 해야 할지 전혀 알지 못했다. 담요와 뜨거운 물, 소독한 가위는 준비해 두었다. 탯줄을 잘라야 한다는 것은 알았지만 언제, 어떻게, 어느 정도 길이로 잘라야 할지는 막막했다. 아이가 이 세상에 나오면 잘 보살펴야 한다는 건 알았지만 어떻게 보살펴야 할지는 막막했다. 유일하게 알고 있는 것은 우선은 아이가 태어나야 한다는 거였다. 하지만 아이는 나올 생각을 하지 않았다! 티타는 언니의 가랑이 사이를 자주 들여다보았지만 아무런 기미도 보이지 않았다. 어둡고 조용하고 깊은 터널만 있을 뿐이었다. 티타는 로사우라 앞에 무릎을 꿇고 앉아 자신에게 영감을 불어넣어 달라고 나차에게 간절하게 기도했다.

나차가 그녀에게 요리법을 일러 주는 게 가능하다면 이런 긴박한 고비에도 그녀를 도와줄 수 있을 것 같았다. 이 세상 사람들이 손을 쓸 수 없다면 저세상 사람이라도 로사우라를 도와야만 했다.

티타는 자기가 얼마나 한참 동안 무릎 꿇고 기도했는지 몰랐다. 하지만 그녀가 눈을 떴을 때 어두웠던 터널이 조금씩 시뻘건 강물로, 거친 용암으로, 갈가리 찢긴 종이로 바뀌고 있었다. 언니의 육체가 새 생명에게 마침내 길을 터 주었던 것이다. 티타는 살기 위한 처절한 싸움을 이겨 내고 머리부터 내밀고 나오던 조카의 울음소리와 그 모습을 절대로 잊을 수 없을 것 같았다. 오랫동안 엄마 배 속에서 짓눌려 있느라 머리 모양이 찌그러져 있었기 때문에 예쁜 얼굴은 아니었다. 하지만 티타에게는 여태껏 한 번도 본 적이 없는, 이 세상에서 가장 예쁜 얼굴이었다.

아기의 울음소리는 텅 비어 있던 티타의 가슴을 가득 채워 주었다. 그녀는 그때 자신이 다시 사랑을 느낄 수 있게 되었음을 알았다. 삶과 이 아이, 페드로, 그리고 그토록 오랫동안 미워했던 언니까지 모두 사랑하게 되었다. 티타는 아이를 품에 안아 로사우라에게 데려다주었다. 두 자매는 함께 아이를 껴안은 채 한참을 흐느꼈다. 그러고 나서 티타는 나차가 귓가에 속삭여 주는 대로 분만 후 과정을 거뜬하게 해냈다. 제때 정확한 위치에서 탯줄을 자르고, 아몬드 유로 아이의 몸을 씻기고, 배꼽에 반창고를 붙이고 옷을 입혔다. 티타는 아이에게 속옷을 입히고, 배에 기저귀 끈을 두르고, 양다리를 들어 기저귀를 채우고, 겉옷과 양말, 신발까지 신긴 다음, 마지막으로 얼굴을 할퀴지 못하도록 양손을 가슴 위에 올려놓고 부드러운 천으로 감쌌다. 티타는 이 모든 과정을 별 탈 없이 해냈다. 마마 엘레나와 첸차가 밤에 로보 집안 사람들과 함께 돌아와서 티타가 완벽하게 해낸 걸 보고 경탄했을 정도였다. 아이는 타코처럼 포대기에 폭 싸여 곤히 잠들어 있었다.

페드로는 그다음 날이 되어서야 정부군에게서 풀려나 브라운 박사를 데리고 왔다. 가족들은 그제서야 모두 안심했다.

모두 페드로가 어떻게 되었을까 봐 걱정했다. 이제는 로사우라의 건강만 걱정하면 되었다. 로사우라는 그때까지도 극도로 허약하고 부어 있는 상태였다. 브라운 박사가 그녀를 정밀하게 진찰했다. 그제야 모두 위험한 분만이었다는 걸 알게 되었다. 박사 말에 의하면 로사우라는 쇼크를 일으켜서 죽을 수도 있었다. 박사는 티타가 그런 악조건 속에서도 적절한 조치를 취하며 침착하게 아이를 받아 낸 것을 매우 놀라워했다. 물론 티타가 아무런 경험도 없이 혼자 아이를 잘 받아 내서 놀라기도 했지만, 그가 기억하던 티타가 더 이상 어린 소녀가 아니라 그도 모르는 사이에 아름다운 여인으로 성숙해 있음을 순간적으로 느끼고 더 놀란 것인지도 몰랐다.

그는 오 년 전 아내와 사별한 후로는 어떤 여자에게서도 매력을 느끼지 못했다. 거의 신혼이나 다름없던 때에 아내를 잃은 슬픔은 몇 년 동안 그를 사랑에 무감각하게 만들었다. 그런 그가 티타를 본 순간 야릇한 감정에 사로잡혔던 것이다. 잠들어 있던 감각이 깨어나 꿈틀거리면서 온몸이 근질거렸다. 박사는 마치 처음 보는 것처럼 티타를 바라보았다. 가지런하고 고운 이빨이 완벽한 균형을 이루고 있는 가녀리고 아름다운 얼굴과 잘 어울렸다.

마마 엘레나가 부르는 소리에 그의 생각은 잠시 중단되었다.

"박사님, 제 딸이 위험한 고비를 넘길 때까지 매일 하루에

두 번씩 와 주실 수 있겠어요?"

"물론 그렇게 해야죠. 그건 저의 당연한 의무고, 또 부인 댁을 방문하는 것은 저에겐 크나큰 즐거움입니다."

마마 엘레나가 로사우라의 건강을 걱정하느라, 티타를 바라보는 존의 눈에서 번쩍이는 광채를 보지 못한 게 천만다행이었다. 만일 그렇지 않았다면 그에게 그렇게 대문을 활짝 열어 주지는 않았을 것이다.

지금 마마 엘레나에게 브라운 박사는 전혀 문제가 되지 않았다. 로사우라의 젖이 나오지 않는다는 게 유일한 걱정거리였다.

다행히 아이에게 젖 먹일 유모를 마을에서 구했다. 그녀는 나차의 친척으로 막 여덟째 아들을 낳았기 때문에 마마 엘레나의 손자에게 젖 먹이는 영광을 기꺼이 받아들였다. 한 달 동안은 아무런 문제가 없었다. 하지만 어느 날 아침 그녀는 식구들을 보러 마을에 갔다가, 혁명군과 정부군 사이에 벌어진 총격전에서 빗나간 총알에 맞아 죽고 말았다. 티타와 첸차가 커다란 진흙 그릇에 몰래 재료들을 모두 넣고 섞고 있을 때 그녀의 친척이 농장에 와서 그 소식을 전해 주었다.

이제 마지막 과정으로, 지시한 대로 재료들을 모두 갈았으면 질냄비에 넣고 칠면조 고기와 초콜릿, 설탕을 취향에 따라 적당히 집어넣고 섞다가 재료들이 걸쭉해지면 불에서 내린다.

티타는 혼자서 몰래 요리를 완성했다. 첸차가 그 소식을 듣자마자 다른 유모를 구하러 즉시 마을로 떠났기 때문이다. 밤이 되어서야 돌아왔지만 유모는 구하지 못했다. 아이는 화가 나서 마구 울어 댔다. 우유를 먹여 보았지만 먹지 않았다. 그래서 티타는 나차가 했던 것처럼 차라도 먹여 보려고 했지만 아무 소용이 없었다. 아이는 그것도 먹으려 하지 않았다. 유모 루피타가 두고 간 숄을 두르면 아이가 숄에서 나는 친숙한 냄새 때문에 진정하지 않을까 생각했다. 그러나 오히려 정반대의 효과만 났다. 유모의 냄새를 맡은 아이는 금방 젖이 나올 거라 생각했는데 나오지 않자 오히려 더 빽빽 울어 댔다. 아이는 티타의 젖가슴을 비비며 젖을 찾았다. 티타는 누군가가 배가 고파서 음식을 찾는데도 먹을 것을 줄 수 없을 때가 가장 참을 수 없었다. 티타는 속이 상해 미칠 것만 같았다. 더는 참을 수가 없어서 급한 마음에 블라우스를 열어 자기 젖을 아이에게 물렸다. 젖이 나오지 않는다는 것은 알았지만 그렇게 하면 잠깐이나마 시간을 벌 수 있을 거라 생각했다. 아기의 배고픔을 달래기 위해 어떻게 해야 할지 궁리하는 동안 적어도 아이를 진정시키고 잠잠하게 할 수는 있을 거라고 생각했던 것이다.

아이는 허겁지겁 젖꼭지를 물더니 열심히 빨아 댔다. 어찌나 세차게 빨아 댔던지 처녀인 티타의 가슴에서 젖이 나올 정도였다. 티타는 아이의 얼굴이 조금씩 평화로워지고 허겁지겁 삼키는 소리까지 들리자 설마 하는 생각을 하게 되었다. 아이가 그녀의 젖을 먹고 있다는 게 가당키나 한 얘긴가? 하지만 티타가 아이를 가슴에서 떼어 내자 젖이 뿜어져 나와 흘러내렸다. 티타는 자신에게 일어난 일을 이해할 수 없었다. 처녀에게서 젖이 나올 수는 없는 일이었다. 이것은 당시로서는 설명할 길이 없는 초자연적 현상이었다. 아이는 젖을 먹지 못하게 되자 또 울어 대기 시작했다. 티타는 얼른 젖을 물리고 아이가 포만감에 평화롭게 잠들 때까지 그대로 있었다. 정신없이 아이만 바라보느라 티타는 페드로가 부엌으로 들어오는 줄도 몰랐다. 그 순간 티타는 풍요의 여신 케레스처럼 보였다.

페드로는 조금도 놀라지 않았고, 아무런 설명도 원하지 않았다. 그는 환한 웃음을 띤 채 황홀한 표정으로 그들이 있는 곳으로 다가와 몸을 숙여 티타의 이마에 키스했다. 티타는 아이의 배가 부른 듯 보이자 아이를 가슴에서 떼어 냈다. 그때 페드로는 옷 사이로 언뜻 본 적밖에 없었던 티타의 젖가슴을 비로소 생생하게 볼 수 있었다.

티타는 블라우스를 제대로 여미려고 했다. 페드로가 부드러운 손길로 아무 말 없이 도와주었다. 그 순간 사랑, 욕망, 연민, 욕정, 부끄러움, 들킬지도 모른다는 두려움이 천천히 그들을 휘감았다……. 그때 마룻바닥을 걸어오는 마마 엘레나의 발자국 소리가 위험이 다가오고 있음을 알려 주었다. 마마 엘레나가 부엌으로 들어오는 순간, 티타는 서둘러 블라우스를 여몄고, 페드로는 얼른 티타에게서 떨어졌다. 그래서 마마 엘레나가 부엌문을 열고 들어왔을 때는 사회 규범이 허락하는 한도 내에서 별달리 걱정할 만한 것은 눈에 띄지 않았다. 페드로와 티타도 아무 일도 없었다는 듯한 표정을 짓고 있었다.

하지만 뭔가 심상치 않은 분위기는 느껴졌다. 그래서 마마 엘레나는 촉각을 곤두세우고 무엇이 자신을 그토록 불안하게 하는지 알아내려고 했다.

"티타, 애는 어떠냐? 뭐 좀 먹였니?"

"네, 어머니. 차를 마시고는 잠들었어요."

"다행이구나! 페드로, 아이를 제 어미한테 데려다주지 뭐 하고 있나? 아이는 엄마랑 떨어져 있으면 안 돼."

페드로는 아이를 품에 안고 나갔다. 그래도 마마 엘레나는 계속 주시해서 티타를 살펴보았다. 티타의 두 눈에는 뭔가 동요의 빛이 서려 있었고, 마마 엘레나는 그게 거슬렸다.

"언니에게 갖다줄 초콜릿 시럽은 다 만들었니?"

"네, 어머니."

"갖다줄 테니 내게 다오. 젖이 나오게 하려면 아침저녁으로 먹여야 한다."

하지만 초콜릿 시럽을 아무리 먹어도 로사우라의 젖은 나오지 않았다. 반면 티타는 그날 이후 로베르토뿐 아니라 갓난아이 둘은 더 먹일 수 있을 만큼의 젖이 나왔다. 로사우라가 아직 완전히 회복되지 않았기 때문에 티타가 조카 먹이는 일을 도맡아도 아무도 이상하게 보지 않았다. 페드로의 도움을 받아 몰래 아이에게 젖을 물렸기 때문에 아이가 뭘 먹는지는 아무도 몰랐다.

그래서 아이는 티타에게서 미움보다는 더 큰 사랑을 받게 되었다. 아이의 엄마가 로사우라가 아니라 오히려 티타인 것만 같았다. 티타는 로베르토를 자기 자식처럼 생각했고, 또 그렇게 행동했다. 세례식 날에도 뿌듯하고 자랑스럽게 조카를 안고 하객들에게 보여 주었다. 로사우라는 그때까지도 건강이 좋지 않았기 때문에 성당까지만 참석했다. 그래서 연회에서는 티타가 로사우라의 자리를 대신했던 것이다.

존 브라운 박사는 넋을 잃고 티타를 바라보았다. 그녀에게서 눈을 뗄 수가 없었다. 존은 티타와 단둘이 얘기하겠다는 목적 하나만으로 세례식에 참석했다. 로사우라를 왕진하러 오면서 매일 티타를 보긴 했지만 단둘이 마음 놓고 얘기할 기회는 갖지 못했기 때문이다. 티타가 그의 테이블에 가까이 오자 존은 자리에서 일어나 아이를 보려는 것처럼 가까이 다가갔다.

"눈부시게 아름다운 이모 옆에 있어서 아이가 더 예뻐 보이는군요."

"감사합니다, 박사님."

"친자식이 아닌데도 이런데, 진짜 자기 자식을 안고 있으면 정말 아름다우시겠어요."

순간 슬픈 그림자가 티타의 얼굴을 스치고 지나갔다. 존이 그 표정을 읽고는 사과했다.

"죄송합니다. 제가 뭔가 실수한 것 같군요."

"아니요. 그런 게 아니에요. 저는 어머니가 돌아가실 때까지 돌봐 드려야 하기 때문에 결혼을 할 수도, 아이를 가질 수도 없어요."

"어떻게 그럴 수가! 그건 말도 안 돼요."

"하지만 사실이 그런걸요. 그럼 이만 실례하겠어요. 다른 손님들한테 가 봐야 해요."

티타는 존을 혼란 상태에 빠뜨린 후 황급히 멀어져 갔다. 티타도 잠시 혼란스러웠지만 품에 안긴 로베르토를 보면서 금방 평정을 되찾았다. 이 아이만 가까이 둘 수 있다면 운명이 어찌 되든 상관없었다. 이 아이는 그 누구의 아이도 아닌 그녀의 아이였다. 티타에게 공식적인 직함은 없었지만 실제로 엄마 역할을 해 온 것도 그녀였다. 페드로와 로베르토는 그녀의 것이었으며, 이제 더는 바랄 게 없었다.

티타는 너무 행복에 겨워 있었기 때문에, 서로 이유는 달랐지만 마마 엘레나 역시 존과 마찬가지로 자신에게서 한시도 눈을 떼지 않고 있다는 것을 눈치채지 못했다. 마마 엘레나는 티타와 페드로가 뭔가 꾸미고 있다고 확신했다. 그것이 무엇인지를 밝히려는 생각에 식사도 제대로 하지 못했다. 그녀는 감시에만 너무 열중한 나머지 파티가 아주 성공적이었다는 사실도 알아채지 못했다. 사람들은 그게 모두 티타 덕분이라고 생각했다. 그녀가 준비한 몰레는 정말이지 입안에서 살살 녹았다! 티타는 요리 솜씨가 훌륭하다는 칭찬과 비결이 뭐냐는 질문을 연거푸 받았다. 자신의 비법은 사랑을 듬뿍 담아 만드는 데 있다고 티타가 대답했을 때, 우연히 근처에 있었던 페드로가 그녀와 은밀한 눈길을 교환했다. 불행히도 마마 엘레나가 이 광경을 목격하고 말았다. 두 사람은 티타가 허리를 숙이고 맷돌을 갈던 순간을 떠올리며 몇 초간 공범자들 같은 눈길을 주고받았는데, 독수리처럼 매서운 눈을 가진 마마 엘레나가 이십 미터 떨어진 곳에서도 그 섬광을 보고 말았던 것이다. 마마 엘레나는 이 때문에 심기가 상당히 불편해졌다.

그곳에 있던 사람들 중에 유일하게 마마 엘레나만이 심기가 불편했다. 이상하게도 몰레를 먹은 후에는 모두 들뜨고 흥분한 상태였다. 전에 없이 웃고 떠들어 댔으며, 다시 그렇게 웃고 떠들기까지는 한참 시간이 흘러야 했다. 혁명전쟁으로 인해 도처에 굶주림과 죽음의 위협이 도사리고 있었지만 그 순간만큼은 모두들 마을에서 날아다니고 있는 총탄을 잊어버린 것만 같았다.

한시도 침착함을 잃지 않은 사람은 마마 엘레나 단 한 사람뿐이었다. 그녀는 불편한 심기를 어떻게 풀 수 있을까 고심하다가 자신이 하는 얘기를 티타가 한마디도 빠뜨리지 않고 모두 들을 수 있도록 일부러 티타가 가까이 왔을 때 큰 소리로 이그나시오 신부에게 말했다.

"신부님, 상황이 상황이니만큼 저번에 내 딸 로사우라가 아이를 낳았을 때처럼 의사가 필요한데도 데려오지 못하는 경우가 생길까 봐 걱정이에요. 그래서 로사우라가 어느 정도 몸을 추스르면 남편하고 아이와 함께 텍사스 샌안토니오에 가서 내 사촌과 사는 게 좋을 것 같아요. 그곳에서는 훨씬 더 나은 치료를 받을 수 있을 테니까요."

"나는 엘레나 여사와 다른 생각입니다. 더더군다나 정치 상황이 요즘 같은 때에는 집안에 여사님을 보호해 줄 남자가 한 명은 있어야 해요."

"남자가 필요했던 적은 한 번도 없어요. 저 혼자서도 농장과 딸들을 잘 돌봐 왔잖아요. 신부님, 사는 데 남자가 그렇게 중요한 건 아니에요.(마마 엘레나는 특히 이 부분을 강조했다.) 그리고 혁명도 사람들이 얘기하는 것만큼 그렇게 위험하지는 않고요. 물 없이 칠레고추를 먹는 게 훨씬 더 위험하죠!"

"그건 그래요."

신부가 웃으면서 대답했다.

"아! 엘레나 여사는 참 기발하십니다! 그럼 샌안토니오로 이사 가면 페드로는 어디서 일하게 됩니까?"

"내 사촌의 회사에서 회계사로 일할 수 있을 거예요. 영어를 완벽하게 잘하니까 별 문제 없을 거고요."

그 말은 티타의 머릿속에서 대포 소리처럼 쾅 하고 울려 퍼졌다. 그렇게 되도록 내버려 둘 수는 없었다. 누구도 지금 그녀에게서 아이를 빼어갈 수는 없었다. 그 일만큼은 무슨 일이 있어도 막아야 했다. 결국 마마 엘레나는 티타의 파티를 망치는 데 성공했다. 티타가 태어나서 처음으로 마음껏 즐기고 있던 파티를 말이다.

이어서
다음 요리는
북부식 초리소

5월

북부식 초리소

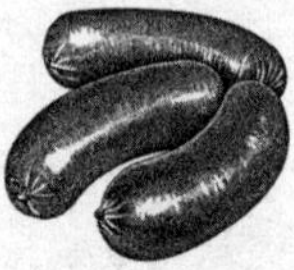

재료

돼지 등심 8킬로그램

돼지 머리 고기나 자투리 고기 2킬로그램

안초 칠레고추 1킬로그램

커민 60그램

오레가노 60그램

후추 30그램

정향 6그램

마늘 2컵

사과 식초 2리터

소금 250그램

만드는 방법

식초를 불 위에 올려놓고, 미리 씨를 빼놓은 안초 칠레고추를 집어넣는다. 끓으면 냄비를 불에서 내려, 고추가 부드러워지도록 냄비 뚜껑을 덮어 둔다.

첸차는 뚜껑을 덮어놓고 지렁이를 잡고 있는 티타를 도와주러 안뜰로 뛰어갔다. 초리소 만드는 작업과 목욕물 준비가 잘되어 있는지 보기 위해 마마 엘레나가 언제 부엌에 들이닥칠지 모르는 일이었다. 하지만 둘 다 늦어지고 있었다. 페드로와 로사우라, 로베르토가 샌안토니오로 이사를 떠난 후 티타가 삶에 대한 흥미를 모두 잃었기 때문이다. 티타는 오로지 불쌍한 비둘기에게 지렁이를 잡아다 먹이는 일에만 관심을 보였다. 비둘기장 때문에 밖에서 보면 집이 금세라도 무너져 내릴 것 같았지만 티타는 전혀 개의치 않았다.

티타가 초리소를 만들지 않았다는 걸 마마 엘레나가 알게 되면 어떤 일이 일어날지 첸차는 상상하고 싶지도 않았다.

초리소는 돼지고기를 가장 경제적으로 이용할 수 있는 방법이다. 게다가 상할 염려 없이 오래 두고 먹을 수도 있다. 그들은 육포, 햄, 베이컨, 돼지기름도 함께 만들었다. 며칠 전 혁명군들이 농장을 다녀간 후 몇 마리 남지 않은 가축 중 하나인 이 돼지로부터 최대한 많은 식량을 얻어 내야 했다.

혁명군들이 들르던 날 농장에는 마마 엘레나와 티타, 첸차와 일꾼들인 로살리오, 구아달루페만 있었다. 농장 감독관인 니콜라스는 소를 사러 나가서 아직 돌아오지 않은 상태였다. 식량을 마련하느라 죽인 가축들을 다시 채워 넣기 위해 소를 사러 갔던 것이다. 그는 아들 펠리페에게 농장의 감독을 맡기고 가장 믿을 만한 일꾼 두 명을 조수로 데리고 갔다. 하지만 마마 엘레나는 펠리페를 페드로 가족의 소식을 알아보러 샌안토니오로 보내고 자신이 직접 농장을 관리했다. 그들이 떠난 후로 아무 소식도 없었기 때문에 무슨 일이라도 있나 걱정되었던 것이다.

로살리오가 미친 듯이 말을 타고 달려와, 군대가 농장 쪽으로 다가오고 있음을 알렸다. 마마 엘레나는 그 즉시 엽총을 집어 들었다. 그녀는 총을 닦으면서 탐욕스럽고 게걸스러운 군인들로부터 재산을 어떻게 보호해야 좋을지 궁리했다. 혁명군에 대해서는 좋은 얘기라고는 들어본 적이 없었다. 물론 이그나시오 신부님이나 피에드라스 네그라스 시장의 얘기도 썩 믿을 만한 것은 아니었다. 마마 엘레나는 그들의 이야기를 통해 혁명군이 집으로 쳐들어와서 닥치는 대로 때려 부수고 여자들을 겁탈한다는 사실을 잘 알고 있었다. 그래서 티타와 첸차는 새끼 돼지들을 데리고 지하실에 숨어 있으라고 했다.

혁명군들이 도착했을 때 마마 엘레나는 집 현관에 서 있었다. 페티코트 밑에 엽총을 숨기고 있었으며, 로살리오와 구아달루페가 옆에 서 있었다. 마마 엘레나의 눈과 혁명군을 지휘하는 대장의 눈이 마주쳤다. 그 순간 대장은 그녀의 매서운 눈길만 보고도 조심해야 할 여자라는 걸 간파했다.

"안녕하십니까, 부인? 부인이 이 농장의 주인입니까?"

"그렇소. 원하는 게 뭐요?"

"저희들의 대의명분에 협조 좀 해 주십사 하고 부탁드리러 왔습니다."

"당신들이 옥수수 창고나 마구간에서 찾아내는 것은 모두 가져가도 좋다고 내 기꺼이 말하리다. 하지만 내 집에 있는 물건에 손대는 것은 허락하지 않겠소. 알아들었소? 이건 나의 개인적인 명분을 위한 것이오."

대장이 장난 삼아 부동 자세를 취하며 대답했다.

"알겠습니다, 장군님."

군인들은 모두 그 농담이 우스워서 소리 지르며 웃었지만 대장은 마마 엘레나가 농담이 통할 사람이 아니라는 걸 알고 있었다. 그녀는 진지하게, 아주 진지하게 말한 것이었다.

대장은 위압적이면서도 오만한 그녀의 시선에 압도당하지 않으려고 애쓰면서 부하들에게 농장을 뒤지라고 명령했다. 그들이 찾아낸 것은 옥수수 약간과 닭 여덟 마리가 전부였다. 기분이 잔뜩 언짢아진 하사관 한 명이 대장에게 다가와 말했다.

"저 할망구가 집 안에 몽땅 숨겨 놓은 게 분명합니다. 제가 한번 들어가서 살펴보겠습니다!"

마마 엘레나가 방아쇠에 손을 갖다 대며 말했다.

"나는 농담하는 게 아니다. 내 집에는 아무도 못 들어간다고 이미 말했다."

하지만 하사관은 그 말을 비웃기라도 하듯 손에 들고 있던 닭을 흔들면서 집 안으로 들어가려고 했다. 마마 엘레나는 반동으로 튕겨 나가지 않도록 벽에 기대어 닭들을 향해 방아쇠를 당겼다. 닭의 살점이 사방으로 튀었고, 닭 털 타는 냄새가 진동했다.

로살리오와 구아달루페는 부들부들 떨면서 총을 꺼냈다. 그들은 오늘이 이 세상에서의 마지막 날이라고 확신했다. 대장 옆에 있던 군인이 마마 엘레나에게 총을 쏘려고 했지만 대장이 멈추라는 신호를 보냈다. 모두 그의 공격 명령만을 기다리고 있었다.

"나는 명사수인 데다가 성질이 고약하오. 대장, 다음은 당신 차례요. 당신 부하들이 나를 죽이기 전에 내가 먼저 당신을 죽일 수 있다고 자신하오. 그러니 서로 조금씩 존중합시다. 우리 둘 다 죽으면 나야 아쉬워하는 사람 없겠지만, 당신은 틀림없이 국가적인 손실일 거요. 안 그렇소?"

마마 엘레나의 시선을 마주 대하는 것은 대장에게도 정말이지 힘든 일이었다. 그녀의 눈빛에는 사람을 주눅 들게 하는 뭔가가 있었다. 그녀의 시선을 받은 사람은 말할 수 없는 두려움을 느꼈다. 자신이 저지른 잘못에 대한 죄책감과 무서움이 밀려왔다. 어머니의 권위 앞에서 마냥 겁내는 어린아이와 같은 기분이 들었다.

"좋소. 당신 말도 일리가 있소. 그렇지만 걱정하지 마시오. 아무도 집 안에는 들어가지 않을 것이며, 무례하게 굴지도 않을 것이오. 그런 일은 절대 없을 것이오! 나는 항상 용감한 여인을 존경해 왔소."

그러고는 부하들을 향해 말했다.

"집 안에는 아무도 들어가지 않는다. 이 주위를 더 찾아보고 떠나자."

그들은 저택의 지붕 양면 전체에 걸쳐서 만들어져 있는 어마어마한 비둘기장을 발견했다. 비둘기장에 닿으려면 높이 칠미터의 사다리를 올라가야 했다. 혁명군 세 명이 그곳에 올라갔다가 놀라서 한동안 꼼짝하지 못했다. 비둘기장의 규모와 칠흑 같은 어둠, 옆에 있는 작은 창문들을 통해 들락거리는 비둘기들이 울어 대는 소리가 너무나도 압도적이었던 것이다. 그들은 비둘기가 한 마리도 달아나지 못하도록 문과 창문들을 모두 닫고는 비둘기 새끼와 어미 들을 몽땅 붙잡았다.

그들은 모든 대원이 일주일 동안 먹기에 충분한 양을 모았다. 떠나기 전에 대장은 말을 타고 뒤뜰을 돌아보다가 아직 그곳에 남아 있던 은은한 장미 향을 한가득 들이마셨다. 그는 두 눈을 감고 한참 동안 그렇게 가만히 있었다. 그러고는 마마 엘레나의 옆으로 돌아와 물었다.

"딸이 셋이라고 알고 있는데 모두 어디에 있소?"

"큰딸과 막내딸은 미국에 살고, 둘째딸은 죽었소."

그 소식은 대장을 무척이나 안타깝게 했다. 그가 들릴락 말락 한 소리로 말했다.

"안타깝군요. 정말 안타까워요."

그는 마마 엘레나에게 정중하게 작별 인사를 건네고는 왔을 때처럼 조용히 떠나갔다. 마마 엘레나에게는 그들의 그런 행동이 무척이나 당혹스러웠다. 그들은 그녀가 상상했던 잔인한 살인마들이 아니었다. 그날부터 그녀는 혁명군에 대해서는 아무 말도 하지 않았다. 마마 엘레나는 그 대장이라는 사람이 바로 몇 달 전에 헤르트루디스를 데려갔던 후안 알레한드레스라는 사실은 영영 알지 못했다.

그리고 대장 역시 몰랐던 게 하나 있었다. 마마 엘레나의 집 뒤편에 있는 잿더미 속에 많은 닭들이 묻혀 있었다는 사실이었다. 마마 엘레나는 혁명군들이 오기 전에 닭 스무 마리를 잡게 했다. 밀이나 귀리로 닭 속을 채우고, 유약을 칠한 진흙 그릇에 깃털까지 몽땅 집어넣었다. 그렇게 하고 천으로 그릇을 잘 덮어 두면 일주일 이상 고기를 신선하게 보관할 수 있다.

이것은 사냥이 끝난 후 고기를 보관할 때 오래전부터 농장에서 사용하던 방법이었다.

티타는 숨어 있다 나오자마자 진종일 울어 대던 비둘기 소리가 제일 그리웠다. 그녀는 태어났을 때부터 매일 비둘기 소리를 들으며 자랐다. 갑작스러운 고요가 그녀의 외로움을 한

층 더 깊게 했다. 그때 페드로와 로사우라, 로베르토의 부재가 더욱 절실하게 다가왔다. 티타는 비둘기장으로 연결된 높다란 계단을 서둘러 올라갔다. 그곳에는 양탄자처럼 수북이 깔린 비둘기 깃털과 지저분한 배설물만이 남아 있을 뿐이었다.

열려 있던 문으로 바람이 들어와 양탄자처럼 묵직하게 깔려 있던 깃털들이 흩날렸다. 그때 아주 희미한 소리가 들려왔다. 갓 태어난 비둘기 새끼 한 마리가 그 대학살에서 간신히 살아남았던 것이다. 티타는 비둘기 새끼를 들고 내려가다가 잠시 멈춰 서서, 멀리서 흙먼지를 일으키며 말을 타고 떠나는 군인들을 바라보았다. 티타는 왜 그들이 어머니를 그냥 내버려 두었는지 궁금했다. 숨어 있는 동안에는 마마 엘레나에게 아무 일도 일어나지 않게 해 달라고 빌었다. 하지만 한편으로는 밖에 나가면 어머니가 죽어 있기를 막연하게 기대했던 것이다.

티타는 그런 생각을 했던 자신이 부끄러웠다. 그녀는 양손으로 사다리를 잡고 내려가기 위해 비둘기를 가슴팍에 집어넣고 비둘기장에서 내려갔다. 그날부터 티타는 비쩍 마른 비둘기 새끼를 잘 먹이는 데에만 온갖 정성을 기울였다. 그래야만 삶이 의미 있는 것 같았다. 물론 아기에게 젖을 물리는 기쁨과는 비교도 할 수 없었지만, 어쨌든 비슷한 데는 있었다.

사랑하는 조카와 헤어진 슬픔으로 그녀의 젖가슴은 하루하루 말라 갔다. 티타는 지렁이를 찾으면서도 누가, 어떻게 로베르토에게 젖을 먹일까만 생각했다. 티타는 밤낮 그 생각으로 괴로워했다. 한 달 내내 한순간도 눈을 붙이지 못했다. 그 기간 동안 그녀가 유일하게 한 거라고는 가뜩이나 기다란 담요의 길이를 다섯 배나 더 늘린 것밖에 없었다. 첸차는 자괴감에 빠져 있는 티타를 부추겨서 억지로 부엌으로 끌고 들어왔다. 티타를 절구통 앞에 앉히고는 칠레고추와 양념들을 빻게 했다. 이 과정을 좀 더 쉽게 하려면 빻는 중간중간에 가끔씩 식초를 몇 방울 떨어뜨려 주면 좋다. 마지막으로 잘게 갈거나 으깬 고기는 칠레고추와 양념과 함께 버무려서 밤새도록 간이 배게 놔둔다.

티타와 첸차가 절구질도 채 시작하지 않았을 때 마마 엘레나가 왜 아직 목욕물이 준비되지 않았냐고 물으며 부엌으로 들어왔다. 마마 엘레나는 자기 전에 머리를 제대로 말릴 수 없다는 이유로 너무 늦게 목욕하는 것을 좋아하지 않았다.

마마 엘레나의 목욕 준비는 마치 무슨 의식 준비 같았다. 목욕물은 마마 엘레나가 가장 좋아하는 향인 라벤더 꽃잎을 넣어 끓여야 했다. 깨끗한 망으로 꽃잎을 떠낸 다음 브랜디 몇 방울을 떨어뜨린다. 그리고 마지막으로 이 물을 양동이에 담아 하나씩 하나씩 '어두운 방'으로 날라야 했다. 그 방은 집 한쪽 구석에 있는 자그마한 방으로 부엌 옆에 있었다. 이름에서 알 수 있듯 이 방에는 창문이 없어서 햇빛이 한 줄기도 들어오지 않았다. 비좁은 문 하나가 있을 뿐이었다. 방 한가운데 있는 커다란 항아리에 목욕물을 부었다. 그리고 그 옆에는 마마 엘레나가 머리를 감을 때 쓰기 위한 알로에 즙이 담긴 백랍 주전자가 놓여 있었다.

죽을 때까지 어머니를 보살펴야 하는 티타만이 이 의식에 참가해 벌거벗은 마마 엘레나의 몸을 볼 수 있는 유일한 사람이었다. 다른 사람은 절대 안 되었다. 그래서 아무도 엿보지 못하도록 이 방을 만든 것이다. 티타는 먼저 어머니의 몸을 씻기고 나서 머리를 감겼다. 그리고 어머니가 따뜻한 물 안에서 휴식을 취하는 동안 목욕을 마친 후에 입을 옷을 다렸다.

마마 엘레나가 부르면 티타는 어머니가 감기에 걸리지 않도록 얼른 몸을 닦고 따뜻한 옷을 입혀 주었다. 그리고 방이 갑자기 추워져서 체온에 갑작스러운 변화가 생기지 않도록 문을 일 밀리미터만 살짝 열어 놓았다. 문틈 사이로 들어오는 희미한 빛 줄기 아래서 티타는 어머니의 머리를 빗겨 내렸다. 그럴 때면 수증기에서 여러 가지 신기한 모양들이 뭉게뭉게 피어오르면서 신비스러운 분위기를 자아냈다. 머리카락이 완전히 마를 때까지 빗긴 다음 세 갈래로 땋아 내리면 의식은 끝났다. 티타는 어머니가 일주일에 한 번만 목욕하는 걸 하느님께 늘 감사드렸다. 그렇지 않았다면 그녀의 삶은 정말 십자가의 길처럼 고난 그 자체였을 것이다.

마마 엘레나는 식사 때와 마찬가지로 목욕할 때 역시 불평이 끊이지 않았다. 티타가 아무리 신경을 써도 늘 수없이 많은 꼬투리를 잡아냈다. 블라우스에 주름이 한 줄 가 있다느니, 물이 충분히 따뜻하지 않다느니, 머리를 땋은 게 똑바르지 않다는 둥, 마마 엘레나는 실수를 찾아내는 데 천부적인 자질을 가진 것 같았다. 그러나 그날만큼 많이 지적을 당한 날도 없었다. 사실 티타도 의식을 꼼꼼하게 준비하지 않긴 했다. 물이 너무 뜨거워서 마마 엘레나가 항아리에 들어가다 발을 데었고, 머리를 감길 때 쓰는 알로에 즙을 깜빡 잊었으며, 다리미질하다가 속옷을 태웠고, 문을 너무 많이 열어 놓았던 것이다. 다시 말해 마마 엘레나한테 실컷 욕먹고 욕실에서 쫓겨나도 할 말이 없었다.

티타는 자신이 저지른 실수들과 어머니의 꾸지람에 속상해하며 빨랫감을 안고 부엌으로 향했다. 옷을 태우는 바람에 할 일이 더 많아진 것이 가장 속상했다. 이런 불행은 태어나서 두 번째였다. 이제 붉은 얼룩을 없애기 위해 속옷을 염소산칼륨과 알칼리를 섞은 잿물에 담가 놨다가 수도 없이 비벼 빨아야 했다. 게다가 어머니가 입었던 검정 드레스까지 빨아야 했다. 그 옷을 빨 때는 끓는 물 약간에 소의 담즙을 풀어 부드러운 스펀지에 적신 다음 옷 전체에 골고루 묻혔다가 얼른 깨끗한 물에 헹궈서 널어야 했다.

티타는 얼룩을 지우기 위해 로베르토의 기저귀를 빨 때처럼 열심히 비벼 빨았다. 얼룩을 지우기 위한 또 다른 방법은 얼룩이 있는 부분을 끓인 오줌에 잠깐 담갔다가 물로 헹구는 것이다. 그러면 얼룩은 단번에 사라진다. 그런데 지금은 아무리 기저귀를 오줌에 담갔다 빨아도 그 무시무시한 검은색이 지워지지 않았다. 그제야 티타는 그것이 로베르토의 기저귀가 아니라 어머니의 옷이라는 걸 깨달았다. 아침부터 설거지통 옆에 있는 요강에다가 담가 놓고는 빨지도 않은 채 잊어버렸던 것이다. 당황한 티타는 서둘러 자신의 잘못을 바로잡았다.

티타는 이제 부엌일에 좀 더 신경을 써야 했다. 그녀를 괴롭히는 추억을 멀리 쫓아내지 않으면 마마 엘레나의 분노가 언제 터질지 모르는 일이었다.

마마 엘레나의 목욕 준비를 시작할 때부터 초리소 속에 넣을 고기는 양념에 재워 놓았다. 이제 충분한 시간이 흘렀으니 창자에 채워 넣어도 좋을 것이다.

창자는 깨끗하게 손질된 것을 써야 한다. 깔때기를 이용하여 속을 채운다. 손가락 네 개 정도의 간격으로 마디를 지어 단단히 묶은 다음, 바늘로 찔러 공기를 뺀다. 공기가 들어가면 초리소가 상할 수도 있다. 속을 채울 때 빈틈이 생기지 않도록 꾹꾹 눌러 채우는 것이 매우 중요하다.

티타는 연거푸 실수를 반복하게 하는 옛 추억들을 몰아내려고 무진장 애를 썼다. 하지만 큼지막한 초리소 덩어리를 집어 든 순간 식구들 모두가 안뜰에서 잤던 여름밤이 떠올랐다. 삼복에는 무더위가 참을 수 없을 정도로 기승을 부렸기 때문에 안뜰에 커다란 그물 침대를 걸어 놓곤 했다. 탁자 위에는 얼음을 가득 넣은 항아리를 두고, 한밤중에 더위를 식히려고 일어난 사람들이 먹을 수 있도록 수박을 잘라 그 안에 넣어 두었다. 마마 엘레나는 수박을 자르는 데는 전문가였다. 그녀는 수박 속까지 칼을 집어넣지 않고 초록색 껍질 부분까지만 날카로운 칼끝을 집어넣어서 단번에 쪼갤 줄 알았다.

수박 껍질을 자를 때도 수학적으로 완벽한 균형을 이루었다. 수박을 집어 들어 돌 위에, 하지만 정확한 위치에 한 번 내리치면 무슨 마술이라도 부린 듯 수박 껍질이 속까지 꽃봉오리가 터지는 것처럼 쫙 갈라졌다. 정말이지 마마 엘레나는 자르고, 부수고, 동강 내고, 망가뜨리고, 떼어 내고, 잘라 내고,

흐트러뜨리고, 잔인하게 구는 데는 일가견이 있었다. 마마 엘레나가 죽은 이후에도 수박 자르는 데 있어서 그만 한 실력을 가진 사람은 나타나지 않았다.

티타가 그물 침대에 누워 있는데, 누군가 일어나서 수박 한 조각을 먹는 소리가 들려왔다. 그녀는 화장실이 가고 싶어서 잠이 깼다. 티타는 하루 종일 맥주를 마셔 댔는데, 더위를 식히기 위해서가 아니라 조카에게 먹일 젖이 잘 나오게 하기 위해서였다.

로베르토는 언니 옆에서 곤히 잠들어 있었다. 티타는 아무것도 볼 수 없었다. 칠흑같이 어두운 밤이었다. 그녀는 그물 침대들의 위치를 기억하려고 애쓰면서 화장실이 있는 쪽으로 향했다. 괜히 다른 사람들하고 부딪치고 싶지 않았기 때문이다.

페드로는 그물 침대에 걸터앉아 티타 생각을 하며 수박을 먹고 있었다. 티타가 가까이 있어서 더 흥분되고 설레었던 것이다. 자신에게서 겨우 몇 발자국 떨어진 곳에 있는 티타를 생각하니 잠을 이룰 수가 없었다……. 물론 마마 엘레나도 가까운 곳에 있었다. 어둠 속에서 발자국 소리가 들리자 그는 숨을 죽였다. 티타였다. 바람결에 스치는 재스민 향과 음식 냄새가 어우러진 이 독특한 향기는 그녀만의 향기였다. 순간 페드로는 티타가 자기 때문에 일어났을지도 모른다고 생각했다. 자신을 향해 다가오는 티타의 발자국 소리가 들리자 페드로의 심장은 마구 뛰었다. 하지만 페드로의 예상은 빗나갔다. 발자국은 화장실 쪽을 향해 멀어져 갔다. 페드로는 고양이처럼 사뿐히 일어나 조용히 티타를 쫓아갔다.

티타는 누군가가 자신의 입을 막고 끌어당기자 깜짝 놀랐다. 그러나 곧 그 손을 알아보았다. 그래서 그 손이 목을 타고 내려와 젖가슴으로 파고들었다가 온몸을 더듬어도 아무런 저항도 하지 않았다.

페드로는 티타에게 키스하면서 그녀의 손을 잡아당겨 자신의 몸을 더듬게 했다. 티타는 페드로의 단단한 팔 근육과 가슴을 수줍게 어루만졌다. 그리고 더 아래로 내려가자 옷 아래서 후끈한 뭔가가 꿈틀거리는 게 느껴졌다. 티타는 깜짝 놀라 얼른 손을 떼었다. 그녀가 발견한 것 때문이 아니라 마마 엘레나의 고함 소리 때문이었다.

"티타, 어디 있니?"

"여기 있어요, 어머니. 화장실 갔었어요."

티타는 어머니가 의심할까 두려워 서둘러 돌아왔다. 그러고는 소변이 마려워서 밤새 고통스러워했다. 그리고 소변이 마려울 때와 비슷한 또 다른 욕구 때문에도 괴로웠다. 하지만 이러한 희생도 아무 소용이 없었다. 페드로와 로사우라를 샌안토니오로 보내는 일을 한동안 재고하려 했던 마마 엘레나가 바로 다음 날 그들의 출발을 서둘렀던 것이다. 그리고 사흘 후 그들은 농장을 떠났다.

마마 엘레나가 부엌으로 돌아오자 추억도 멀리 달아났다. 티타는 들고 있던 초리소를 떨어뜨렸다. 어머니가 자기 마음속까지 읽어 낼까 봐 두려웠던 것이다. 그리고 어머니 뒤로 첸차가 대성통곡하며 들어왔다.

"울지 마! 우는 꼴 따윈 보기 싫다! 대체 무슨 일이냐?"

"그게 그러니까, 펠리페가 왔는데요……. 죽었대요!"

"누구 말하는 거냐? 누가 죽어?"

"아기 말이에요."

"어떤 아기?"

"어떤 아기겠어요? 마님 손자 말이에요. 뭘 먹어도 다 탈이 났다나 봐요. 그래서 죽었대요!"

티타는 머리 속에서 선반 하나가 뚝 떨어진 기분이었다. 그리고 그 충격 후에는 그릇이 산산조각 나는 소리가 들려왔다. 티타는 용수철이 튕겨 나가듯 벌떡 일어났다.

"앉아서 일해! 눈물은 보기 싫다. 불쌍한 것. 하느님의 품 안으로 가길 바라야지. 하지만 하염없이 슬퍼만 하고 있을 수는 없다. 할 일이 아주 많아. 우선 하던 일부터 끝내고 나서 너 하고 싶은 대로 해라. 하지만 질질 짜는 건 절대 안 된다. 알겠니?"

티타는 온몸이 격렬하게 요동치는 것처럼 느껴졌다. 그녀는 초리소를 만지작거리며 어머니를 무섭게 째려보았다. 그러더니 어머니 말에 복종하기는커녕, 앞에 있던 초리소들을 모두 집어 들어서는 미친 듯이 소리 지르며 갈기갈기 찢어 댔다.

"자, 어머니 명령대로 하고 있으니까 잘 보세요! 나도 이젠 지쳤어요! 어머니한테 복종하는 데도 지쳤다고요!"

마마 엘레나는 티타에게 다가와 나무 주걱으로 티타의 얼굴을 세차게 후려갈겼다.

"엄마가 로베르토를 죽였어!"

티타는 미친 듯이 소리 지르고는 코피를 닦으며 뛰쳐나갔다. 티타는 비둘기랑 지렁이 통을 들고 비둘기장으로 올라갔다.

마마 엘레나는 티타가 밤새 그곳에 있도록 사다리를 치워 버리라고 명령했다. 마마 엘레나와 첸차는 아무 말 없이 초리소 속을 채워 넣었다. 마마 엘레나가 워낙 완벽주의자라 초리소 안에 공기가 들어가지 않도록 온갖 주의를 기울였는데도 포도주 저장 창고에 저장해 두었던 초리소에 일주일 만에 벌레가 우글거리자 모두들 의아해했다.

이튿날 아침 마마 엘레나는 첸차에게 티타를 데리고 내려오라고 시켰다. 마마 엘레나가 이 세상에서 무서워하는 게 딱 하나 있었는데, 그건 바로 높은 곳이었다. 그래서 마마 엘레나는 직접 비둘기장에 올라갈 수가 없었다. 더더군다나 칠 미터나 되는 사다리를 타고 올라가서 작은 문을 밖으로 열고 그 안으로 들어가는 일은 상상도 할 수 없었다. 그래서 더 위엄스럽게 다른 사람을 시켜 티타를 데리고 내려오도록 한 거였다. 사실은 자기가 직접 올라가서 티타의 머리채를 끌고 내려오고 싶은 마음이 굴뚝같았지만 어쩔 수 없었다.

첸차가 올라갔을 때 티타는 비둘기를 안고 있었다. 티타는 비둘기가 죽은 줄도 모르는지 자꾸만 지렁이를 더 먹이려고 했다. 어쩌면 불쌍한 비둘기는 티타가 지렁이를 너무 많이 먹여서 소화불량으로 죽었는지도 몰랐다. 티타는 넋이 나가 있었다. 그녀는 마치 처음 보는 사람처럼 첸차를 멍하니 바라보았다.

첸차는 내려와서 티타가 미쳤으며, 비둘기장에서 내려오지 않으려 한다고 말했다.

"좋아. 미친년처럼 굴겠다면 정신 병원에 보내 주지. 이 집에 미친 사람은 살 수 없어!"

마마 엘레나는 티타를 정신 병원에 집어넣기 위해 그 즉시 펠리페를 시켜 브라운 박사를 모셔 오도록 했다. 박사는 도착해서 마마 엘레나의 얘기를 듣고는 자기가 직접 비둘기장으로 올라갔다.

티타는 코가 부러지고 온몸에 비둘기 똥을 묻힌 채 벌거벗고 있었다. 살갗과 머리에는 비둘기 털이 잔뜩 붙어 있었다. 티타는 박사를 보자 한쪽 구석으로 뛰어가더니 태아처럼 웅크리고 앉았다.

브라운 박사가 그곳에서 몇 시간 동안 티타와 함께 있으면서 무슨 얘기를 어떻게 했는지는 아무도 모른다. 하지만 해 질 녘이 되자 박사는 옷을 걸친 티타를 데리고 내려와서는 자기 마차에 태우고 떠났다.

첸차는 울면서 마차를 따라가, 티타가 긴긴밤 불면증에 시달리며 떴던 어마어마한 담요를 그녀의 어깨에 간신히 둘러 주었다. 담요가 어찌나 크고 무거웠던지 마차 안에 다 들어가지 않을 정도였다. 하지만 티타가 꼭 잡고 놓지 않았기 때문에 담요는 길게 드리워진 웨딩드레스 자락처럼 마차 뒤에 끌려갔다. 만화경처럼 알록달록한 무늬에 일 킬로미터나 되는 어마어마한 길이였다. 티타가 색깔에 신경 쓰지 않고 닥치는 대로 아무 실이나 가져다 썼기 때문에 완전히 총천연색이었다. 마차가 지나가면서 일으킨 거대한 먼지 구름 사이로 담요는 마술을 부리듯 보였다 안 보였다 하면서 현란하게 너풀거렸다.

이어서

다음은

성냥 반죽

6월

성냥 반죽

재료

질산칼륨 분말 1온스

사산화삼납 1/2온스

아라비아고무 분말 1/2온스

인 1/8온스

사프란

판지

만드는 방법

아라비아고무 분말을 뜨거운 물에 풀어 너무 되지 않게 반죽한다. 반죽이 준비되면 인을 넣어 완전히 녹이고, 질산 칼륨 분말도 같은 식으로 준비한다. 그러고 나서 적당한 색깔이 나도록 충분한 사산화 삼납을 넣어 준다.

티타는 브라운 박사가 묵묵히 작업하는 모습을 지켜보았다.

그녀는 브라운 박사의 안뜰 뒤편에 있는 작은 연구실 창문 옆에 앉아 있었다. 창문을 통해 들어오는 햇볕이 등에 내리쬐어 따스한 느낌을 주었지만 온기는 거의 느낄 수 없었다. 티타가 워낙 추위를 많이 탔기 때문에 무거운 털 담요로 몸을 싸고 있는데도 따스함을 느끼지 못했던 것이다. 티타는 존이 사다 준 털실로 밤마다 담요 끝을 이어서 계속 떠 나갔다.

이곳은 그 집 전체에서 두 사람이 가장 좋아하는 장소였다. 티타는 브라운 박사의 집에 온 지 일주일 만에 이곳을 발견했다. 티타를 정신 병원에 데려다 달라는 마마 엘레나의 요구와 달리 존은 그녀를 자기 집으로 데리고 왔다. 티타는 그에게 아무리 감사해도 모자랄 것 같았다. 정신 병원에 갔다면 정말로 미쳐 버렸을지도 모르는 일이다. 하지만 이곳에서는 존의 따뜻한 위로와 배려 덕분에 나날이 좋아지고 있었다. 티타는 이 집에 오던 날을 꿈처럼 몽롱하게 기억했다. 박사가 부러진 코를 맞춰 줬을 때 느꼈던 끔찍한 아픔이 그녀의 기억 속에 흐릿한 이미지로 남아 있었다.

존은 그러고 나서 믿음직하고 사랑스러운 손길로 티타의 옷을 벗기고 그녀를 씻겨 주었다. 그는 티타의 몸에서 비둘기 배설물들을 조심스럽게 떼어 내고 그녀를 깨끗이 씻긴 다음 향수를 뿌려 주었다. 그리고 마지막으로 부드럽게 티타의 머리를 빗기고, 그녀를 빳빳하게 풀 먹인 시트가 깔린 침대에 눕혔다.

티타는 자신을 공포에서 구해 준 그 믿음직하고도 사랑스러운 손길을 영원히 잊지 못할 것만 같았다.

나중에 말하고 싶은 마음이 생기면 존에게 이 마음은 꼭 전하고 싶었다. 하지만 지금은 침묵을 지키고 싶었다. 마음속에 정리해야 할 문제들이 많이 남아 있었다. 그리고 농장을 떠난 후로 마음속에서 부글부글 끓어오르고 있는 이 느낌은 도저히 말로 설명할 수가 없었다. 티타는 혼란스러웠다. 처음 며칠 동안은 방에서 나가려고도 하지 않았다. 그래서 일흔 살

먹은 미국인 노파 케이티가 음식을 방까지 갖다주었다. 케이티는 식사 준비 외에 박사의 어린 아들인 알렉스를 돌보는 일도 하고 있었다. 알렉스의 엄마는 알렉스를 낳다가 죽었다. 알렉스가 안뜰에서 웃으며 뛰어노는 소리가 들려도 티타는 아이를 보고 싶은 생각이 들지 않았다.

때로 티타는 아예 음식에 손도 대지 않았다. 맛도 없었고 먹고 싶은 마음도 들지 않았기 때문이다. 티타는 음식은 먹지 않고, 몇 시간이고 자기 손만 바라보았다. 아이처럼 양손을 움직여 가며 자기 손임을 확인했다. 자기 마음대로 손을 움직일 수는 있었다. 그렇지만 뜨개질 외에는 그 손으로 뭘 해야 할지 몰랐다. 전에는 이런 생각이 들었던 적이 단 한 번도 없었다. 어머니 옆에서는 가차 없이 미리 정해진 일을 해야만 했다. 질문의 여지도 없었다. 일어나 옷을 입고, 화덕에 불을 지피고, 아침을 준비하고, 가축들에게 먹이를 주고, 설거지하고, 침대를 정리하고, 점심을 준비하고, 설거지하고, 다림질하고, 저녁을 준비하고, 설거지하고, 매일매일, 해마다 그렇게 똑같은 일의 반복이었다. 잠시 쉴 틈도 없이, 그게 자기가 해야 할 일인지 생각할 겨를도 없이 해야만 했다. 그러나 이제 어머니의 명령에서 자유로워진 손을 보며 티타는 무엇을 해야 좋을지 몰랐다. 그녀는 자기 스스로 결정을 내린 적이 한 번도 없었다. 이제 그녀의 손은 뭐든지 할 수 있었고, 무엇을 만들건 상관없었다. 손이 새가 되어 훨훨 날아갈 수 있다면! 그 손이 자신을 멀리, 가능한 한 아주 멀리 데려가 주었으면 하고 바랐다. 티타는 안뜰로 난 창문에 다가가 하늘을 향해 손을 높이 치켜들었다. 그녀는 자신에게서 도망치고 싶었다. 뭘 해야 할지 생각하기도 싫었고, 말도 다시는 하기 싫었다. 그녀는 자신의 고통을 말로 끄집어내 소리 지르고 싶지 않았다.

티타는 손이 하늘 높이 훨훨 날아갔으면 하고 간절히 바랐다. 그녀는 손 사이로 비치는 푸른 하늘을 바라보며 한참을 그렇게 있었다. 티타는 자기 손가락이 흐릿한 수증기가 되어 하늘로 날아오르는 것을 보고 정말로 기적이 일어났다고 믿었다. 그녀는 강력한 힘에 이끌려 하늘로 올라갈 준비를 했다. 하지만 그런 일은 일어나지 않았다. 티타는 그 연기가 자기한테서 나는 게 아니라는 것을 깨닫고는 실망이 이만저만이 아니었다.

그것은 안뜰 구석에 있는 작은 방에서 피어오르는 연기였다. 연기가 자욱하게 퍼지면서 나는 냄새가 너무 좋고 친근해서 티타는 창문을 열고 그 냄새를 깊이 들이마셨다. 티타는 두 눈을 감은 채, 부엌 바닥에 앉아 나차 옆에서 옥수수 토르티야를 만들고 있는 자신의 모습을 보았다. 냄새가 기가 막힌 스튜가 보글보글 끓고 있는 냄비도 보였다. 그리고 그 옆에서는 콩이 막 삶아지고 있었다……. 티타는 아무 망설임 없이 누가 요리를 하고 있는지 보러 가기로 결심했다. 케이티일 수는 없었다. 이런 냄새를 풍기며 요리하는 사람이라면 제대로 요리할 줄 아는 사람이었다. 아직 보지도 못한 사람이었지만 티타는 어떤 사람인지 알 것만 같았다.

티타는 성큼성큼 안뜰을 가로질러 가 문을 열었다. 그 안에는 여든 살쯤 되어 보이는 온화한 인상의 노파가 있었다. 나차와 아주 많이 닮은 노파였다. 길게 땋은 머리채를 곱게 머리 위로 올리고, 앞치마로 이마에 맺힌 땀을 닦고 있었다. 분명 인디언의 혈통을 이어받은 얼굴이었다. 진흙 냄비에서는 차가 끓고 있었다.

노파는 고개를 들어 티타에게 온화한 웃음을 지어 보이며 자기 옆에 와서 앉으라고 권했다. 티타는 노파가 권하는 대로 했다. 노파는 곧 티타에게 향기로운 차 한 잔을 대접했다.

티타는 알 것 같기도 하고 모를 것 같기도 한 허브차의 맛을 최대한 음미하며 천천히 마셨다. 차의 온기와 맛이 그렇게 좋을 수가 없었다!

티타는 한참을 이 노파 곁에 있었다. 노파는 아무 말이 없었지만 굳이 말할 필요도 없었다. 처음부터 그 둘 사이에는 언어를 초월한 교감이 이루어졌다.

그날 이후 티타는 매일 그곳으로 노파를 찾아갔다. 그렇지만 조금씩 조금씩 노파 대신 브라운 박사가 모습을 드러내기 시작했다. 처음에는 티타도 놀랐다. 그곳에서 브라운 박사를 만난다거나, 또 방의 가구들이 바뀌리라고는 생각지 못했기 때문이다.

이제 방은 시험관이나 알코올램프, 온도계를 비롯한 많은 실험 기구들로 들어차 있었다. 방 한가운데에 있던 작은 화덕은 한쪽 구석으로 밀려났다. 티타는 이렇게 밀려난 게 부당하다고 느꼈지만 자기 입으로는 아무 말도 하고 싶지 않았다. 그래서 나중에 그 노파가 누구며 어디로 갔는지 물어볼 때, 자기 의견은 그때 가서 얘기하기로 했다. 게다가 존과 함께 있는 것도 좋았다. 차이점이 있다면 그는 말을 하고, 요리 대신 자신의 이론을 과학적인 방법으로 입증한다는 거였다.

존은 이러한 실험 정신을 할머니에게서 물려받았다. 그의 할머니는 키카푸족 인디언으로, 존의 할아버지가 납치해서 부족으로부터 멀리 떨어진 곳으로 데려왔다. 둘은 결혼했지만 자존심 강하고 순수한 혈통의 미국 사람이었던 할아버지네 가족은 존의 할머니를 인정하지 않았다. 그래서 집 한쪽 구석에 그 방을 만들어 놓고 그곳에 기거하게 했다. 하지만 존의 할머니는 그곳에서 자기가 좋아하는 일을 하며 일생을 보냈다. 바로 약초의 성분을 연구하는 일이었다.

동시에 그 방은 가족들의 공격으로부터 피할 수 있는 피신처이기도 했다. 가족들은 그녀를 괴롭히기 위해 그녀의 진짜 이름 대신 "키카푸"라고 불렀다. 브라운 가족에게 키카푸라는 이름은 이 세상에서 가장 불쾌한 것들을 함축하는 단어였기 때문이다. 하지만 '새벽빛'에게는 정반대였다. 그녀에게 키카푸라는 단어는 더할 나위 없이 강한 긍지를 안겨 주었다.

이것은 전혀 다른 두 문화 간에 생길 수 있는 의견 혹은 사고의 차이를 보여주는 사소한 예들 중 하나에 불과했다. 하지만 브라운 가족에게는 새벽빛의 관습과 전통을 이해하려는 마음이 전혀 없었기 때문에 그 차이를 극복하는 것은 거의 불가능했다. 그들이 키카푸의 문화에 대해 조금이나마 알게 되기까지는 몇 년이란 세월이 흘러야 했다. 존의 증조할아버지인 피터가 기관지 질환으로 앓고 있을 때였다. 끊이지 않는 기침 때문에 피터의 얼굴은 항상 보랏빛이었다. 공기가 자유롭게 폐 안까지 들어가지 못하는 게 문제였다. 그의 아내 메리는 아버지가 의사였기 때문에 약간의 의학 상식을 가지고 있었다. 그녀는 이런 경우 환자의 몸 안에서 너무 많은 적혈구가 만들어진다는 걸 알고 있었다. 이러한 불균형을 막기 위해서는 피를 뽑아내야 했다. 잘못하면 환자가 심장마비나 혈전증으로 죽을 수도 있었다.

존의 증조할머니 메리는 남편의 피를 뽑아내기 위해 거머리를 준비했다. 메리는 자신이 현대적이고도 적절한 방법으로 가족의 건강을 지킬 수 있는 과학적 지식을 알고 있다는 사실이 자랑스럽고 뿌듯했다. 키카푸의 약초로는 어림도 없는 일이었다!

손가락 길이 반 정도 되는 높이의 물이 담긴 유리컵에 거머리들을 넣고 한 시간 동안 놔둔다. 거머리를 붙일 신체 부위는 미지근한 설탕물로 닦아 낸다. 그동안 거머리들은 깨끗한 천에 싸 둔다. 그런 다음 거머리를 붙일 부위에 천을 뒤집어서 갖다 대고 다른 부위의 피를 빨지 못하도록 천 가장자리를 꾹 눌러 준다. 거머리를 떼어 낸 후에도 피가 계속 나오게 하려면 따듯한 물로 문질러 준다. 지혈시켜 상처를 아물게 하려면 상처 부위를 헝겊이나 포플러 껍질로 덮고 빵가루를 우유로 반죽한 것을 바른다. 그리고 이 반죽은 딱지가 앉으면 떼어 낸다.

메리는 이 방법을 그대로 따랐다. 하지만 피터의 팔에서 거머리들을 떼어 낸 후 시작된 출혈을 멈출 수가 없었다. 키카푸는 집에서 들려오는 절규 소리를 듣고는 무슨 일인지 알아

보려고 얼른 달려갔다. 그녀가 환자 곁으로 가서 상처 부위에 한쪽 손을 올려놓자 금세 출혈이 멈췄다. 식구들은 모두 어리둥절했다. 그녀는 환자와 단둘이 있게 해달라고 부탁했다. 방금 목격한 장면을 보고서도 감히 안 된다고 말할 사람은 아무도 없었다. 그녀는 오후 내내 시아버지 곁에 있었다. 향을 태워 연기를 피우고, 이상한 곡조의 노랫가락을 흥얼거리며 약초를 으깨어 상처 부위에 붙여 주었다. 한밤중이 돼서야 그녀는 구름처럼 피어오르는 향 연기에 휩싸인 채 밖으로 나왔다. 그리고 그녀 뒤로 완쾌된 피터가 걸어 나왔다.

그날 이후 키카푸는 집안의 주치의가 되었으며, 미국 사회에 기적의 치료사로 널리 알려졌다. 할아버지는 그녀가 연구에 매진할 수 있도록 더 큰 공간을 지어 주려 했지만 그녀가 원치 않았다. 집 전체를 통틀어 그 자그마한 연구실만큼 좋은 곳이 없었던 것이다. 존은 그곳에서 유년 시절과 사춘기의 대부분을 보냈다. 대학에 들어가면서는 그곳에 자주 드나들지 않게 되었다. 대학에서 가르치는 현대 의학 이론과 할머니가 가르쳐 주던 의학이 상반되었기 때문이다. 하지만 존은 더 많은 의술을 익혀 가면서 옛날에 할머니가 가르쳐 주었던 치료법을 다시 생각하게 되었다. 그래서 오랜 세월 연구한 끝에 지금은 그 실험실로 다시 돌아왔다. 그는 그곳에서 최첨단 의학을 발견할 수 있을 거라 확신했다. 그리고 새벽빛이 행했던 모든 기적의 치료법을 과학적으로 증명할 수 있다면 정식으로 인정도 받을 수 있을 거라고 믿었다.

티타는 존이 일하는 모습을 지켜보는 게 좋았다. 그와 함께 있으면 늘 무엇인가 배우거나 발견할 수 있었다. 지금도 존은 성냥을 만들면서 인과 그 특성에 대해 자세하게 설명해 주고 있었다.

"1669년 함부르크의 화학자인 브란트가 연금술을 연구하다가 인을 발견했어요. 그는 금속을 소변의 추출물에 첨가하면 금으로 변할 거라 믿었지요. 그런데 여태까지 본 적이 없을 정도로 강하게 타오르는 물질만 얻게 된 거예요. 그 후로 오랜 기간 동안 인은 진흙 증류기로 소변을 증류하고 남은 것을 강하게 가열해서 얻어 냈습니다. 요즘은 인산과 석회가 들어 있는 동물의 뼈에서 인을 추출한답니다."

브라운 박사는 말을 하고 있다고 해서 성냥 만드는 과정을 소홀히 하지는 않았다. 그는 정신 활동과 육체적 활동을 아무 문제 없이 별개로 분리할 수 있었다. 손놀림을 멈추거나 실수하지 않으면서도 삶의 가장 심오한 철학적 문제까지도 얘기할 수 있는 사람이었던 것이다. 그래서 그는 티타에게 계속 얘기를 하면서도 성냥 만드는 일을 멈추지 않았다.

"인 혼합물이 만들어졌으니 이제 성냥개비를 만들 마분지를 준비해야지요. 물 1파운드에 질산 칼륨 1파운드를 용해시키고 색깔을 내기 위해 사프란을 약간 첨가합니다. 그리고 이 액체에 마분지를 담급니다. 마분지를 말린 후 가늘게 잘라 그 끝에 인 혼합물을 조금 묻힙니다. 그런 다음 모래 속에 묻은 상태에서 그대로 말리지요."

성냥이 마르는 동안 브라운 박사가 티타에게 실험 하나를 보여 주었다.

"인은 상온에서는 산소와 잘 결합하지 않지만 온도가 상승하면 이내 불꽃을 내며 타오르지요. 보세요……."

박사는 수은이 가득 담긴 시험관에 인을 조금 집어넣었다. 그리고 시험관을 촛불에 대고 인을 녹였다. 그런 다음 산소가 가득 담긴 종 모양의 유리관 안으로 인 가스가 조금씩 들어가게 했다. 산소가 종 모양 유리관 윗부분에 있던 인 가스와 만나는 순간 커다란 불꽃이 일었다. 마치 번개가 번쩍이는 듯한 빛을 발했다.

"아시다시피 우리 몸 안에도 인을 생산할 수 있는 물질이 있어요. 그보다 더한 것도 있죠. 아직 아무에게도 말하지 않은 걸 알려 드릴까요? 우리 할머니는 아주 재미있는 이론을 가지고 계셨어요. 우리 모두 몸 안에 성냥갑 하나씩을 가지고 태어나지만 혼자서는 그 성냥에 불을 당길 수 없다고 하셨죠. 방금 한 실험에서처럼 산소와 촛불의 도움이 필요하다는 거예요. 예를 들어 산소는 사랑하는 사람의 입김이 될 수 있습니다. 그리고 촛불은 펑 하고 성냥불을 일으켜 줄 수 있는 음식이나 음악, 애무, 언어, 소리가 되겠지요. 잠시 동안 우리는 그 강렬한 느낌에 현혹됩니다. 우리 몸 안에서는 따듯한 열기가 피어오르지요. 이것은 시간이 흐르면서 조금씩 사라지지만 나중에 다시 그 불길을 되살릴 수 있는 또 다른 폭발이 일어납니다. 사람들은 각자 살아가기 위해 자신의 불꽃을 일으켜 줄 수 있는 것이 무엇인지 찾아야만 합니다. 그 불꽃이 일면서 생기는 연소 작용이 영혼을 살찌우지요. 다시 말해 불꽃은 영혼의 양식인 것입니다. 자신의 불씨를 지펴 줄 뭔가를 제때 찾아내지 못하면 성냥갑이 축축해져서 한 개비의 불도 지필 수 없게 됩니다.

이렇게 되면 영혼은 육체에서 달아나 자신을 살찌워 줄 양식을 찾아 홀로 칠흑같이 어두운 곳을 헤매게 됩니다. 남겨두고 온 차갑고 힘없는 육체만이 그 양식을 줄 수 있다는 것을 모르고 말입니다."

아! 얼마나 맞는 말인가! 티타는 그 누구보다도 그 말에 공감했다.

티타는 불행히도 자신의 성냥이 이미 축축해져서 곰팡이가 가득 슬어 있다는 것을 인정해야만 했다. 이제 다시는 그 누구도 불을 지필 수 없었다.

더 안타까운 것은 무엇이 자신의 불씨를 일으켜 줄 수 있는지 알고 있는데도 성냥에 불이 붙으려고 할 때마다 불이 가차 없이 꺼져 버린다는 거였다.

존은 티타의 속마음을 읽기라도 한 듯 계속 말을 이었다.

"그래서 차가운 입김을 가진 사람들에게서는 멀리 떨어져 있어야 합니다. 그런 사람이 옆에 있는 것만으로도 가장 강렬한 불길이 꺼질 수 있으니까요. 그 결과는 우리도 이미 잘 알고 있지 않습니까? 우리가 그런 사람들에게서 멀리 떨어져 있을수록 그 입김으로부터 우리 자신을 보호하기가 훨씬 더 수월하답니다."

존은 양손으로 티타의 한쪽 손을 감싸며 간단히 덧붙였다.

"축축해진 성냥갑을 말릴 수 있는 방법은 아주 많이 있어요. 그러니 안심하세요."

티타의 얼굴 위로 하염없이 눈물이 흘러내렸다. 존이 손수건을 꺼내어 다정하게 눈물을 닦아 주었다.

"물론 성냥을 하나씩 켜도록 주의해야 해요. 아주 강렬한 흥분을 느껴서 우리 몸 안에 있던 성냥들이 모두 한꺼번에 타오르면 강렬한 광채가 일면서 평소 우리가 볼 수 있었던 것, 그 이상이 보이게 될 겁니다. 우리가 태어나면서 잊어버렸던 길과 연결된 찬란한 터널이 우리 눈앞에 펼쳐질 거고요. 그곳은 우리가 잃어버린 신성한 근본을 다시 찾으라고 손짓할 겁니다. 영혼은 축 늘어진 육체를 남겨 둔 채 왔던 곳으로 다시 돌아가고 싶어 할 테고요…… 할머니가 돌아가신 후로 나는 이 이론을 과학적으로 증명해 보려고 노력했습니다. 아마 언젠간 증명할 수 있겠지요. 어떻게 생각하십니까?"

브라운 박사는 티타에게 말할 시간을 주기 위해 잠시 침묵을 지켰다. 그렇지만 그녀는 돌처럼 무거운 침묵을 지키고 있을 뿐이었다.

"좋아요. 내 얘기로 당신을 지루하게 하고 싶지는 않습니다. 쉬러 갑시다. 하지만 그 전에 할머니와 내가 즐겨 하던 놀이 하나를 가르쳐 드리겠습니다. 할머니와 나는 거의 하루 온종일을 여기서 보냈는데, 여러 놀이를 하는 가운데 할머니의 지식을 모두 전수받을 수 있었지요.

할머니는 당신처럼 아주 조용하신 분이었어요. 머리를 땋아 올리고 이 화덕 앞에 앉아서 늘 내가 하는 생각을 맞혀 내시곤 했지요. 어떻게 그럴 수 있는지 나도 배우고 싶었어요. 그래서 가르쳐 달라고 마구 졸랐지요. 할머니는 내가 보지 못하게 하고는, 눈에 보이지 않는 물체를 이용해 벽에다가 문장을 적으셨어요. 나는 밤에 그 벽을 바라보면서 할머니가 뭐라고 썼는지 알아맞히려고 노력했지요. 우리도 그 놀이 할까요?"

그 얘기로 티타는 그곳에서 자기와 함께 있었던 노파가 돌아가신 존의 할머니라는 걸 알았다. 이제는 물어보지 않아도 되었다.

박사는 인 한 조각을 천에 싸서 티타에게 주었다.

"난 당신의 침묵을 깨고 싶지 않아요. 그러니 우리 둘만의 비밀로 하고, 당신이 왜 말을 안 하려고 하는지 내가 나간 후에 벽에 적어 주시겠어요? 그럼 내일 당신이 보는 앞에서 알아맞혀 볼게요."

물론 박사는 티타에게 어두운 데서 빛을 발하는 인의 특성을 말해 주지 않았다. 티타가 무슨 생각을 하고 있는지 알고 싶어서 존이 이런 속임수를 쓴 것은 당연히 아니었다. 티타가 글을 통해서라도 세상과 새로이 대화의 물꼬를 트는 데 좋은 시작이 될 수 있다고 믿었기 때문이다. 존은 티타가 어느 정도 마음의 준비가 되었다고 생각했다. 박사가 나가자 티타는 인을 집어 들고 벽으로 다가갔다.

존 브라운은 밤에 실험실로 들어와 벽에 적힌 글씨를 보고 환한 미소를 머금었다. '내가 원하지 않기 때문이에요.'라는 글자가 또렷하게 반짝였다. 티타는 이 문장으로 자유를 향한 첫발을 내딛은 것이다.

그때 티타는 존의 말을 거듭 생각하며 천장을 뚫어져라 바라보고 있었다. 나의 영혼이 다시 떨릴 수 있을까? 티타는 그렇게 되기를 간절히 바랐다.

티타는 자신의 정열에 불을 지펴 줄 수 있는 누군가를 찾아야 했다.

그 사람이 존일까? 티타는 존이 실험실에서 손을 잡았을 때 온몸이 짜릿했던 느낌을 떠올려 보았다. 아니, 확신할 수는 없었다. 단 한 가지 확신할 수 있는 것은 이제 다시는 농장으로 돌아가고 싶지 않다는 거였다. 이제 더 이상은 마마 엘레나 곁에서 살고 싶지 않았다.

이어서
다음 요리는
소꼬리수프

7월

소꼬리수프

재료

소꼬리 2개

양파 1개

마늘 2통

토마토 4개

꼬투리 강낭콩 250그램

감자 2개

모리타 칠레고추 4개

만드는 방법

토막 낸 소꼬리는 양파, 마늘, 적당량의 소금과 후추를 넣고 함께 끓인다. 수프니만큼 평소 스튜를 만들 때보다 물을 조금 더 붓는다. 맛있는 수프는 너무 묽지 않으면서도 맛이 진해야 한다.

수프는 몸의 병이건 마음의 병이건 뭐든지 다 고칠 수 있다. 적어도 첸차와 티타는 그렇게 믿었다. 사실 티타는 오랫동안 그렇게 믿지 않았지만 이제는 사실이라고 믿지 않을 수 없게 되었다.

삼 개월 전 첸차가 브라운 박사의 집으로 가져온 수프 한 숟가락을 먹고 티타가 평소 모습을 완전히 되찾았기 때문이다.

티타는 유리창에 기대어 존의 아들 알렉스가 안뜰에서 비둘기를 쫓아다니며 뛰어노는 모습을 유리창 너머로 바라보고 있었다.

계단을 올라오는 존의 발자국 소리가 들리자 매일 반복되는 방문인데도 애타게 기다려졌다. 존은 그녀와 세상을 연결해 주는 유일한 끈이었다. 함께 있어 주고 이야기를 나눠 주는 게 자신에게 얼마나 큰 의미를 갖는지 그에게 말해 줄 수만 있다면. 뛰어 내려가 알렉스에게 친아들처럼 뽀뽀하고, 지칠 때까지 함께 놀아 줄 수 있다면. 계란으로 아무 요리든 만드는 법을 기억해 낼 수 있다면. 뭐든 좋으니 맛난 요리를 먹을 수 있다면…… 다시 삶으로 돌아갈 수 있다면. 티타는 음식 냄새를 맡고 퍼뜩 정신이 들었다. 그 집의 음식 냄새는 아니었다. 존이 문을 열더니 소꼬리수프 한 그릇을 쟁반에 담아 들고 들어왔다!

소꼬리수프! 티타는 믿을 수가 없었다. 존의 뒤로 눈물범벅이 된 첸차가 들어왔다. 수프가 식을까 봐 포옹은 그리 길게 하지 않았다. 티타가 한 입 삼켰을 때 나차가 그녀의 곁으로 다가왔다. 어렸을 적에 티타가 아팠을 때처럼, 나차는 밥 먹는 동안 티타의 머리를 쓰다듬으며 이마에 계속 뽀뽀해 주었다. 어렸을 때 부엌에서 하던 놀이, 시장에 갔던 추억, 막 만들어 따끈따끈했던 토르티야, 색색 가지 살구씨, 크리스마스파이, 집, 우유 끓는 냄새, 생크림빵, 초콜릿, 정향, 마늘, 양파가 나차와 함께 그곳에 있었다. 티타는 늘 그랬던 것처럼 양파 냄새를 맡자 눈물을 흘렸다. 태어난 이래 한 번도 울어 보지 않은 사람처럼 하염없이 울었다. 나차가 살아 있을 때, 둘이 함께 수도 없이 소꼬리수프를 만들던 그 옛날과 똑같았다. 그들은 함께 그때를 떠올리며 웃다가, 요리 만드는 순서를 떠올리며 울었다. 마침내 티타는 요리법을 기억해 냈다. 처음에 양파 써는 게 생각나자 모두 기억이 났다.

양파와 마늘은 잘게 다져서 기름을 약간만 두르고 볶는다. 양파가 익어서 투명해지면 감자, 콩, 토마토 썬 것을 넣고 익을 때까지 볶아 준다.

존이 갑자기 뛰어들어 오는 바람에 티타의 회상은 중단되었다. 그는 계단을 타고 흐르는 물줄기 때문에 깜짝 놀라서 쫓아 올라온 것이다.

존은 그게 티타의 눈물이라는 것을 알고는 첸차와 소꼬리 수프를 축복했다. 그가 온갖 약을 쓰고도 이루어 내지 못한 일을 첸차와 소꼬리수프가 해낸 것이다. 티타가 드디어 울음을 터트린 것이다. 존은 방해해서 미안하다며 밖으로 나가려 했다. 그때 티타의 목소리가 나가지 말라고 했다. 육 개월 동안 한 번도 들을 수 없었던 아름다운 목소리였다.

"존! 가지 말아요, 제발!"

존은 티타 곁에 머물렀다. 존은 첸차의 맛깔스러운 농담과 얘기를 들으며 울다가 웃는 티타를 바라보았다. 존은 첸차를 통해 마마 엘레나가 티타를 방문하러 가지 못하게 했다는 것을 알게 되었다. 데 라 가르사 가문에서 다른 것은 다 용납되어도 부모 말씀에 복종하지 않거나 권위에 대항하는 것은 절대 용서되지 않았다. 티타가 미쳤건 미치지 않았건, 마마 엘레나는 엄마 때문에 손자가 죽었다고 말한 티타를 절대 용서하지 않을 것이다. 이름도 입에 올리지 못하게 했던 헤르트루디스처럼. 마침 니콜라스가 헤르트루디스의 소식을 가지고 돌아왔다.

니콜라스는 사창가에서 일하는 헤르트루디스를 찾아냈다. 그래서 그녀에게 옷을 전달하고, 티타에게 보내는 편지를 받아 왔다. 첸차가 티타에게 편지를 건네주자 티타는 조용히 그 편지를 읽었다.

사랑하는 티타에게

네가 옷을 보내 줘서 얼마나 고마운지 모르겠다. 다행히 내가 아직까지 이곳에 있어서 옷을 전해 받을 수 있었어. 나는 내일 이곳을 떠나려고 해. 여기는 내가 있을 곳이 아니야. 내가 있어야 할 곳이 어디인지는 모르겠지만 어딘가 있겠지. 내가 이곳까지 흘러들어 온 것은 내 몸속에서 아주 강렬한 불길이 일었기 때문이야. 들판에서 나를 말에 태웠던 사람이 나를 구해 준 거지. 언젠가 다시 그를 만나고 싶어. 그는 내 몸의 열기를 다 식혀 주지 못한 채 정력이 다하자 떠나 버렸어. 하지만 지금은 수많은 남자들을 상대한 후라서 많이 나아졌단다. 언젠가 집으로 돌아가서 너에게 설명해 주고 싶구나.

사랑하는 언니
헤르트루디스가

티타는 편지를 호주머니에 집어넣고는 아무 말도 하지 않왔다. 첸차가 편지의 내용에 대해 아무것도 물어보지 않는 걸로 봐서 벌써 편지를 다 읽은 게 분명했다.

나중에 티타, 첸차, 존은 방과 계단과 아래층을 닦았다.

헤어질 때 티타는 다시는 농장에 돌아가지 않겠다는 결심을 첸차에게 얘기하고는 마마 엘레나에게 전해 달라고 부탁했다. 첸차는 마마 엘레나에게 어떻게 그 얘기를 전해야 좋을까 고민하며 이글 패스와 피에드라스 네그라스를 잇는 다리를 수도 없이 오갔다. 두 지방의 경계를 지키는 경비병들은 어렸을 때부터 첸차를 알고 있었기 때문에 그대로 내버려 두었다. 게다가 첸차가 숄을 깨물며 혼자 중얼거리면서 다리를 왔다 갔다 하는 모습을 보는 것도 아주 재미있었다. 그녀는 두려움으로 머릿속이 텅 비어 버린 것만 같았다.

그녀가 어떻게 얘기하든 마마 엘레나가 불같이 화를 낼 것은 뻔한 일이었다. 따라서 자신만이라도 화를 면할 수 있는 얘기를 생각해 내야 했다. 그러기 위해서는 우선 티타를 찾아간 것부터 정당화할 수 있는 구실을 찾아야 했다. 마마 엘레나는 아무 얘기도 믿지 않을 것이다. 마마 엘레나가 어떤 사람인지는 첸차가 누구보다도 잘 알았다! 첸차는 농장에 돌아오지 않겠다고 결심한 티타의 용기가 한없이 부러웠다. 자기도 그렇게 할 수만 있다면! 하지만 감히 그럴 엄두도 나지 않았다. 첸차는 어렸을 때부터 부모나 주인의 말을 듣지 않고 가출한 여자들이 얼마나 안 좋게 끝나는지에 대해 수도 없이 많이 들어왔다. 그런 여자들은 결국 남자한테 빠져 시궁창 같은 곳에서 비참하게 생을 마감했다. 첸차는 신경이 날카롭게 곤두선 채 그 순간에 어떤 거짓말을 해야 제일 좋을까 머리를 짜내며 숄만 돌돌 말았다. 전에는 단 한 번도 실패한 적이 없었다. 숄을 한 백 번쯤 말았을 때면 늘 그때 상황에 걸맞은 멋들어진 거짓말이 떠올랐다. 그녀에게 거짓말은 농장에 온 뒤에 터득한 생존 수단이었다. 이그나시오 신부님이 구호품을 모집해 달라고 했다고 얘기하는 것이 시장에서 수다 떨다가 우유를 엎질렀다고 고백하는 것보다 훨씬 더 나았다. 그에 따른 벌은 서로 완전히 달랐다.

어쨌든 어떤 얘기가 사실이냐 아니냐는 누군가가 그 얘기를 진정으로 믿느냐 안 믿느냐에 달려 있었다. 하지만 첸차가 그동안 티타가 어떻게 되었을지 상상했던 것은 모두 사실이 아니었다.

지난 몇 달 동안 첸차는 티타가 삶의 터전인 부엌을 떠나 얼마나 무시무시한 일들을 겪었을지 생각하며 고통스러워했다. 괴성을 질러 대는 미친 사람들 사이에서 구속복에 묶여 상상도 못 할 끔찍한 음식을 먹고 있는 것은 아닐까 생각했다. 첸차는 양키들의 정신 병원 음식은 이 세상 최악의 음식이기 때문에 티타를 더 미치게 만들었을 거라고 생각했다. 그런데 실제로는, 티타는 아주 좋아 보였다. 정신 병원은 근처에도 가지 않았고, 박사의 집에서 훨씬 더 좋은 대접을 받고 있는 것 같았다. 심지어 살까지 불은 것으로 보아, 음식도 그리 나쁘지 않은 것 같았다. 하지만 아무리 잘 먹었더라도 소꼬리수프 같은 음식은 먹지 못한 게 분명했다. 그것만큼은 확신할 수 있었다. 그렇지 않다면 수프를 먹으면서 왜 그렇게 울었단 말인가?

불쌍한 티타. 혼자 남겨 두고 왔으니 이제 다시는 자기 옆에서 요리를 할 수 없다는 생각과 추억 때문에 괴로워하며 또 눈물을 흘리고 있을 게 분명했다. 많이 괴로워하고 있을 게 분명했다. 사실 첸차는 그 순간 티타의 실제 모습은 전혀 상상도 할 수 없었다. 티타는 레이스가 달린 진주 빛 새틴 드레스를 입고 있었고 기막히게 아름다웠다. 그녀는 달빛 아래에서 식사하면서 사랑 고백을 받고 있었다. 안 좋은 쪽으로 확대 해석하는 첸차의 상상력으로는 도무지 상상도 할 수 없는 일이었다. 티타는 마시멜로를 구우며 불 옆에 앉아 있었다. 그리고 그 옆에서 존이 그녀에게 청혼하고 있었다. 티타는 완쾌를 축하하기 위해 달빛 아래에서 식사하러 근처 농장에 가자는 존의 제안을 받아들였다. 존은 그때를 위해 미리 샌안토니오에서 사 두었던 아름다운 드레스 한 벌을 티타에게 선물했다. 아른거리는 드레스의 색깔이 비둘기의 깃털과 목덜미를 떠오르게 했지만 비둘기장에서의 아팠던 추억은 전혀 떠오르지 않았다. 티타는 정말로 완쾌되었고 존의 곁에서 새로운 삶을 살 준비가 되어 있었다. 그들은 가벼운 키스로 약혼을 확인했다. 티타는 페드로가 키스했을 때처럼 강렬한 느낌은 느끼지 못했다. 하지만 오랜 세월 습기에 젖어 있던 자신의 영혼이 너무나도 멋지고 착한 이 남자의 곁에서 조금씩 조금씩 불타오를 수 있기를 바랐다.

첸차는 세 시간을 걸은 끝에 마침내 해답을 찾아냈다! 늘 그랬던 것처럼 아주 그럴싸한 거짓말을 생각해 낸 것이다. 첸차는 마마 엘레나에게 이글 패스를 지나가다가 한 골목길에서 다 떨어진 누더기를 걸친 거지를 봤는데, 측은한 마음에 십 센트를 주려고 가까이 갔더니 그 거지가 바로 티타여서 너무 놀랐다고 얘기하기로 했다. 티타는 정신 병원에서 도망쳐 나와 어머니를 모욕한 죗값을 치르며 세상을 떠돌아다녔고, 첸차가 함께 집으로 돌아가자고 했지만 티타가 싫다고 했다. 티타는 자신은 집에 돌아가 그렇게 훌륭한 어머니와 함께 살 자격이 없다고 얘기했다. 티타는 어머니를 진심으로 사랑하며, 자신한테 베풀어 준 은혜를 절대로 잊지 않을 거라는 말을 꼭 전해 달라고 부탁했다. 그리고 훗날 어머니 앞에 당당하게 나설 수 있게 되면 그때 돌아가서 어머니에게 사랑과 존경을 바치겠노라 전해 달라 했다고 하기로 했다.

첸차는 더 그럴듯한 얘기로 이 거짓말을 멋지게 포장하려고 했다. 하지만 불행히도 그러지 못했다. 그날 밤 첸차가 집에 도착했을 때 떼도둑 한 무리가 농장을 습격했기 때문이다. 첸차는 강간당했고, 마마 엘레나는 끝까지 순결을 지키려다가 척추에 심한 일격을 당해 허리 아래를 움직일 수 없게 되었다. 이런 상황에서 마마 엘레나는 티타의 소식을 들을 수 없었고, 첸차 역시 얘기해 줄 만한 처지가 못 되었다.

또 한편으로는 아무 얘기도 하지 않은 게 오히려 다행스러운 일이었다. 티타가 그 불행한 소식을 전해 듣고 농장으로 돌아왔던 것이다. 티타는 눈부시게 아름다웠고 활기에 차 있었기 때문에 첸차의 거짓말은 바로 들통났을 게 뻔했다. 마마 엘레나는 티타를 아무 말 없이 받아들였다. 그때 티타는 처음으로 마마 엘레나의 시선을 똑바로 응시했고, 마마 엘레나 쪽이 먼저 시선을 거두었다. 티타의 시선에는 이상한 빛이 서려 있었다.

마마 엘레나가 자기 딸을 몰랐던 것이다. 두 사람은 아무 말 없이 서로 상대방을 비난했고, 그걸로 항상 그들을 묶어 왔던 혈육과 복종의 관계는 완전히 깨어져서 다시는 돌이킬 수 없게 되었다. 그런 이유로 티타는 가능한 한 최선을 다해 어머니를 돌보려고 했다. 어머니에게 드릴 음식, 특히 소꼬리 수프를 정성껏 준비했다. 자신이 완쾌되었던 것처럼 어머니도 완쾌되었으면 하는 좋은 의도에서 정성껏 요리했던 것이다.

소꼬리를 끓였던 냄비에 감자, 콩과 함께 미리 간을 맞춰 놓은 묽은 수프를 붓는다.

여기에 모든 재료를 다 집어넣고 삼십 분 정도 푹 끓이기만 하면 된다. 그런 다음 불에서 내려 뜨거울 때 먹는다.

티타는 수프를 그릇에 담고, 예쁘게 수놓아서 제대로 풀을 먹인 새하얀 면 냅킨으로 덮은 다음 예쁜 쟁반에 담아서 어머니에게 가지고 올라갔다.

티타는 어머니가 첫 숟가락을 떠먹고 긍정적인 반응을 보여 주길 애타게 기다렸다. 그러나 결과는 정반대였다. 마마 엘레나는 음식을 이불 위에 내뱉고는 어서 빨리 쟁반을 자기 눈앞에서 치우라며 티타에게 소리소리 질러 댔다.

"왜 그러는 거예요?"

"구역질이 나올 것처럼 쓰니까 그렇지. 먹기 싫으니까 가지고 나가! 내 말 안 들리니?"

티타는 어머니 말에 복종하는 대신, 어머니가 자신의 좌절

감을 보지 못하도록 뒤돌아섰다. 혈육 관계가 있고 없고를 떠나 사람이라면 저렇게 허리에 두 손을 얹은 채 독살스럽게 친절을 물리칠 수는 없다고 생각했다. 티타는 도무지 이해할 수가 없었다. 수프가 기가 막히게 맛있는 것은 확실했다. 들고 올라가기 전에 그녀가 직접 맛까지 보았던 것이다. 정성껏 요리를 준비했으므로 맛이 이상할 수는 없었다.

티타는 어머니를 돌보겠다고 농장으로 돌아온 자신이 정말이지 한심하고 어리석게 느껴졌다. 마마 엘레나가 어떻게 되든 걱정 않고 그냥 존의 집에 머물렀어야 했다. 하지만 양심상 그럴 수가 없었다. 어머니에게서 진정으로 자유로워질 수 있는 유일한 길은 어머니가 죽는 것밖에 없었다. 하지만 어머니가 죽을 날은 아직도 멀어 보였다.

티타는 존이 갖은 노력을 기울인 끝에 그녀 안에서 타오르기 시작한 자그마한 불씨를 어머니의 차가운 입김으로부터 지키기 위해 멀리멀리 달아나고 싶은 충동을 느꼈다. 마치 마마 엘레나가 이제 막 피어오르려는 불꽃 한가운데로 침을 뱉어서 불을 꺼 버린 것 같았다. 티타는 가슴속의 불꽃이 사그라지는 것 같아 괴로웠다. 연기가 목구멍을 타고 올라와 목구멍이 탁 막히고 시야가 뿌예지면서 눈물이 나왔다.

티타는 존이 왕진하러 온 바로 그 순간 문을 열고 급히 뛰쳐나가다가 존과 정면으로 부딪혔다. 존이 얼른 티타의 팔을 붙잡은 덕분에 간신히 쓰러지지는 않았다. 그의 뜨거운 포옹이 티타를 냉기에서 구해 주었다. 함께 있었던 시간은 아주 잠깐이었지만 티타의 영혼을 위로하기에는 충분했다. 티타는 폐드로의 곁에서 느꼈던 불안과 고통이 아니라, 존에게서 느끼는 이 평화와 안정감이 진정한 사랑이 아닐까 하는 생각이 들었다. 티타는 간신히 존에게서 떨어져 방을 나갔다.

"티타, 이리 와! 이거 치우라고 했잖아!"

"엘레나 부인, 제발 흥분하지 마세요. 부인께 안 좋습니다. 그 쟁반은 제가 치우지요. 식욕이 없으세요?"

마마 엘레나는 박사에게 열쇠로 문을 잠그라고 부탁했다. 그러고는 음식 맛이 쓴 것에 대한 자신의 의구심을 비밀스럽게 털어놓았다. 존은 그녀가 복용하는 약 때문일 거라고 대답했다.

"박사님, 그건 절대 아니에요. 약 때문이라면 늘 입안에 쓴 맛이 남아 있어야 하는데 그렇지는 않아요. 내 음식에 뭔가를 집어넣는 거예요. 티타가 돌아왔을 때부터 이상했어요. 제발 조사 좀 해 주세요."

마마 엘레나가 괜한 의심을 하는 것이었기 때문에 존은 미소를 머금은 채 소꼬리수프를 맛보러 가까이 다가갔다. 음식은 손도 대지 않은 채 쟁반 위에 그대로 있었다.

"어디 볼까요? 음식 안에 뭐가 들어 있는지 한번 보지요. 음! 정말 맛있네요. 콩하고 감자, 칠레고추…… 그리고 고기 종류는 뭔지 잘 모르겠네요."

"농담이 아니에요. 정말 쓴맛을 못 느끼시겠어요?"

"아니요, 엘레나 부인. 쓴맛은 전혀 안 나는데요. 하지만 부인께서 원하신다면 분석하러 보내지요. 부인께서 걱정하시는 것은 원치 않으니까요. 하지만 결과가 나올 때까지는 식사를 하셔야 합니다."

"그렇다면 좋은 요리사 한 명 보내 주세요."

"무슨 말씀이세요! 이 집에 최고의 요리사가 있는데! 저는 따님 티타가 아주 훌륭한 요리사라고 알고 있는데요. 조만간 티타에게 청혼할 생각입니다."

"그 애는 결혼할 수 없다는 거 잘 아시잖아요!"

마마 엘레나가 버럭 성을 내며 소리 질렀다.

존은 가만히 있었다. 마마 엘레나를 더 자극하는 건 좋지 않았다. 게다가 마마 엘레나의 허락이 있건 없건 티타와 결혼하기로 마음먹었기 때문에 신경 쓸 일도 아니었다. 그리고 존은 티타가 이제 자신의 터무니없는 운명 따위는 신경 쓰지 않기 때문에, 티타가 열여덟 살이 되는 대로 두 사람이 결혼하리라는 것도 알고 있었다. 존은 마마 엘레나에게 제발 진정해야 하며, 다음 날 요리사를 보내겠다고 약속한 다음 왕진을 끝냈다. 그리고 그는 요리사를 보냈지만 마마 엘레나는 요리사를 달갑게 받아들이지 않았다. 티타에게 청혼할 생각이라는 그의 말이 그녀의 눈을 뜨이게 한 것이다.

두 사람 사이에 사랑하는 마음이 싹튼 게 분명했다.

마마 엘레나는 티타가 한 번이 아니라 수천 번이고 자기가 원하는 만큼 자유롭게 결혼하기 위해 엄마가 이 세상에서 사라지길 바란다고 벌써 오래전부터 의심해 왔다. 티타를 볼 때마다, 스쳐 지나갈 때마다, 말 한마디 한마디에서, 눈길에서 그것을 느낄 수 있었다. 하지만 이제는 티타가 브라운 박사와 결혼하려고 자신에게 조금씩 독을 먹이고 있다는 데 의심의 여지가 없었다. 그래서 그날부터 마마 엘레나는 티타가 요리하는 음식은 일절 먹지 않겠다며 거부했다. 마마 엘레나는 첸차가 음식을 준비하도록 명했다. 첸차 이외에는 아무도 음식을 만들 수 없었으며, 마마 엘레나가 먹기 전에 그녀가 보는 앞에서 첸차가 먼저 음식을 먹어 봐야 했다.

이런 새로운 조치에 티타는 전혀 개의치 않았다. 오히려 어머니를 돌봐야 하는 고통스러운 일이 첸차에게 돌아가자 티타는 한숨을 돌렸다. 이제 자유롭게 혼수로 쓸 담요에 수를 놓을 수도 있었다. 티타는 어머니가 나아지면 곧바로 존과 결혼하기로 결심했다.

그 명령 때문에 고통받게 된 사람은 첸차였다. 첸차는 끔찍한 충격에서 육체적으로나 정신적으로 아직 완전히 회복되지 않은 상태였다. 음식을 만들어서 마마 엘레나에게 가져가는 일 이외에는 아무 일도 할 필요가 없어서, 겉으로 보기에는 훨씬 더 나아진 듯 보였지만 사실은 그렇지 않았다. 첸차도 처음에는 신이 나서 그 일을 받아들였다. 하지만 마마 엘레나의 고함과 꾸지람이 시작되자 누워서 먹은 떡이 체한다는 사실을 절실하게 실감했다.

하루는 첸차가 강간당할 때 입은 심한 상처 때문에 그때 꿰맨 실밥을 풀러 브라운 박사에게 가야만 했다. 그래서 첸차 대신 티타가 음식을 준비하게 되었다.

그들은 아무 문제 없이 마마 엘레나를 속일 수 있을 거라고 생각했다. 첸차는 병원에서 돌아와 평소처럼 마마 엘레나에게 음식을 갖고 가서 맛을 보았다. 그러나 마마 엘레나는 음식을 한 입 맛보자마자 금세 쓴맛을 느꼈다. 격노한 마마 엘레나는 쟁반을 바닥에 집어던지고는 자신을 속이려 했다는 이유로 첸차를 집에서 쫓아냈다.

첸차는 이것을 구실 삼아 며칠 자기 고향에 가서 지내겠다고 했다. 그녀는 강간 사건과 마마 엘레나의 존재, 그 모두를 잊고 싶었다. 티타는 자기 어머니는 신경 쓰지 말라며 첸차를 설득하려 했다.

첸차는 마마 엘레나를 오랫동안 알고 지냈기 때문에 그녀를 어떻게 다뤄야 할지 잘 알고 있었다.

"그래요, 그거야 그렇지요. 하지만 지금은 내 코가 석 자라 누구를 봐줄 수가 없어요! 그냥 가게 해 줘요. 제발, 내 사정도 좀 봐줘요."

티타는 농장으로 돌아온 후 매일 밤마다 그랬던 것처럼 첸차를 꼭 안고 달래 주었다. 하지만 도적 떼에게 참혹하게 당한 후로 아무도 자기와 결혼하지 않을 거라고 믿고 있는 첸차를 설득할 방법도, 그녀의 슬픔을 달래 줄 길도 없었다.

"남자들이 어떤지 잘 알잖아요. 모두 중고품은 거들떠보지도 않는다고요!"

티타는 첸차가 너무 절망하는 걸 보고 그냥 떠나도록 내버려 두었다. 티타는 첸차가 농장에 남아 자기 어머니 곁에 있으면 절대 회복될 길이 없다는 걸 경험으로 잘 알고 있었다. 멀리 떨어져 있어야만 회복될 수 있었다. 그래서 다음 날 니콜라스와 함께 첸차를 자기 고향으로 돌려보냈다.

그래서 티타는 다른 요리사를 고용해야만 했다. 그렇지만 새로 온 요리사는 온 지 사흘 만에 그만두었다. 마마 엘레나의 무리한 요구나 불쾌한 태도를 참을 수 없었던 것이다. 그래서 다른 요리사를 구했지만 이틀밖에 가질 못했다. 그들은 마을 사람들 중에 그 집에서 일하려는 사람이 아무도 없게 될 때까지 계속 구했다. 제일 오래 버틴 요리사는 귀머거리에 벙어리인 여자아이였다. 보름을 버텼지만 결국에는 마마 엘레나가 손짓으로 바보라고 하자 그냥 떠나 버렸다.

일이 이렇게 되자 마마 엘레나는 티타가 한 음식을 먹지 않을 수 없게 되었다. 하지만 그녀는 적절한 조치를 취한 후에야 식사를 했다. 티타에게 자기보다 먼저 시식해 보도록 하는 것 말고도, 음식을 가지고 올 때마다 미지근한 우유를 한 잔씩 가지고 오게 해서 음식을 먹기 전에 마셨다. 마마 엘레나의 말에 따르면 그렇게 하면 음식 안에 녹아 있는 쓰디쓴 독의 효과를 없앨 수 있었다. 때로는 그 방법만으로 충분했다. 그리고 가끔 배에 심한 통증을 느낄 때면 구토제로 토근과 무릇의 비늘줄기 시럽을 한 모금씩 마셨다. 하지만 그것도 그리 오래 가지 못했다. 마마 엘레나는 한 달 만에 격렬한 경련, 발작을 동반한 극심한 통증과 함께 세상을 떠났다. 하반신 불구라는 것 외에 다른 병은 없었기 때문에 티타와 존은 그 죽음을 상당히 의문스럽게 생각했다. 하지만 마마 엘레나의 서랍장을 정리하다 토근 시럽 한 병을 찾아내고는 그녀가 몰래 복용해 왔으리라고 추측했다. 토근은 아주 독한 구토제라 죽음까지도 유발할 수 있다고 존이 티타에게 말해 주었다.

티타는 빈소를 지키는 동안 어머니의 얼굴에서 눈을 뗄 수가 없었다. 어머니가 죽은 후에야 비로소 티타는 처음으로 어머니를 있는 그대로 바라보았고 이해하기 시작했다. 티타의 이런 모습을 본 사람이라면 누구나 그녀가 깊은 슬픔에 잠겨 있다고 오해했을 것이다. 하지만 그녀는 아무런 슬픔도 느끼지 않았다. 티타는 이제야 '상추 이파리처럼 홀가분한'이라는 표현의 뜻을 이해할 것 같았다. 함께 자란 옆 상추와 갑자기 헤어진 상추의 느낌이 바로 이렇게 야릇한 느낌일 것 같았다. 함께 얘기는커녕 아무런 의사소통도 해 본 적 없고 그 안에 또 다른 수많은 이파리들이 있다는 사실도 알지 못한 채 겉 이파리밖에 본 적 없는 옆 상추와 헤어졌다고 해서 고통스러워하리라고 기대하는 것이 오히려 더 비논리적인 일일 것이다.

티타는 증오심만 가득한 저 입으로 누군가에게 열정적으로 키스를 했으리라고, 혹은 지금은 노랗게 된 저 볼이 뜨거운 사랑을 나누던 날 밤에는 발갛게 상기되었으리라고 상상도 할 수 없었다. 하지만 마마 엘레나에게도 그런 경험이 있었다. 티타는 너무나 늦게, 그것도 우연히 그 사실을 알게 되었다. 장례 준비를 위해 어머니에게 옷을 입히다가 아주 오랜 옛날부터 어머니가 늘 자기 몸에 묶고 다녔던 커다란 열쇠 꾸러미를 허리춤에서 풀어냈다. 집안의 물건들은 모두 자물쇠로 잠겨서 엄격하게 관리되었다. 마마 엘레나의 허락 없이는 그 누구도 창고에서 설탕 한 컵 꺼내지 못했다. 집 문이나 창고를 비롯한 모든 열쇠는 티타도 다 알아볼 수 있었다. 하지만 커다란 열쇠 꾸러미 이외에도 하트 모양으로 된 자그마한 장식이 어머니 목에 걸려 있었다. 그리고 그 안에 티타의 눈길을 끈

작은 열쇠 하나가 들어 있었다.

티타는 그 열쇠가 어디 열쇠인지 한눈에 알아보았다. 티타가 어렸을 때 숨바꼭질하며 놀다가 마마 엘레나의 옷장 안에 숨은 적이 있었다. 그때 티타는 이불 시트 사이에서 작은 함 하나를 발견했다. 티타는 술래가 자기를 찾으러 올 때까지 기다리는 동안 함을 열어보려 했지만 열쇠로 잠겨 있었기 때문에 불가능했다. 마마 엘레나는 함께 숨바꼭질 놀이를 하고 있었던 것도 아니었는데 옷장 문을 열어 그녀를 찾아냈다. 시트를 꺼내러 왔는지, 하여간 볼일이 있어서 왔다가 우연히 티타를 현행범으로 잡은 거였다. 티타는 그 벌로 옥수수 창고에서 옥수수 이삭 백 개를 까야만 했다. 그때 티타는 자기가 그렇게 큰 벌을 받을 정도로 잘못하지는 않았다고 생각했다. 신발을 신고 깨끗한 시트 사이에 숨은 것은 그렇게 큰 잘못이 아니었다. 하지만 어머니가 죽은 후 그 함 안에 들어 있던 편지를 읽고 나니, 자기가 벌을 받았던 이유는 옷장 속에 숨었기 때문이 아니라 함 안의 내용물을 보려고 했기 때문이었다는 사실을 알게 되었다. 그건 벌을 받아 마땅한 일이었다.

티타는 병적인 호기심을 느끼며 함을 열었다. 그 안에는 일기장과 호세 트레비뇨라는 남자가 마마 엘레나에게 보낸 편지 한 묶음이 들어 있었다. 티타는 편지들을 날짜별로 정리했고 비로소 어머니의 진짜 사랑 이야기를 알게 되었다. 호세는 어머니에게 운명의 남자였다. 그렇지만 그에게는 흑인의 피가 흘렀기 때문에 마마 엘레나와 결혼할 수 없었다. 미국에서 남북전쟁이 일어났을 때, 백인들의 폭력을 피해 도망친 흑인들이 마을 근처에 정착하게 되었다. 호세는 호세 트레비뇨 1세와 아름다운 흑인 여자 사이의 불륜으로 태어난 사생아였다. 마마 엘레나의 부모는 자기 딸과 혼혈아가 사랑한다는 것을 알고는 깜짝 놀라서 그 즉시 티타의 아버지인 후안 데 라 가르사와 마마 엘레나를 강제로 결혼시켜 버렸다.

그러나 이러한 조치도 마마 엘레나가 호세와 몰래 편지를 주고받는 것까지 막지는 못했다. 그리고 편지만 주고받은 것 같지도 않았다. 편지 내용에 의하면 헤르트루디스는 후안이 아닌 호세의 딸이었던 것이다.

마마 엘레나는 임신한 사실을 알고는 호세와 도망치려고 했다. 하지만 어두운 발코니에 숨어서 호세를 기다리던 날 밤, 그녀는 어떤 낯선 남자가 어두운 그림자 속에서 몰래 나타나 아무 이유도 없이 호세를 습격해 죽이는 장면을 목격했다. 마마 엘레나는 그 끔찍한 슬픔을 겪은 후 모든 걸 체념하고 합법적인 남편 곁에서 살기로 했다. 오랫동안 이런 사실을 전혀 모르고 지냈던 후안 데 라 가르사는 티타가 태어나던 날 이 이야기를 알게 되었다. 친구들과 함께 딸의 탄생을 축하하러 술집에 들렀다가 남 말 하기 좋아하는 사람에 의해 알게 되었던 것이다. 그는 그 끔찍한 소식을 들은 순간 심장 마비를 일으켜서 세상을 하직했다.

티타는 어머니의 비밀을 알게 된 것에 대해 죄책감을 느꼈다. 그 편지들을 어찌 해야 좋을지도 알 수 없었다. 불태울까도 생각해 보았지만 자신에겐 그럴 자격이 없다고 생각했다. 어머니도 감히 태우지 못한 것을 자기가 태울 수는 없는 노릇이었다. 티타는 발견했던 그대로 원래 있던 자리에 가져다 두었다.

장례식 내내 티타는 진심으로 어머니를 위한 눈물을 흘렸다. 일생 동안 그녀를 억압하고 거세시켰던 여인을 위해서가 아니라, 좌절된 사랑을 겪어야 했던 여인을 위해서였다. 그리고 티타는 마마 엘레나의 무덤 앞에서 자기는 무슨 일이 있어도 절대 사랑을 포기하지 않겠다고 맹세했다. 그때 티타는 곁에서 무조건적으로 자기를 위해 헌신하는 존이 진정한 사랑이라 확신하고 있었다. 하지만 무덤 가까이 다가오는 사람들을 뒤따라 멀리서 걸어오는 로사우라와 페드로의 실루엣을 보는 순간, 자신의 감정에 대한 확신이 흔들리는 것을 느꼈다.

로사우라는 임신해서 남산만 해진 배로 뒤뚱거리며 천천히 걸어왔다. 그녀는 티타를 보자 가까이 다가와서 꼭 껴안고는 서글피 울었다. 그리고 그 뒤를 이어 페드로가 다가왔다. 페드로가 티타를 포옹한 순간, 그녀의 몸은 젤리처럼 마구 흔들렸다. 티타는 다시 페드로를 만나 껴안을 수 있는 기회를 준 어머니에게 감사하고는 갑자기 몸을 빼냈다. 페드로는 그녀의 사랑을 받을 자격이 없었다. 그는 그녀를 남겨 둔 채 떠나가 버리는 나약함을 보였고, 티타는 그것을 절대 용서할 수 없었다.

존은 농장으로 돌아오는 내내 티타의 손을 잡고 있었다. 그리고 티타도 자기들 사이에 우정 이상의 뭔가가 있다는 걸 과시하기 위해 존의 팔짱을 꼈다. 티타는 언니 곁에 있는 페드로를 볼 때마다 느꼈던 고통을 페드로에게도 똑같이 안겨 주고 싫었다.

페드로는 눈을 가늘게 뜨고 그들을 지켜보았다. 존이 티타에게 친근하게 다가가는 것도 보기 싫었고, 티타가 존의 귀에 대고 속삭이는 것도 보기 싫었다. 도대체 무슨 일이 생긴 걸까? 티타는 그의 것이었고, 그 누구에게도 빼앗길 수 없었다. 더군다나 두 사람의 결합에 가장 큰 장애물이었던 마마 엘레나가 사라진 지금은 더더욱 그랬다.

이어서

다음 요리는

참판동고

8월
참판동고

재료

소고기 간 것 250그램

돼지고기 간 것 250그램

호두 200그램

아몬드 200그램

양파 1개

설탕 절인 시트론 1개

토마토 2개

설탕

크림 250그램

만차 치즈 250그램

몰레 250그램

커민

닭고기 육수

옥수수 토르티야

기름

만드는 방법

양파는 곱게 다져서 기름을 약간 두르고 고기와 함께 볶는다. 고기를 볶을 때 커민[10] 간 것과 설탕 한 스푼을 넣는다.

티타는 여느 때처럼 양파를 다지면서 울었다. 시야가 너무 뿌옇게 흐려진 나머지 아차 하는 순간 손가락을 베이고 말았다. 티타는 짜증이 나서 외마디 비명을 지르고는, 아무 일도 없었던 듯 계속해서 참판동고를 만들었다. 지금 당장은 일 분 일 초도 상처를 돌볼 겨를이 없었다. 오늘 밤에 존이 청혼하러 오기로 했는데 맛난 저녁을 준비할 시간이 삼십 분밖에 없었다. 티타는 급하게 요리하는 걸 좋아하지 않았다.

티타는 늘 완벽한 요리를 준비하는 데 충분한 시간을 투자

10) 카레, 칠리 등을 만들 때 그 씨를 향신료로 쓰며, 매콤한 맛이 난다.

했다. 그녀는 푸짐하고 맛난 요리를 준비하기 위해 부엌에서 차분히 요리할 수 있도록 체계적으로 일했다. 그런데 지금은 시간이 촉박해서 허둥대게 되었고, 그래서 계속 실수를 연발하고 있었다.

이렇게 음식이 늦어진 가장 큰 원인은 삼 개월 전에 티타처럼 조산된 사랑스러운 조카에게 있었다. 어머니의 죽음으로 큰 충격을 받은 로사우라는 아이를 조산했고, 아이에게 젖을 먹일 수도 없을 정도로 쇠약해졌다. 이번에는 로베르토 때처럼 티타가 유모 역할을 자청할 수도 없었고, 또 그러고 싶지도 않았다. 게다가 티타는 로베르토와 헤어졌을 때처럼 그런 처참한 경험을 되풀이하고 싶지도 않았다. 이제는 자기 자식이 아닌 아이들에게 깊은 정을 줘서는 안 된다는 것을 잘 알고 있었다.

에스페란사에게는 대신 티타가 어렸을 때 나차가 요리해 줬던 음식을 만들어 주었다. 아톨레와 차를 만들어 줬던 것이다.

티타의 청에 따라 조카에게는 희망을 뜻하는 '에스페란사'라는 이름이 붙여졌다. 페드로는 티타의 이름인 호세피타를 아이에게 붙여 주자고 주장했다. 하지만 티타가 강력하게 반대했다. 티타는 자신의 이름이 아기의 운명에 영향을 미치는 것을 원치 않았다. 아이가 태어날 때 엄마가 여러 번 위험한 고비를 겪은 걸로 충분했다. 로사우라의 목숨을 구하기 위해 존이 응급 수술을 해야만 했고, 로사우라는 다시는 임신할 수 없게 되었다.

태반이 자리를 잡을 때 가끔 비정상적으로 자궁에까지 뿌리를 내려서 아이가 태어날 때 태반이 떨어져 나가지 않는 경우가 있다고 존이 티타에게 설명해 주었다. 태반이 깊이 자리 잡고 있을 때 경험이 부족한 사람이 산모의 출산을 도울 경우, 탯줄을 잡아당겨 태반을 떼어 내려다가 자궁 전체가 함께 딸려 나올 수도 있다는 말도 했다. 그럴 경우에는 응급 수술을 해서 자궁을 들어내야만 하고, 다시는 임신할 수 없다고 했다.

로사우라는 존의 경험이 부족해서가 아니라, 달리 태반을 들어낼 방법이 없었기 때문에 수술을 받아야 했다. 그렇게 해서 에스페란사는 그들의 외동아이이자 막내가 되었다. 그리고 엎친 데 덮친 격으로 여자이기까지 했다! 그것은 가족 전통에 따라 죽는 날까지 엄마를 돌봐야 한다는 것을 의미했다. 에스페란사는 어쩌면 이 세상에서 어떤 운명이 자기를 기다리고 있을지 미리 알고 있었기 때문에 엄마 배 속에 그렇게 깊이 뿌리를 내렸던 건지도 몰랐다. 티타는 로사우라가 그런 끔찍한 전통을 이어 받으려는 생각을 하지 않게 해 달라고 기도했다.

티타는 그런 일이 일어나지 않도록 자기 이름을 아기에게 물려주지 않으려 했다. 그래서 밤낮으로 페드로와 로사우라를 설득한 끝에 결국 아이 이름은 에스페란사가 되었다.

그렇지만 몇 가지 우연의 일치가 반복되면서 아이의 운명은 티타의 운명과 비슷해지는 듯한 기미가 보였다. 예를 들어 엄마는 아이를 직접 돌볼 수 없었고, 이모 역시 아이를 부엌에서만 돌볼 수 있었기 때문에 아기는 부득이 거의 하루 온종일을 부엌에서 지내야 했다. 아기는 이 따뜻한 낙원의 음식 냄새와 맛에 둘러싸여 아톨레와 차를 마시면서 나날이 무럭무럭 자랐다.

하지만 로사우라는 이런 습관이 못마땅했다. 로사우라는 티타가 자신에게서 아이를 너무 오랫동안 떼어 놓는다고 생각했다. 그래서 수술에서 회복되자마자 에스페란사가 미음을 먹고 나면 원래 있어야 할 곳인 자기 침대 옆에서 자도록 즉시 데려오게 했다. 그러나 이런 조치를 취하기에는 이미 너무 늦어 버렸다. 그때 아이는 이미 부엌에서 지내는 데 익숙해져 있었기 때문에 쉽게 부엌 밖으로 나가려 하지 않았다. 아이는 따뜻한 화덕에서 멀어지면 이내 자지러질 듯 울어 댔다. 그래서 티타가 요리하던 냄비를 방으로 들고 오면서까지 아이를 속여야 했다. 아이는 티타가 요리하는 음식 냄비의 냄새와 열기를 느끼면서 곤히 잠들었다. 그러면 티타는 다시 커다란 냄비를 부엌으로 갖고 돌아가서 계속 음식을 만들었다.

그렇지만 오늘은 도무지 이 방법이 통하지 않았다. 아마도 티타 이모가 결혼해서 농장을 떠나면 자기 신세가 처량해질 거라는 걸 미리 예감이라도 했는지 에스페란사는 하루 온종일 울음을 그치지 않았다. 티타는 음식이 든 냄비를 들고 이리저리 오가며 계단을 오르락내리락했다. 구름이 자주 끼면 비가 온다는 말이 있듯 그러다가 마침내 벌어질 일이 벌어지고야 말았다. 티타가 여덟 번째로 계단을 내려오다가 넘어지는 바람에, 참판동고를 위한 몰레가 들어 있던 냄비를 계단 아래로 모두 쏟고 만 것이다. 네 시간 동안 재료들을 다지고 빻으면서 힘들게 일한 것이 모두 수포로 돌아갔다.

티타는 계단에 털썩 주저앉아 두 손으로 머리를 감싼 채 숨을 골랐다. 종종 뛰어다니지 않으려고 새벽 5시에 일어났지만 모든 게 허사가 되었다. 이제 몰레를 다시 준비해야만 했다.

페드로는 티타와 얘기하기에 이 이상 안 좋은 순간을 택할 수는 없었다. 겉으로 보기에는 티타가 계단에 앉아서 쉬고 있는 것 같았기 때문에 페드로는 그때를 이용해 존과 결혼하지 말라고 설득하려 티타에게 다가갔다.

"티타, 당신이 존과 결혼하려는 게 얼마나 엄청난 실수인지 말하고 싶었어요. 아직 늦지 않았어요. 제발 그 청혼을 받아들이지 말아요, 제발!"

"페드로, 당신은 나에게 이래라저래라 할 수 없어요. 당신이 결혼할 때 그 결혼이 나를 갈기갈기 찢어 놨어도, 나는 당신한테 결혼하지 말라는 말은 안 했어요. 당신은 당신 삶을 살았어요. 그러니 이제는 나도 내 삶을 살 수 있도록 내버려 두란 말이에요!"

"바로 내가 그 결정 때문에 얼마나 후회했는데. 그래서 당신한테 잘 생각하라는 거예요. 당신은 내가 왜 당신 언니랑 결혼했는지 잘 알잖아요. 하지만 다 부질없는 짓이었어요. 이제 생각해 보니 차라리 그때 당신하고 도망쳤더라면 더 좋았을 거예요."

"참 일찍도 생각하시네요. 이젠 다 지나간 일이에요. 제발 부탁인데 이제는 제발 내 삶에 끼어들지 말아요. 그리고 언니가 들을 수도 있으니 지금 한 말은 두 번 다시 하지 마세요.

이 집안에 더 이상 불행한 사람이 생기는 건 원치 않아요. 그만 실례하겠어요! ……아, 그리고 다음에 또 사랑에 빠지게 되거든 절대 그런 겁쟁이는 되지 마세요!"

티타는 노기 어린 표정으로 냄비를 획 들고는 부엌으로 향했다. 티타는 요란하게 그릇 부딪히는 소리와 투덜거리는 소리를 내며 몰레를 만들었다. 그러고는 몰레가 익는 동안 참판동고를 준비했다.

고기가 노르스름하기 익기 시작하면 설탕에 절인 시트론과 호두, 잘게 부순 아몬드, 토마토를 집어넣는다.

냄비에서 올라오는 후끈한 김과 티타의 몸에서 뿜어져 나오는 열기가 한데 뒤섞였다. 속에서부터 끓어오르는 분노는 빵 반죽의 이스트처럼 부풀어 올랐다. 마치 조그만 그릇에 담긴 이스트가 그릇 밖으로 흘러넘치는 것처럼, 티타의 몸 구석구석까지 점점 더 화가 치밀어 올라서 코며 귀며, 몸에 있는 구멍 하나하나에서 분노가 수증기처럼 흘러나오는 것이 느껴졌다.

페드로와의 말다툼, 조금 전의 사고와 부엌일은 이 걷잡을 수 없는 분노에 극히 부분적인 원인을 제공했을 뿐이다. 가장 큰 원인은 며칠 전에 로사우라가 한 말이었다. 그날 티타와 존, 알렉스는 모두 언니 방에 모여 있었다. 알렉스가 한집에서 살던 티타와 떨어져 지내게 되자 티타를 보고 싶어 했기 때문에 존이 알렉스를 데리고 왕진을 왔던 것이다. 알렉스는 요람에 있는 에스페란사를 들여다보다가 아기의 아름다움에 완전히 매료되었다. 그래서 자기가 무슨 말을 하는지도 모르는 그

또래 아이들처럼 큰 소리로 말했다.

"아빠, 나도 아빠처럼 결혼하고 싶어. 하지만 나는 이 아기하고 할 거야."

모두 알렉스가 한 엉뚱한 말 때문에 웃음을 터트렸다. 하지만 로사우라가 알렉스에게 아기는 죽는 날까지 자기를 돌봐야 하기 때문에 결혼할 수 없다는 말을 할 때 티타는 머리카락이 모두 쭈뼛 곤두서는 것 같았다. 로사우라만이 그런 비인간적인 관습을 이어 가겠다는 끔찍한 생각을 할 수 있었다.

로사우라의 입을 불로 지질 수만 있었다면! 그래서 그렇게 혐오스럽고, 끔찍하고, 불쾌하고, 비열하고, 지독하고, 말도 안 되는 헛소리를 하지 못하게 막았어야 하는데!! 차라리 그 말을 안으로 집어삼켜 그 말이 푹푹 썩어 벌레가 우글거릴 때까지 배 속에 들어 있는 게 더 나았을 텐데! 언니가 그런 끔찍한 생각을 실행에 옮기는 것을 막기 위해서라도 자기가 오래 살아야 할 텐데!

그녀 인생에서 가장 행복해야 할 순간에 왜 이렇게 불쾌한 생각을 해야만 하는 건지 티타는 알 수가 없었다. 그리고 자신의 신경이 왜 그렇게 날카로운지도 알 수 없었다. 어쩌면 페드로의 저기압이 전염된 건지도 몰랐다. 페드로는 농장에 돌아와 티타가 존과 결혼할 생각이라는 걸 알고부터는 계속 저기압이었다. 그에게 말 한마디 걸 수도 없을 정도였다. 그는 새벽같이 집에서 나가 말을 타고 농장 일대를 질주하며 돌아다녔다. 그리고 정확히 저녁 먹을 시간이 되면 집에 돌아와 식사를 마치고 곧바로 자기 방에 틀어박혀 나오지 않았다.

아무도 그의 그런 행동을 설명할 수 없었다. 어떤 사람들은 더 이상 자식을 낳을 수 없게 되어서 마음에 깊은 상처를 입은 거라고 했다. 이유야 어떻든, 그의 분노는 집안사람들 전체의 생각과 행동을 지배했다. 티타의 마음은 말 그대로 '초콜릿을 끓일 물' 같았다. 그 이상 부글부글 끓어오를 수가 없었다. 그렇게 좋아하던 비둘기 우는 소리까지도 그녀를 짜증나게 했다. 지붕 아래 비둘기장에서 들려오는 비둘기 소리가, 집에 돌아오던 날에는 그녀를 그렇게 기쁘게 하더니 지금은 팝콘 튀길 때처럼 머리가 터지기 일보 직전이었다. 티타는 머리가 터지지 않도록 양손으로 머리를 꽉 눌렀다. 그런데 그때 누군가가 그녀의 어깨를 툭 쳐서 그녀는 까무러치게 놀랐다. 티타는 그게 누구든 한 대 쥐어박으려 했다. 누가 됐든 그녀의 시간을 잡아먹을 게 틀림없었기 때문이다. 하지만 놀랍게도 그녀 앞에 서 있는 것은 첸차였다. 첸차가 평소와 다름없이 생글생글 웃으며 행복한 얼굴로 서 있었던 것이다. 티타는 살아생전에 첸차가 그렇게 반가웠던 적은 없었다. 첸차가 존의 집으로 찾아왔을 때에도 이렇게 반갑지는 않았다. 첸차는 평소와 다름없이 티타가 가장 필요로 하는 순간에 하늘에서 뚝 떨어진 것처럼 나타났던 것이다.

첸차가 떠날 때의 절망 가득한 모습을 생각하면 지금 그녀가 회복된 상태는 정말이지 놀라웠다.

그녀를 고통스럽게 했던 상처는 흔적 하나 남지 않았다. 그 상처를 지울 수 있도록 도와준 남자가 호인 같은 미소를 얼굴 가득 머금은 채 첸차 옆에 서 있었다. 멀리서도 그가 겸손하고 조용하며 좋은 사람이라는 것을 한눈에 알 수 있었다. 첸차가 그에게 "처음 뵙겠습니다. 헤수스 마르티네스입니다."라는 말 외에는 입 뻥끗할 시간도 주지 않았기 때문에, 사실 그가 좋은 사람이라는 건 알 겨를도 없었다. 첸차는 평소와 다름없이 혼자서 대화를 완전히 주도했다. 첸차는 그동안의 자기 생활을 엄청난 속도로 단 이 분 만에 티타에게 모두 알려 줌으로써 빨리 말하기 기록을 경신했다.

첸차의 첫사랑 헤수스는 첸차를 한 번도 잊은 적이 없었다. 첸차의 부모가 그들의 사랑을 단호히 반대했기 때문에, 첸차가 고향으로 돌아가지 않았거나 헤수스가 다시 첸차를 만나려 하지 않았다면 두 사람이 만날 길은 영영 없었을 것이다. 물론 첸차가 순결을 잃었다는 사실은 헤수스에게 중요하지 않았다. 그래서 그들은 그 즉시 결혼식을 올렸다. 그리고 마마 엘레나도 죽고 없으니 새로운 삶을 시작하여 아들딸 많이 낳고 오래오래 행복하게 살기 위해 다시 농장으로 돌아왔던 것이다.

첸차는 얼굴이 시뻘게져서 숨을 쉬기 위해서라도 말을 멈춰야 했다. 티타는 그때를 틈타 얼른 말했다. 물론 첸차처럼 빨리 말하지는 못했지만 거의 그에 못지 않았다. 티타는 첸차가 농장으로 돌아와서 정말로 기쁘다고 말한 다음, 헤수스를 고용하는 문제는 내일 얘기하자고 했다. 그리고 존이 오늘 청혼하러 오는데 아직도 저녁 준비가 끝나지 않았다는 말도 했다. 존이 곧 도착할 텐데, 차가운 물로 샤워를 한 후 손님을 맞이할 수 있도록 첸차가 저녁 준비를 좀 맡아 달라고 부탁했다.

첸차는 티타를 거의 부엌에서 내쫓다시피 하고는 그 즉시 부엌을 점령했다. 본인의 말에 따르면 첸차는 두 눈을 감고 양손을 묶은 채로도 참판동고를 만들 수 있었다.

고기가 다 익고 나면 토르티야를 기름에 튀긴다. 토르티야가 딱딱해지지 않도록 너무 오래 튀기지는 않는다. 오븐에 집어넣을 용기를 꺼내 바닥에 들러붙지 않도록 맨 먼저 크림을 한 겹 바른다. 그 위에 토르티야를 한 겹 깔고, 다시 그 위에 잘게 다진 고기를 한 켜 깔고, 다시 그 위에 몰레를 깐다. 그리고 그 위를 치즈 조각과 크림으로 잘 덮는다. 그릇이 가득 찰 때까지 이 과정을 계속 반복한다. 오븐에 집어넣은 다음 치즈가 녹고 토르티야가 부드러워지면 그릇을 꺼내서 밥이랑 콩과 함께 내놓는다.

티타는 첸차가 부엌에 있는 것만으로도 안심이 되었다. 이제는 몸단장에만 신경 쓰면 되었다. 티타는 섬광처럼 안뜰을 가로질러서 샤워하러 들어갔다. 샤워하고, 옷 입고, 화장하고, 머리 빗는 걸 모두 십 분 안에 끝내야 했다. 그녀는 너무 시간에 쫓긴 나머지 안뜰 뒤편 구석에서 돌을 걷어차고 있는 페드로도 미처 보지 못했다.

티타는 옷을 훌훌 벗어 던지고는 샤워실로 들어가 쏟아지는 차가운 물줄기에 몸을 맡겼다. 아! 너무나 시원했다! 두 눈을 감자 감각이 예민해져서 몸을 타고 흘러내리는 차가운 물줄기 한 방울 한 방울이 모두 느껴졌다. 차가운 물에 닿은 유두가 돌처럼 딱딱해지는 것도 느껴졌다. 다른 물줄기가 등을 타고 내려와 톡 튀어나온 엉덩이의 둥그스름한 곡선을 따라 폭포수처럼 떨어져서는 탄탄한 다리 아래로 흘러내려 발끝으로 떨어졌다. 불쾌했던 기분도 조금씩 사라지고 두통도 없어졌다. 그런데 갑자기 물이 미지근해지기 시작하더니, 점점 뜨거워져서 나중에는 살갗이 델 정도가 되었다. 강렬한 햇빛이 하루 온종일 물탱크를 데우는 무더운 삼복더위에는 종종 이런 일이 있긴 했다. 하지만 지금은 여름도 아니고, 이미 날도 저물기 시작했기 때문에 이런 일은 일어날 수가 없었다. 티타는 샤워실이 다시 불길에 휩싸이는 건 아닌가 하는 생각에 깜짝 놀라서 눈을 떴다가 판자 너머에서 자기를 뚫어져라 쳐다보고 있는 페드로를 발견했다.

페드로의 눈빛이 너무 강렬해서 어둠 속에서도 쉽게 알아볼 수 있었다. 마치 풀잎 사이에 숨어 있는 이슬 두 방울이 아침 햇살을 받아 영롱하게 빛나는 것 같았다. 빌어먹을 페드로의 저 시선! 전과 똑같이 판자 틈새가 벌어지게 샤워실을 고쳐 놓은 빌어먹을 목수! 티타는 페드로가 욕정에 사로잡힌 눈길로 자기에게 다가오는 것을 보고는 서둘러 옷을 입고 욕실을 빠져나왔다. 그리고 얼른 자기 방으로 달려가서 문을 걸어 잠갔다.

제대로 단장도 하지 못했는데 첸차가 와서 존이 도착해 거실에서 기다리는 중이라 알렸다.

아직 테이블 세팅을 마치지 못했기 때문에 티타는 존을 맞으러 갈 수가 없었다. 테이블보를 깔기 전에, 잔과 그릇이 부딪히는 소리가 들리지 않도록 식탁 위에 나사 천을 깔아야 했다. 식탁보의 백색이 더 두드러지게 하려면 나사 천도 하얀색이어야 했다. 티타는 이런 특별한 날에만 사용하는 넓고 붉은 20인용 테이블 위에 이 부드러운 나사 천을 깔았다. 티타는 거실에서 로사우라, 페드로, 존이 하는 얘기를 듣기 위해 숨소리조차 죽인 채 아무 소리도 내지 않았다. 식당과 거실은 기다란 복도를 사이에 두고 있었다. 그래서 페드로와 존, 두 남자의 목소리만 나지막하게 들려왔다. 하지만 목소리의 억양으로 그들이 말다툼하고 있다는 걸 알 수 있었다. 그래서 티타는 일이 더 커지기 전에 서둘러서 접시, 접시 덮개, 컵, 소금 그릇, 나이프 받침 들을 가지런히 놓았다. 그리고 전채 요리와 중간 요리, 메인 요리가 담긴 그릇 밑에 초를 놓아 요리가 따뜻해지도록 해서 찬장에 준비해 두었다. 티타는 중탕해 둔 보르도 포도주를 가지러 부엌으로 달려갔다. 보르도 포도주는 약간 따뜻하게 해 줘야 향이 더욱 좋아지기 때문에 몇 시간 전에 미리 술 창고에서 꺼내서 따뜻한 곳에 놔뒀어야 했다. 하지만 티타가 미리 포도주를 꺼내 놓는 것을 깜빡 잊었기 때문에 이런 임시방편을 사용하게 된 것이다. 이제는 식탁 한가운데에 금빛이 감도는 꽃바구니를 놓는 일만 남았다. 그렇지만 꽃의 싱싱함을 유지하기 위해서는 손님들이 자리에 앉기 직전에 장식하는 게 나았기 때문에 그 일은 첸차에게 맡겼다. 그리고 티타는 풀 먹인 빳빳한 드레스가 허락하는 한 최대로 서둘러서 거실로 들어갔다.

티타가 문을 열고 들어섰을 때 페드로와 존은 국내 정치 상황에 대해 열띤 논쟁을 벌이고 있었다. 둘 다 예의범절의 가장 기본적인 규칙조차 잊어버린 것 같았다. 사교 모임에서는 사람들의 성격이나 슬픈 이야기, 불행한 사건, 종교, 정치 문제를 화제로 꺼내서는 안 되었다. 티타의 등장으로 그들은 토론을 멈추고 어쩔 수 없이 좀 더 유쾌한 목소리로 다른 얘기를 해야만 했다.

긴장감이 팽팽히 감도는 가운데 존이 결혼 허락을 구했고, 집안의 가장인 페드로가 뚱한 표정으로 결혼을 승낙했다. 그리고 다른 세부 사항들에 대해 얘기하기 시작했다. 결혼 날짜를 잡으려고 할 때 티타는 존이 결혼식을 조금 미루려 한다는 것을 알았다. 존은 한 분밖에 안 계신 숙모가 결혼식에 참석할 수 있도록 자기가 직접 미국에 가서 모셔 오고 싶어 했다. 이것은 티타에게 심각한 문제를 안겨 주었다. 그녀는 한시라도 빨리 농장에서, 페드로 곁에서 떠나고 싶었던 것이다.

존이 티타에게 아름다운 다이아몬드 반지를 끼워 줌으로써 약혼이 성립되었다. 티타는 손가락에서 빛나는 반지를 한참 동안 들여다보았다. 반지의 광채가 조금 전에 벌거벗은 그녀를 바라보던 페드로의 눈에서 빛나던 광채를 연상시켰다. 그리고 그때, 어렸을 때 나차가 가르쳐준 오토미족의 시 한 편이 떠올랐다.

햇살이 이슬 방울을 반짝이며 비추네
이슬 방울이 사라졌네
당신은 내 눈 안에서 빛나네
나는, 나는 살아가네……

로사우라는 동생의 눈에 맺힌 눈물이 기쁨의 눈물이라고 착각하고는 동생이 사랑하는 사람과 결혼했다는 죄책감이 조금 덜어지는 것을 느꼈다. 로사우라는 감격에 겨워 모든 사람들의 잔에 샴페인을 따라 주고는 신랑 신부의 행복을 위해 건배를 들자고 했다. 거실 한가운데에 네 사람이 모여 건배를 하려는 순간, 페드로가 잔을 너무 세차게 부딪치는 바람에 잔이 산산조각 나면서 샴페인이 다른 사람들의 얼굴이며 옷에 사방으로 튀었다.

모두 당황해서 어쩔 줄 모르고 있는데 때마침 첸차가 나타나 마법처럼 '저녁 준비가 다 되었습니다.'라고 알렸다. 그 말로 사람들은 하마터면 잃을 뻔했던 침착함과 화기애애한 분위기를 되찾았다. 사는 데 있어 가장 중요한 문제인 먹는 것을 놓고 바보와 병자가 아닌 이상 누구든 관심을 보인다는 얘기도 있다. 그래서 모두들 기분 좋게 선뜻 식당으로 향했다.

저녁 식사 중에는 첸차가 음식을 내오면서 재치 있게 끼어든 덕분에 별 문제가 없었다. 그런데 음식은 여느 때처럼 그렇게 맛있지 않았다. 어쩌면 음식을 준비하는 내내 티타의 기분이 나빴기 때문에 그런 건지도 몰랐다. 하지만 아무리 그래도 맛없다고 할 정도는 아니었다. 참판동고는 워낙 맛있는 요리기 때문에 아무리 투덜거리며 준비했더라도 맛없게 만들기란 쉽지 않은 일이었다. 식사가 모두 끝난 후 티타는 문 앞까지 존을 배웅 나가 긴 작별의 키스를 나누었다. 가능한 한 빨리 돌아오기 위해 존은 그다음 날 여행을 떠날 생각이었던 것이다.

티타는 부엌으로 돌아와 첸차에게 도와줘서 고맙다는 인사를 하고, 남편 헤수스와 함께 쓸 방과 침대를 치우도록 첸차를 보냈다. 그들은 침대에 들어가기 전에 빈대가 있는지부터 먼저 확인해야 했다. 그 방에서 마지막으로 묵었던 하녀가 빈대 때문에 많이 고생했지만 티타는 로사우라의 딸이 태어난 후로는 할 일이 태산이라 그 방을 소독할 수가 없었던 것이다.

빈대를 박멸하는 데 가장 좋은 방법은 알코올 한 컵에 송진 1/2온스와 장뇌산 가루 1/2온스를 섞는 것이다. 이렇게 만든 약을 빈대가 있는 곳에 바르면 싹 없어진다.

티타는 부엌을 치운 다음 그릇과 냄비들을 제자리에 정리하기 시작했다. 아직 잠이 오지 않았기 때문에 침대에서 뒤척이는 것보다는 이렇게 시간을 보내는 게 훨씬 나았다. 티타는 마음이 뒤숭숭했고, 생각을 정리하기 위한 가장 좋은 방법은 부엌을 정리하는 것이었다. 티타는 커다란 진흙 냄비를 들고 전에 '어두운 방'이었던 그릇 창고로 들어갔다. 마마 엘레나가 죽은 후로는 아무도 그곳에서 목욕하지 않았다. 모두 샤워실에서 샤워하는 걸 더 좋아했다. 그래서 그 방은 그릇을 넣어두는 창고로 바뀌었던 것이다.

티타는 한 손에는 냄비를, 다른 손에는 램프를 들고 있었다. 자주 쓰지 않는 그릇들이 잔뜩 쌓여 있었기 때문에 괜히 가다가 걸려 넘어지지 않으려면 조심스럽게 들어가야 했다. 그 램프의 불빛은 도움은 되었지만 충분하지는 못했다. 그녀의 등 뒤쪽으로 살그머니 따라 들어와 방문을 걸어 잠그는 그림자까지 비추지는 못했던 것이다.

티타는 인기척을 느끼고 뒤로 돌아섰다. 문을 막고 서 있는 페드로의 모습이 불빛 아래 또렷하게 드러났다.

"페드로! 여기서 뭐 하는 거예요?"

페드로는 아무 대답 없이 그녀에게 다가와 램프의 불을 끄고는, 옛날에 헤르트루디스가 사용했던 철제 침대로 티타를 끌고 가서 그녀 위로 몸을 던졌다. 페드로는 그녀의 순결을 빼앗고 진정한 사랑이 어떤 건지 가르쳐 주려고 했다.

자기 방에 있던 로사우라는 미친 듯이 울어 대는 딸아이를 재우려 하고 있었다. 방 안을 왔다 갔다 하면서 아이를 얼렀지만 아무 소용이 없었다. 로사우라는 창가를 지나다가 '어두운 방'에서 흘러나오는 이상한 광채를 보게 되었다. 인광(燐光) 같은 청백색 빛 줄기가 하늘을 향해 높이 치솟고 있었다. 놀란 로사우라가 티타와 페드로에게 와서 보라며 고래고래 소리를 질러 댔지만, 달려온 사람은 침대보를 찾으러 나온 첸차뿐이었다. 믿을 수 없는 광경을 목격한 첸차는 난생처음으로 놀라서 말문이 막혔다. 그녀는 한마디도 하지 못했다. 언제나 자기 주위에서 일어나는 일에 눈치가 빤하던 에스페란사도 울음을 그쳤다. 첸차는 무릎을 꿇고 성호를 긋고는 기도하기 시작했다.

"하늘에 계신 성모 마리아여, 이승에서 떠도는 엘레나 마님의 영혼을 부디 거두어 주옵소서."

"무슨 소리야, 첸차? 무슨 말을 하는 거야?"

"저게 도대체 뭘 것 같아요? 돌아가신 마님의 귀신이라는 걸 모르겠어요? 불쌍한 마님이 자기 죗값을 치르느라 저러는 거예요. 나는 죽어도 저 방 근처에는 가지 않을 거예요."

"나도 가지 않을 거야."

자기 존재가 죽어서까지 그렇게 엄청난 두려움을 불러일으키리라는 것을 불쌍한 마마 엘레나가 알았더라면! 그리고 그런 두려움이 티타와 페드로에게 헤르트루디스의 침대 위를 뒹굴면서 마마 엘레나가 생전에 가장 좋아하던 장소를 더럽힐 완벽한 기회를 제공해 주리라는 것을 알았다면, 그녀는 골백번은 다시 죽었을 것이다.

이어서

다음 요리는

초콜릿과 주현절[11) 빵

---

11) 동방 박사가 아기 예수를 찾아가 세 가지 선물을 전한 날로, 멕시코에서는 크리스마스가 아닌 1월 6일 주현절에 선물을 준다.

9월

초콜릿과 주현절 케이크 로스카

재료

소코누스코 코코아 2파운드

마라카이보 코코아 2파운드

카라카스 코코아 2파운드

기호에 따라 설탕 4 내지 6파운드

만드는 방법

맨 먼저 코코아 열매를 볶는다. 코코아 열매에서 빠져나온 기름이 질냄비에 흡수될 수도 있기 때문에 질그릇보다는 양철 그릇에 볶는 게 좋다. 초콜릿의 맛은 다음 세 가지에 의해 크게 좌우되기 때문에 사소한 것에까지 주의를 기울이는 게 중요하다. 코코아 열매는 상하지 않은 것으로 얼마나 신선한가, 얼마나 다양한 종류를 사용했는가, 마지막으로 어떻게 볶았는가에 따라 맛이 좌우된다.

코코아 열매는 기름이 나오기 시작할 때까지 볶아야 한다. 그 전에 불에서 내리면 색깔도 곱지 않고 먹었을 때 소화도 잘 안 된다. 반대로 불 위에 너무 오래 두면 열매가 거의 다 타서 씁쓰름하면서도 시큼한 맛이 나게 된다.

티타는 이 기름에서 반 스푼 정도를 떠내어 달짝지근한 아몬드유와 섞어서 훌륭한 립글로스를 만들었다. 겨울이면 늘 입술이 사정없이 갈라졌기 때문에 미리 준비해 두어야 했다. 어렸을 때는 웃을 때마다 통통한 입술이 갈라지고 피가 나면서 엄청 아팠기 때문에 상당히 괴로웠다. 하지만 시간이 흐르면서 체념하게 되었다. 그리고 이제는 웃을 일도 거의 없었기 때문에 별로 개의치 않았다. 갈라진 게 가라앉는 봄이 올 때까지 묵묵히 기다릴 수 있었다. 립글로스를 준비한 이유는 단지 그날 밤 주현절 케이크를 자르기 위해 손님들이 몇 사람 오기로 되어 있었기 때문이다.

많이 웃게 될 것 같아서가 아니라 파티에서 입술이 촉촉하고 윤기 나게 보이고 싶어서였다. 임신했을지도 모른다는 두려움 때문에 웃을 마음도 없었다. 티타는 페드로와 사랑을 나누면서 임신할 수도 있다는 가능성에 대해서는 조금도 생각해 보지 않았다. 아직 페드로에게는 아무 말도 하지 못했다. 그날 밤 얘기하려고 했지만 어떻게 얘기를 꺼내야 좋을지 몰랐다. 페드로가 어떤 반응을 보일까? 이 엄청난 문제에 대해 어떤 해결책을 내놓을까? 티타는 아무런 생각도 떠오르지 않았다.

코코아 열매가 다 볶아지면 체를 사용해 열매와 껍질을 분리한다. 절구통 밑에 뜨거운 석탄이 담긴 납작한 토기를 놓고 절구통이 따뜻하게 달궈지면 코코아 열매를 빻기 시작한다. 그러고 나서 여기에 설탕을 넣고 조그마한 나무 공이로 곱게 빻는다. 그리고 이 반죽을 몇 덩어리로 나누어 손으로 초콜릿 모양을 빚는다. 기호에 따라 둥글게 빚을 수도 있고 길쭉하게 빚을 수도 있다. 그런 다음 바람에 말린다. 칼끝으로 네모난 블록 모양을 새길 수도 있다. 티타는 초콜릿 모양을 만들면서, 심각한 고민이 없었던 어린 시절의 주현절이 서글플 정도로 그리웠다. 그때는 동방 박사들이 티타가 원하는 선물은 가져오지 않고, 마마 엘레나가 가장 적당하다고 생각하는 선물을 가지고 오는 것이 가장 큰 불만이었다. 그녀가 바라던 선물을 받은 적이 딱 한 번 있었는데 몇 년 전에야 그 사연을 알게 되었다. 나차가 오랫동안 모은 월급을 가지고 가게 진열대에서 본 '꼬마 극장'을 티타에게 사 줬던 것이다. 그것은 조명 역할을 하는 석유램프를 이용해 벽에다 화면을 비추는 기계로 영화 비슷한 효과를 냈다. 원래는 '주마등'이라는 이름이었지만 '꼬마 극장'이라고 불렀다. 아침에 일어나 그게 자기 신발 옆에 있는 것을 보고 티타는 얼마나 행복해했던가! 언니들과 함께 작은 유리 조각을 통해 비치는 연속된 장면들을 바라보고, 상황에 따라 가장 재미있는 이야기를 만들어 내면서, 많은 오후를 얼마나 즐겁게 보냈던가! 나차와 함께했던 행복한 시간들이 아득하게만 느껴졌다. 나차! 나차에게서 나던 파스타를 넣은 수프 냄새, 칠라킬레스[12)], 참푸라도[13)], 몰카헤테 소스[14)], 생크림 빵, 이젠 먼 과거가 되어 버린 것들이 그리웠다! 나차가 만든 소스나 아톨레, 차, 나차의 웃음, 이마의 주름, 나차만의

---

12) 멕시코에서 아침 식사로 즐겨 먹는 음식. 잘게 썰어서 튀긴 토르티야 위에 토마토소스와 칠레고추, 치즈, 크림 등을 섞어 끼얹은 요리.
13) 초콜릿에 옥수수 가루, 우유, 설탕 등을 넣고 걸쭉하게 끓인 음료.
14) 칠레고추, 양파, 고수를 몰카헤테(화산암으로 만든 돌절구)에 빻은 다음 토마토, 아보카도와 섞어 만든 소스.

방식으로 땋아 주던 머리채, 밤에 잘 때 이불을 덮어 주던 것, 아플 때 돌봐 주던 것, 티타가 원하는 음식을 만들어 주던 모습, 초콜릿을 젓던 모습, 모두가 그리웠다! 잠깐이라도 좋으니 그때로 돌아가 그 시절의 즐거움을 조금이라도 가지고 와서 그때와 같은 흥분과 열정으로 주현절 케이크를 만들 수 있다면! 옛날처럼 언니들과 함께 둘러앉아 웃고 떠들며 주현절 케이크를 먹을 수만 있다면! 한 남자를 두고 로사우라와 싸우기 전의 그 시절로 돌아갈 수만 있다면! 그녀가 평생 결혼할 수 없다는 운명을 알기 전으로 돌아갈 수만 있다면! 헤르트루디스가 집을 뛰쳐나가 사창가에서 일하게 되리라는 걸 몰랐던 시절로 돌아갈 수만 있다면! 주현절 케이크에서 인형을 꺼낸 사람의 소원이 기적처럼 이루어질 거라고 곧이곧대로 믿었던 그때로 돌아갈 수만 있다면! 삶은 그녀에게 모든 게 그렇게 호락호락하지만은 않다는 것을 가르쳐 주었다. 삶은 그녀에게 아무리 똑똑한 사람이라도 많은 대가를 치러야 자기가 원하는 것을 이룰 수 있고, 그것도 몇 가지밖에 이룰 수 없다는 것을 가르쳐 주었다. 그리고 자기 자신의 운명을 결정하기 위해서는 생각보다 더 많은 대가를 치러야 한다는 것을 가르쳐 주었다. 이 싸움은 그녀 혼자서 해야만 하는 싸움이었으며, 티타에게 삶은 너무 무겁게 느껴졌다. 적어도 그녀 곁에 헤르트루디스 언니만이라도 있었다면! 하지만 헤르트루디스가 집으로 돌아올 가능성보다는 죽은 사람이 살아서 돌아올 가능성이 더 많아 보였다.

니콜라스가 사창가로 옷을 전해 주러 갔을 때 이후로는 헤르트루디스에 대한 아무런 소식도 듣지 못했다. 마침내 티타는 이제 막 완성한 초콜릿 옆에 자신의 추억을 놓아 두고 주현절 케이크 로스카를 만들기 시작했다.

주현절 케이크 로스카 재료

신선한 이스트 30그램

박력분 1.25킬로그램

달걀 8개

레몬 에센스 2큰술

우유 1컵 반

설탕 300그램

버터 300그램

설탕에 절인 과일 250그램

도자기 인형 1개

만드는 방법

밀가루 250그램에 손이나 포크를 사용해서 이스트를 으깨 넣은 다음 미지근하게 데운 우유 반 컵을 조금씩 붓는다. 재료가 잘 섞였으면 잠깐 동안만 반죽해서 공 모양으로 만든 다음 반죽이 원래 크기의 두 배로 부풀 때까지 놔둔다.

티타가 반죽을 마치고 놔두려는데 로사우라가 부엌으로

들어왔다. 로사우라는 존이 처방해 준 식단을 따르는 데 티타의 도움을 청하러 왔다. 그녀는 몇 주 전부터 심각한 소화불량 때문에 배에 가스가 차고 구취가 나서 고생하고 있었다. 로사우라는 이런 엄청난 변화에 괴로워하다 결국 남편 페드로와 각방까지 쓰기로 했다. 그렇게 하고 나니 적어도 가스는 마음대로 내보낼 수 있어서 고통이 조금 줄어들었다. 존은 로사우라에게 뿌리나 이파리류 채소는 피하고 운동을 하라고 권했다. 하지만 로사우라의 비만이 너무 심해서 운동하기도 쉽지 않았다. 늘 똑같은 식사를 하는데 농장에 돌아온 후로는 왜 그렇게 살이 찌는지 도무지 이유를 설명할 수가 없었다. 문제는 젤리처럼 흔들거리는 거대한 몸뚱이를 움직이는 일이 보통 어려운 게 아니라는 거였다. 비만으로 인한 수많은 문제들이 꼬리에 꼬리를 물고 나타났다. 하지만 그중에서도 가장 심각한 문제는 페드로가 하루하루 그녀에게서 멀어진다는 거였다. 그녀 자신도 불쾌한 입내를 참을 수 없었기 때문에 남편을 탓할 수도 없었다. 하지만 이제 더는 두고 볼 수 없었다.

로사우라가 티타에게 마음을 열고 그녀와 함께 어떤 문제를 상의하려고 한 것은 이번이 처음이었다. 심지어 티타에 대한 질투 때문에 전에는 그녀를 가까이하지 않았다는 것까지 솔직하게 털어놓고 얘기했다. 로사우라는 티타와 페드로가 몰래 숨어서 사랑을 나누는 사이라고 생각했다. 하지만 이제는 티타가 존을 많이 사랑하고, 곧 결혼까지 할 사이라는 것을 안 이상 계속 의심하는 것은 어리석은 짓임을 깨달았다. 로사우라는 지금이라도 티타와 사이좋게 지낼 수 있을 거라 믿었다. 사실 지금까지 로사우라와 티타의 관계는 끓는 기름과 물처럼 서로 겉도는 사이였다! 로사우라는 눈물까지 글썽이며 자기가 페드로와 결혼한 걸로 더 이상 앙심을 품지 말아 달라고 애원했다. 그러고는 자기가 병을 고칠 수 있도록 충고해 달라고 부탁했다. 마치 티타가 그 문제에 있어서 전문가라도 되는 것처럼! 로사우라는 서글픈 얼굴로 페드로가 자기를 안아준 지도 벌써 몇 달이 지났고 페드로가 자기를 피한다고 털어놓았다. 사실 페드로는 워낙에 섹스를 밝히는 사람이 아니었기 때문에 그건 별로 걱정되지 않았다. 하지만 요즘에는 부부관계를 피할 뿐 아니라 아예 내놓고 자기를 거부하고 경멸하는 게 느껴진다고 했다.

게다가 언제부터 그랬는지 정확하게 꼬집어 말할 수도 있었다. 로사우라는 확실하게 기억했다. 바로 마마 엘레나의 혼령이 처음으로 나타난 날 밤이었다. 그녀는 페드로가 산책에서 돌아오길 기다리며 깨어 있었다. 페드로는 돌아와서도 그녀가 말하는 유령 얘기에는 귀도 기울이지 않았다. 마치 거기에 없는 사람 같았다. 밤에 로사우라가 페드로를 껴안으려 했지만 페드로는 깊이 잠들어 있었는지, 아니면 잠든 척하고 있었는지, 하여간 그녀의 요구에 아무런 반응도 보이지 않았다. 나중에 로사우라는 페드로가 조용히 흐느끼는 소리를 들었다. 하지만 이번에는 그녀가 못 들은 척했다.

로사우라는 자기가 뚱뚱한 데다 수시로 가스를 내뿜고 구취까지 심하기 때문에 페드로가 하루가 다르게 자기 곁에서 멀어지는데도 속수무책인 거라고 생각했다. 그래서 티타의 도움을 청하게 된 것이다. 로사우라는 그 어느 때보다도 티타가 필요했으며 달리 도움을 청할 사람도 없었다. 로사우라의 상황은 하루가 다르게 악화되었다. 페드로가 자기를 버려서 사람들이 수군대기 시작하면 어떤 반응을 보여야 할지도 몰랐고, 견뎌 낼 수도 없을 것 같았다. 그래도 평생 자기 곁을 지켜야 할 의무를 가진 딸 에스페란사가 있어서 그나마 위안이 되었다.

그때까지는 얘기가 잘되어 가고 있었다. 티타는 로사우라가 한 말 때문에 양심의 가책까지 느끼고 있었다. 하지만 에스페란사의 운명이 어떻게 될지에 대해 두 번째로 들은 순간 모든 게 달라졌다. 티타는 언니에게 그 생각이야말로 살면서 들은 얘기 중 가장 어리석은 것이라고 고래고래 소리치지 않기 위해 초인적인 노력을 기울여야 했다. 하지만 이제 와서 다시 말다툼을 벌여, 로사우라에게 저지른 자신의 잘못을 조금이라도 속죄해 보려던 좋은 의도를 내팽개칠 수는 없었다. 그래서 티타는 자신의 속마음을 겉으로 드러내지 않고, 로사우라에게 몸무게를 줄일 수 있도록 특별한 다이어트 음식을 준비해 주겠노라 말했다. 그리고 악취를 제거할 수 있는 집안 대대로 내려오는 비법을 친절하게 가르쳐 주었다.

"악취는 위장에서 올라오는 것인데 거기에는 몇 가지 이유가 있어. 악취를 제거하기 위해서는 장뇌 식초 몇 방울을 섞은 소금물을 코로 들이마시는 동시에 입안도 헹구어야 해. 그리고 박하 이파리를 계속 씹어 줘. 꾸준히 그렇게 하면 아무리 심한 악취라도 제거할 수 있어."

로사우라는 티타의 도움에 한없이 고마워하며 서둘러 박하 이파리를 주우러 과수원으로 나갔다. 하지만 그 전에 예민한 문제이니만큼 비밀을 지켜 달라는 당부 또한 잊지 않았다. 로사우라는 한시름 놓은 듯한 표정이었다. 하지만 티타는 머릿속이 복잡했다. 자신이 대체 무슨 일을 저지른 것인가? 로사우라와 페드로, 그녀 자신, 그리고 존에게 입힌 이 끔찍한 상처를 어떻게 치유한단 말인가? 며칠 후에 존이 여행에서 돌아오면 그를 대체 무슨 낯으로 본단 말인가? 존, 그에게는 고마워할 것밖에 없었다. 존은 그녀에게 이성을 찾아 준 사람이었다. 존은 그녀에게 자유의 길을 열어 준 사람이었다.

존은 평화이자 차분함, 이성이었다. 그는 정말이지 이런 대접을 받아서는 안 되었다! 그에게 무슨 말을 한단 말인가? 도대체 어떻게 해야 한단 말인가? 당장은 주현절 케이크 로스카나 계속 만드는 게 최선이었다. 로사우라와 얘기하는 동안 이스트를 섞어 두었던 반죽이 충분히 부풀어 올랐기 때문에 다음 과정으로 넘어가야 했다.

식탁 위에 박력분 1킬로그램을 가운데가 우묵 파이도록 쌓는다. 가운데에 재료들을 모두 붓고, 가운데부터 시작하여 조금씩 바깥 밀가루를 더해 가면서 모두 완전히 섞일 때까지 반죽한다. 이스트를 넣은 반죽이 원래 크기의 두 배로 부풀면 이 반죽과 함께 섞어서 반죽이 손으로 쉽게 떼어질 때까지 골고루 잘 섞는다. 주걱으로 식탁에 묻은 반죽도 모두 떼어 내서 함께 반죽한다. 그리고 기름을 두른 큰 그릇에 반죽을 담는다. 천으로 위를 덮고 다시 원래 크기의 두 배가 될 때까지 기다린다. 원래 크기의 두 배로 부푸는 데는 보통 두 시간가량이 걸리며, 반죽을 오븐에 집어넣기 전까지 이 과정을 세 번 반복해야 한다.

티타가 반죽 그릇을 천으로 덮고 있는데 갑자기 차갑고 강한 바람이 부엌문을 활짝 열어젖히면서 얼음장같이 차가운 공기가 안으로 밀려들어 왔다. 천이 공중으로 휭 날아갔고 오싹한 기운이 티타의 등줄기를 타고 내려갔다. 티타는 뒤를 돌아보았다가 자신을 무섭게 노려보고 있는 마마 엘레나와 정면으로 마주치고는 소스라치게 놀랐다.

"페드로에게 가까이 가지 말라고 내가 너에게 수도 없이 얘기했다. 그런데 왜 그런 거냐?"

"어머니, 나도 안 그러려고 했어요…… 하지만……."

"하지만은 무슨 하지만! 네가 한 짓은 변명의 여지가 없다. 너는 도덕이나 존중, 예의범절이 뭔지 다 잊어버렸어! 너는 아무 가치도 없는 애다. 너는 너 자신도 존중할 줄 모르는 싸구려 계집애야. 너는 우리 가족 전체의 이름에 먹칠을 했어. 조상부터 지금 네 배 속에 있는 그 저주받은 애까지 모두 말이다!"

"아니에요! 내 자식은 저주받지 않았어요!"

"저주받았어. 내가 그 아이를 저주했다! 그 아이와 너를 영원히 말이다!"

"제발 그러지 마세요."

첸차가 부엌으로 들어오자 마마 엘레나는 뒤로 홱 돌더니 들어왔던 문으로 나가 버렸다.

"티타 아가씨, 문 닫아요. 얼마나 추운지 안 보여요? 요즘 아가씨는 정신을 놓고 사는 것 같아요. 무슨 일 있어요?"

아무 일도 없었다. 생리가 한 달이나 늦어져서 임신했을지도 모른다는 두려움이 든다는 것 외에는 아무 일도 없었다. 존이 자기와 결혼하기 위해 돌아오는 즉시 그 얘기를 해야 한다는 것 외에는 아무 일도 없었다. 파혼해야 한다는 것 외에는 아무 일도 없었다. 별다른 문제 없이 그 아이를 낳으려면 농장을 떠나야 한다는 것 외에는 아무 일도 없었다. 로사우라를 더 이상 아프게 할 수 없기 때문에 페드로를 영원히 포기해야 한다는 것 외에는 아무 일도 없었다.

그게 전부였다. 하지만 첸차에게는 그런 얘기를 할 수 없었다. 첸차는 워낙 입이 가벼워서, 만일 그랬다간 그다음 날이면 마을 사람 전체가 알게 될 테니까. 티타는 차라리 아무 대답도 하지 않는 게 낫다고 생각했다. 그래서 첸차에게 약점 잡힐 일이 있으면 늘 그랬던 것처럼 그냥 무턱대고 화제를 바꿨다.

"세상에! 반죽이 벌써 흘러넘쳤네! 얼른 빵을 만들어야지, 안 그러면 빵도 못 만들고 밤새겠다."

반죽이 부풀어 그릇 위로 흘러넘치진 않았지만 첸차의 관심을 다른 데로 끌기에는 그게 가장 적당한 구실이었다.

반죽이 두 번째로 원래 크기의 두 배로 부풀어 오르면 그릇에서 꺼내서 식탁에 놓고 긴 막대기 모양으로 만든다. 원한다면 설탕에 절인 과일 조각들을 반죽 중앙에 넣어 준다. 아니면 행운을 가져다준다는 도자기 인형을 임의로 아무 곳에

나 집어넣는다. 그런 다음 반죽의 한쪽 끝이 다른 쪽 끝과 맞닿도록 말아 준다. 빵의 이음새 부분이 버터를 바르고 밀가루를 뿌린 빵틀에 닿도록 반죽을 놓는다. 반죽을 고리 모양으로 둥글게 만든 다음, 빵틀의 가장자리로부터 충분한 공간을 두고 반죽을 놓는다. 반죽이 한 번 더 두 배로 부풀어야 하기 때문에 공간이 필요한 것이다. 반죽이 마지막으로 부푸는 동안, 부엌의 실내 온도가 적절하게 유지되도록 오븐을 켜 둔다.

티타는 빵 안에 집어넣기 전에 도자기 인형을 한참 동안 바라보았다. 전통적으로 1월 6일에 빵을 잘랐을 때 그 안에 숨겨 두었던 도자기 인형을 찾아낸 사람은 아기 예수가 봉헌된 것을 기념하는 2월 2일 성촉절 날 파티를 열게 되어 있다. 아주 어렸을 때부터 이 전통은 그녀와 언니들 간의 경쟁처럼 여겨졌다. 운 좋게 인형을 찾아낸 사람은 정말 운이 좋은 것으로 생각되었다. 그날 밤에는 인형을 두 손으로 꼭 쥐고 무슨 소원이든 빌 수 있었다.

티타는 인형의 섬세한 모양을 자세히 들여다보며 어렸을 때 소원을 비는 것은 얼마나 쉬운 일이었던가를 생각했다. 그때는 불가능이라는 게 없었다. 하지만 어른이 되면 모든 것을 다 바랄 수는 없다는 사실을 알게 된다. 금기시되는 것과 죄악시되는 것, 정숙하지 않은 것은 바랄 수 없다.

하지만 대체 정숙하다는 게 뭐란 말인가? 자기가 진정으로 원하는 바를 부정하는 것? 차라리 어른이 되지 않았더라면! 차라리 페드로를 몰랐더라면! 페드로의 아기를 임신하지 않았더라면! 어머니가 그녀를 괴롭히지 않았더라면! 어머니가 구석구석 그녀를 쫓아다니며 그녀의 행동이 정숙하지 못하다고 소리 지르지 않았더라면! 로사우라의 방해 없이 에스페란사가 결혼할 수만 있다면! 에스페란사가 이 고통과 슬픔을 모를 수만 있다면! 이 아이가 헤르트루디스처럼 가출할 용기를 가질 수만 있다면! 티타에게 그 어느 때보다 절실한 도움을 줄 수 있도록 헤르트루디스가 집으로 돌아올 수만 있다면! 티타는 이런 모든 소원을 간절히 빌며 빵 안에다 인형을 집어넣고는 반죽이 계속 부풀도록 식탁 위에 올려 두었다.

반죽이 세 번째로 부풀어 오르면 과일로 표면을 장식한 후 달걀을 풀어 표면에 바르고 그 위에 설탕을 뿌린다. 이십 분 동안 오븐에 집어넣었다가 다 되면 꺼내서 식힌다.

빵이 완성되자 티타는 페드로에게 빵을 식탁으로 옮기는 것을 도와 달라고 부탁했다. 아무한테나 도움을 청할 수 있었지만 둘이서 조용히 할 얘기가 있었던 것이다.

"페드로, 단둘이서 할 얘기가 있어요."

"그거야 어렵지 않지요. 어두운 방으로 가는 게 어떨까요? 거기서는 아무런 방해도 받지 않고 얘기할 수 있잖아요. 벌써 며칠 전부터 나도 그곳에 가고 싶었어요."

"내가 당신한테 하려는 얘기가 바로 그 방에 대한 얘기예요."

첸차가 들어와서 로보 씨네 가족이 막 파티에 도착해 빵 자르기만 기다린다고 하는 바람에 두 사람의 대화는 중단되었다. 그래서 티타와 페드로는 얘기를 다음 기회로 미루고, 사람들이 애타게 기다리고 있는 식당으로 빵을 가지고 갈 수밖에 없었다. 복도를 지나가면서 티타는 식당 문 옆에 서서 자신을 무섭게 노려보고 있는 어머니를 보았다. 티타는 새하얗게 질렸다. 위협적으로 티타에게 다가서는 마마 엘레나를 향해 풀케가 요란하게 짖기 시작했다. 하지만 풀케 등의 털이 두려움으로 쭈뼛 곤두서더니 풀케는 조금씩 뒷걸음치기 시작했다. 풀케가 뒷걸음치다가 복도 끝의 화초 옆에 있는 양철 쓰레기통에 뒷발을 집어넣었다. 그러고는 쓰레기통을 바닥에 질질 끌면서 뛰쳐나가는 바람에 쓰레기통 안에 있던 내용물들이 모두 바닥으로 쏟아져 나왔다.

그 소동은 거실에 앉아 기다리고 있던 손님 열두 명의 관심을 집중시켰다. 모두 깜짝 놀라서 복도 쪽으로 나오자, 페드로는 풀케가 늙어서 요즘 이렇게 분별력이 없는 행동을 자주 하지만 이제는 괜찮다고 변명했다. 그렇지만 파키타 로보는 티타가 기절하기 일보 직전이라는 것을 눈치챘다. 파키타는 다른 사람에게 페드로를 도와 빵을 식당으로 옮기라고 하고는, 티타의 안색이 안 좋아 보인다며 그녀의 팔을 부축해서 거실로 데리고 갔다. 티타에게 소금 냄새를 맡게 하자 잠시 후에는 곧 괜찮아졌다. 그래서 티타는 식당으로 돌아가려고 했다. 그런데 거실을 나서기 전에 파키타가 티타를 잠시 붙잡더니 물었다.

"이제 괜찮니? 아직도 어지러워 보이는데. 눈이 말이다! 네가 정숙한 아이라는 걸 몰랐다면 난 네가 임신한 줄 알았을 거다."

티타는 아무렇지도 않은 듯 일부러 가볍게 웃으며 대답

했다.

"임신이요? 그런 생각을 하는 건 아마 아줌마뿐일 거예요. 눈이 무슨 상관이에요?"

"나는 눈만 봐도 그 여자가 임신했는지 즉시 알 수 있단다."

그때 풀케가 안뜰에서 다시 엄청난 소동을 일으켰기 때문에 파키타 아줌마와의 얘기는 끊어졌다. 티타는 자기를 어려운 상황에서 또 한 번 구해 준 풀케가 고마웠다. 게다가 풀케가 짖어 대는 소리 외에도 요란한 말발굽 소리가 들려왔다. 손님들은 모두 집에 도착해 있었다. 이 시간에 누구일까? 티타는 서둘러 현관 쪽으로 가서 문을 열었다. 그리고 풀케가 혁명군 군대를 이끌고 맨 앞에 오는 사람한테 꼬리를 살랑살랑 흔들며 반기는 모습을 보았다. 사람들은 혁명군들이 가까워질 때까지 말에 올라 군대의 선두에 선 자가 누군지를 알아보지 못했다. 하지만 그 사람은 바로 다름 아닌 헤르트루디스 언니였다. 그리고 그 옆에는 이제 장군이 된 후안 알레한드레스가 있었다. 예전에 그녀의 집을 털었던 바로 그 혁명군 대장이었다. 헤르트루디스는 말에서 내려, 그동안 세월이 전혀 흐르지 않은 것처럼 주현절 케이크를 자르는 날이라 방금 만든 초콜릿 한 잔이랑 먹으러 왔다며, 아무렇지도 않게 말했다. 티타는 감격에 겨워 헤르트루디스를 꼭 끌어안고는, 헤르트루디스의 소원을 이루어 주기 위해 얼른 식탁으로 데리고 갔다. 집에서는 초콜릿 만드는 것에서부터 타는 것까지 모두 꼼꼼하게 정성을 들였기 때문에 다른 어디에서도 절대 맛볼 수 없는 맛이었다. 초콜릿을 타는 것도 아주 중요했다. 서툴게 타면 최상급의 초콜릿도 맛없어질 수 있다. 덜 끓이거나 지나치게 오래 끓이면 너무 걸쭉해지거나 탄 맛이 날 수도 있기 때문이다.

이런 실수는 아주 간단한 방법으로 막을 수 있다. 물에 초콜릿 한 판을 넣고 끓인다. 이때 물의 양은 초콜릿을 담을 컵보다 조금 많게 한다. 물이 처음으로 끓기 시작하면 불에서 내려 초콜릿을 완전히 녹인다. 초콜릿이 물과 충분히 섞일 때까지 소형 제분기로 잘 저어 준다. 그리고 다시 불 위에 올려놓는다. 다시 끓어 넘치려 하면 불에서 내린다. 그리고 얼른 다시 불 위에 올려 세 번째로 끓인다. 이번에는 마지막으로 불에서 내려 잘 저어 준다. 작은 주전자에 반을 덜어 내고 나머지를 잘 저어서 섞어 준다. 그리고 나서 윗부분이 거품에 덮인 상태로 내놓는다. 물 대신 우유를 넣을 수도 있다. 하지만 우유를 넣었을 경우에는 한 번만 끓여 준다. 두 번째로 불에 올려놓을 때에는 초콜릿이 너무 걸쭉해지지 않도록 잘 저어 준다. 물을 넣어서 끓인 초콜릿이 우유를 넣은 것보다 훨씬 더 소화가 잘된다.

헤르트루디스는 자기 앞에 놓인 초콜릿을 한 모금 마실 때마다 두 눈을 지그시 감았다. 어머니 집의 음식 맛과 향을 어디든 가지고 갈 수만 있다면 삶이 훨씬 더 행복해질 것 같았다. 물론 이제 이 집은 어머니의 집이 아니었다. 어머니는 그녀가 모르는 사이에 돌아가시고 없었다.

헤르트루디스는 어머니가 돌아가셨다는 얘기를 듣고 크나큰 슬픔을 느꼈다. 그녀는 자신의 성공한 삶을 마마 엘레나에게 보여 주려고 되돌아왔던 것이다. 그녀는 이제 혁명군의 여

장군이 되었다. 이 직위는 전쟁터에서 미친 듯이 싸운 결과로 정말 어렵사리 얻은 것이었다. 그녀에게는 지도자의 피가 흐르고 있었다. 그래서 혁명군에 일단 가담한 후에는 최고의 위치를 차지할 때까지 쉬지 않고 정상을 향해 올라갔다. 이것뿐만이 아니었다. 그녀는 후안과 행복하게 결혼해서 돌아왔다. 그들은 헤어진 지 일 년 만에 다시 만났지만 첫날의 열정을 그대로 되살렸다. 더 이상 무엇을 바랄 수 있단 말인가! 어머니가 그런 자신의 모습을 볼 수만 있다면 얼마나 좋을까! 아니, 입 주위에 묻은 초콜릿 자국을 냅킨으로 닦으라는 어머니의 눈짓만이라도 다시 볼 수 있다면 얼마나 좋을까!

이 초콜릿은 옛날 방식 그대로 만든 거였다.

헤르트루디스는 두 눈을 꼭 감고 티타가 오래오래 살면서 가족의 비법이 담긴 맛있는 요리를 계속 만들어 주었으면 하고 기도했다. 그녀나 로사우라는 음식에 대한 지식이 전혀 없었다. 그래서 티타가 죽는 날 티타와 함께 데 라 가르사 가족의 과거 역시 함께 묻힐 것이다. 모두 저녁 식사를 마친 후 거실로 자리를 옮겨 댄스 파티를 열었다. 거실은 수많은 촛불들로 휘황찬란하게 빛났다. 후안은 기타며 하모니카, 아코디언을 기가 막히게 연주해서 손님들을 모두 놀라게 했다. 헤르트루디스는 후안이 부츠 끝으로 바닥을 두드리며 연주하는 노랫가락에 맞춰 춤을 추었다.

헤르트루디스는 거실 끝에서 후안을 자랑스럽게 바라보았다. 헤르트루디스는 수많은 사람들에게 둘러싸여서 혁명에 어떻게 참가하게 되었는지에 대해 끝없는 질문 공세를 받았다.

헤르트루디스는 담배를 피우면서 자신이 직접 참가했던 환상적인 전투 이야기를 들려주어 모두를 즐겁게 했다. 사람들은 헤르트루디스의 명령으로 이루어진 첫 번째 총살 이야기를 듣고는 입을 다물지 못했다. 하지만 헤르트루디스는 자기 자신을 주체할 수 없는 듯 이야기하다 말고 거실 한가운데로 뛰어들었다. 그녀는 후안이 아코디언으로 훌륭하게 연주하는 폴카곡 「치우아우아의 예수」에 맞춰 춤을 추기 시작했다. 그녀는 치마를 무릎까지 들어 올리고는 요염하면서도 자유분방하게 춤을 추었다.

그곳에 있던 여자들은 헤르트루디스의 그런 행동을 보고 놀란 듯 수군거렸다.

로사우라가 티타의 귀에 대고 속삭였다.

"헤르트루디스가 어떻게 저런 리듬감을 갖고 태어났는지 모르겠어. 어머니는 춤추는 걸 싫어하셨고, 아버지는 춤을 아주 못 추셨다고 그러던데 말이야."

티타는 헤르트루디스가 누구에게서 그런 리듬감과 남다른 성격을 물려받았는지 잘 알고 있었지만 대답 대신 어깨를 으쓱해 보였다. 이 비밀은 무덤까지 갖고 갈 생각이었지만 끝까지 지켜 내진 못했다. 일 년 후에 헤르트루디스가 흑인의 피가 섞인 혼혈아를 낳았기 때문이다. 후안은 격분해서 그녀와 헤어지겠다며 으름장을 놓았다. 헤르트루디스가 예전처럼 헤프게 생활하는 걸 도저히 용서할 수 없었던 것이다. 그래서 티타는 그들 부부를 보호하기 위해 모두 털어놓을 수밖에 없었다. 편지들을 태우지 않았던 게 천만다행이었다. 이제 이 편지들은 어머니의 어두운 과거와 함께 헤르트루디스의 결백을 증명하는 증거가 되었다.

어찌 됐든 그것은 받아들이기 힘든 충격이었다. 하지만 적어도 그들 부부는 싸울 때보다는 행복할 때가 더 많았고, 오래오래 함께 잘 살았다.

이렇게 헤르트루디스가 리듬감이 뛰어난 이유를 알고 있는 것처럼, 티타는 로사우라의 결혼이 왜 실패했는지, 자신이 왜 임신을 하게 되었는지 그 이유를 알고 있었다.

이제는 무엇이 가장 좋은 해결책인지가 알고 싶었다. 그게 가장 중요했다. 이제는 자신의 고민을 털어놓을 누군가가 있다는 게 너무 좋았다. 티타는 헤르트루디스가 자신의 고민을 듣고 충고해 줄 수 있도록 농장에 오래오래 머물렀으면 하고 바랐다. 하지만 첸차는 티타와는 정반대 입장이었다. 첸차는 헤르트루디스 때문에 무척 화가 나 있었다. 물론 정확히는 헤르트루디스 때문이 아니라, 헤르트루디스가 끌고 온 부대원들의 시중을 들어야 하는 게 너무 힘들고 고되었기 때문이다. 첸차는 파티를 즐기지도 못하고, 밤늦은 시간까지 안뜰에 커다란 식탁을 차리고 부대원 오십 명을 위한 초콜릿을 만들어야 했다.

이어서
다음 요리는
크림튀김

10월

크림튀김

재료

생크림 1컵

달걀 6개

계피

시럽

만드는 방법

달걀을 깨서 흰자를 분리한다. 노른자 6개를 생크림 1컵과 함께 휘젓는다. 묽어질 때까지 계속 저어준다. 그 다음 미리 버터를 둘러놓은 납작한 토기에 붓는다. 빵틀에 부은 내용물은 손가락 하나 높이를 넘어서는 안 된다. 받침대 위에 올려놓고 아주 약한 불로 천천히 응고시킨다.

티타는 헤르트루디스의 특별 부탁으로 헤르트루디스가 가장 좋아하는 디저트인 크림튀김을 준비하고 있었다. 헤르트루디스는 크림튀김을 먹어 본 지 너무 오래되어서 다음 날 농장을 떠나기 전에 한번 먹어 보고 싶었던 것이다. 집에 일주일밖에 머무르지 않았지만 그것도 예정보다 훨씬 더 오래 지체한 거였다. 헤르트루디스는 티타가 휘저은 생크림을 부을 그릇에 버터를 바르면서도 계속 쉬지 않고 얘기했다. 티타에게 할 말이 너무 많아서 한 달 동안 밤낮으로 얘기해도 모자랄 지경이었다. 티타는 흥미진진한 듯 열심히 들었다. 오히려 헤르트루디스가 얘기를 멈출까 봐 두려웠다. 그렇게 되면 자기 얘기를 할 차례가 되기 때문이었다. 티타는 오늘밖에 헤르트루디스에게 고민을 털어놓을 날이 없다는 것을 알았다. 언니에게 모두 털어놓고 얘기하고 싶었지만 언니가 어떻게 나올지 몰라 걱정되었던 것이다.

헤르트루디스와 부대원들이 집에 머물면서 생긴 엄청난 노동량은 티타를 짓누르지 않았다. 오히려 커다란 평화를 안겨 주었다.

집이나 안뜰 어디에서고 사람들이 북적대는 바람에 페드로와 얘기하기가 불가능했고, 어두운 방에서 만나는 건 더 힘들었다. 하지만 티타에게는 오히려 그 점이 다행스럽게 느껴졌다. 티타는 아직 페드로와 얘기할 마음의 준비가 되어 있지 않았다. 그 전에 임신 문제에 대한 모든 해결책을 면밀하게 분석해서 결정 내리고 싶었다. 한편에는 그녀와 페드로가 있었으며, 또 다른 한편에는 모든 면에서 불리한 위치에 있는 로사우라 언니가 있었다. 로사우라는 성격이 모질지 못했다. 단지 사람들 눈에 어떻게 비쳐질까를 더 중요하게 생각했다. 심각한 고민을 줄일 수 있도록 티타가 충고해 주었는데도 그녀는 여전히 뚱뚱했고 악취를 풍겼다. 페드로가 자기 때문에 언니를 포기한다면 어떻게 될까? 로사우라한테 얼마나 큰 충격일까? 에스페란사는 어떻게 될까?

"내 얘기가 지겨운가 봐, 그렇지?"

"아냐, 전혀 안 그래, 헤르트루디스 언니. 왜 그런 말을 해?"

"네가 아까부터 넋을 놓고 있으니까 그러지. 무슨 일 있지? 그렇지? 페드로에 관한 일이지, 안 그래?"

"응."

"페드로를 계속 좋아하면서 어떻게 존하고 결혼하려는 거니?"

"존이랑 결혼하지 않을 거야. 할 수가 없어."

티타는 헤르트루디스를 끌어안고 그녀의 어깨에 기대어 조용히 흐느꼈다.

헤르트루디스는 티타의 머리를 부드럽게 쓸어 주면서 불 위에 올려놓은 크림튀김을 조심스레 지켜보았다. 크림튀김을 먹지 못하게 된다는 건 너무나도 안타까운 일이었다. 크림튀김이 타려고 하자 헤르트루디스가 티타를 한쪽으로 밀어내고 부드럽게 얘기했다.

"잠깐, 저것만 불에서 내려놓자. 그러고 나서 계속 울어, 알았지?"

티타는 그 순간 헤르트루디스가 자기보다 크림튀김의 미래를 더 걱정하는 걸 보고 웃지 않을 수 없었다. 물론 언니의 이런 행동은 이해할 수 있었다. 헤르트루디스는 한편으로는 동생의 고민이 얼마나 심각한지 몰랐고, 또 한편으로는 크림튀김을 먹고 싶은 마음이 굴뚝같았기 때문이다.

헤르트루디스가 그릇을 불에서 내리려다 손을 데었기 때문에 티타가 눈물을 닦고 손수 그릇을 불에서 내렸다.

크림이 식으면 부서지지 않을 정도의 크기로 자그마하고 네모나게 자른다. 그리고 달걀흰자를 휘저은 다음 네모나게 자른 크림을 그 안에 굴려 옷을 입히고 기름에 튀긴다. 마지막으로 시럽에 담그고 그 위에 계피 가루를 뿌려서 내놓는다.

옷을 입히기 위해 크림을 식히는 동안 티타는 헤르트루디스에게 자신의 고민을 털어놓았다. 먼저 부풀어 오른 배를 보여 주고는 잘 잠겨지지 않는 옷과 치마를 보여 주었다. 그리고 아침에 일어나면 얼마나 속이 메스껍고 느글거리는지도 얘기했다. 유방이 너무 아파 손도 댈 수 없을 정도라는 얘기도 했다. 마지막으로 어쩌면 자기가 임신했을지도 모른다고 더듬더듬, 조심스럽게 고백했다. 헤르트루디스는 한순간도 놀라는 기색 없이 묵묵히 티타의 얘기를 들었다. 혁명 중에 이보다 훨씬 더 심각한 것도 보고 들었기 때문이다.

"로사우라 언니도 알고 있니?"

"아니. 로사우라 언니가 진실을 알게 되면 무슨 짓을 할지 몰라."

"진실! 진실! 티타, 진실은 존재하지 않는다는 게 진짜 진실이야. 진실은 보는 사람의 각도에 따라 달라지는 거다. 예를 들어, 네 경우에는 너와 페드로가 진심으로 사랑하는데도 로사우라 언니가 아랑곳하지 않고 일부러 페드로와 결혼했다는 게 진실이야. 내 말이 틀렸니?"

"그래. 하지만 지금은 내가 아니라 로사우라 언니가 아내야."

"그게 뭐가 중요한데? 그 결혼이 페드로와 너의 진실한 감정을 바꿔 놓았니?"

"아니."

"정말 아니지? 물론 당연히 아니겠지! 너희의 사랑은 내가 여태껏 본 사랑 중에서 가장 진실한 사랑이야. 페드로와 너는 진실을 묵과하는 실수를 범했어. 하지만 이제는 그러지 마. 어머니는 이미 돌아가셨어. 어머니하고는 얘기가 통하지 않았지만 로사우라 언니는 달라. 로사우라 언니는 진실을 알고 있고, 그 진실을 이해해야만 해. 어쩌면 이미 마음속으로는 이해했을지도 몰라. 그러니 페드로와 너는 진실을 밝히기만 하면 되는 거야."

"언니랑 얘기하라는 거야?"

"있잖아…… 내가 너라면 내가 얘기하는 동안 크림튀김을 담글 시럽을 준비하겠어. 미리미리 준비하자는 거지. 사실 좀 늦어지고 있다고."

티타는 언니의 권고대로 시럽을 만들기 시작했다. 그러면서도 언니가 하는 말은 한마디도 놓치지 않고 들었다. 헤르트루디스는 뒤뜰로 연결된 부엌문 앞에 앉아 있었다. 그리고 티타는 문을 등진 채 식탁 건너편에 있었다. 그래서 그녀는 부대원들에게 먹일 콩 한 자루를 짊어지고 부엌 쪽으로 오는 페드로를 볼 수 없었다. 헤르트루디스는 전쟁터에서 얻은 감각으로 페드로가 부엌 문지방을 들어설 때를 전략적으로 계산해 바로 그 순간에 정확히 이 말을 내뱉었다.

"……그러니까 내 생각에는 네가 페드로의 아이를 가졌다고 얘기하는 게 좋을 것 같은데."

계획은 적중했다! 페드로는 깜짝 놀라서 자루를 바닥에 떨어뜨렸다. 티타에 대한 사랑이 철철 흘러넘쳤다. 티타는 놀라서 뒤돌아보고는 눈물까지 글썽이며 자기를 바라보고 있는 페드로를 발견했다.

"페드로, 마침 잘 왔어요! 내 동생이 당신한테 할 얘기가 있다는데 과수원에 가서 얘기 좀 하지 그래요? 그동안 내가 시럽을 만들어 놓을 테니까."

티타는 헤르트루디스를 원망해야 할지, 그녀에게 고마워해야 할지 분간이 서질 않았다. 언니하고는 나중에 따로 얘기해야 할 것 같았다. 하지만 지금 당장은 페드로와 얘기할 수밖에 없었다. 티타는 시럽을 만들기 위해 손에 들고 있던 그릇을 아무 말 없이 헤르트루디스에게 건네주었다. 티타는 혹시 몰라서 식탁 서랍에서 시럽 만드는 법이 적힌 구겨진 종이를 꺼내 헤르트루디스에게 내밀었다. 그러고는 페드로를 따라 부엌에서 나갔다.

당연히 헤르트루디스에게는 그 요리법이 필요했다! 요리법 없이는 아무것도 할 수가 없었다! 헤르트루디스는 신경 써서 요리법을 읽어 보고는 거기에 적힌 대로 따라하려고 했다.

설탕 2파운드에는 0.5쿠아르티요의 물에 달걀흰자 1개를 풀어서 휘젓는다. 설탕이 5파운드면 1쿠아르티요의 물에 달걀흰자 2개를 풀어서 휘젓는다. 양을 늘리든 줄이든 이 비율을 따르면 된다. 끓어 넘치려 할 때마다 차가운 물을 조금씩 부어 끓어오르는 것을 진정시키면서 세 번 끓어오를 때까지 시럽을 끓인다. 다 되면 불에서 내려 식힌 다음 거품을 걷어 낸다. 여기에 향을 내기 위해 오렌지 껍질, 아니스나 정향과 함께 약간의 물을 넣고 다시 끓인다. 또 한 번 거품을 걷어 낸 후 요리에서 '공 단계'라고 부르는 상태가 되면 체 또는 수틀에 팽팽하게 끼운 아마포에 거른다. 헤르트루디스는 암호문을 읽듯 요리법을 읽어 내려갔다. 그녀는 설탕 5파운드의 양이 얼마나 되는지, 1쿠아르티요의 물이 무엇인지 몰랐으며, 공 단계라는 것은 더더욱 이해할 수가 없었다. 정말이지 공처럼 부풀어 오른 사람은 바로 그녀 자신이었다! 헤르트루디스는 첸차에게 도움을 청하러 안뜰로 나갔다.

첸차는 식탁에 앉은 부대원들에게 이제 막 다섯 번째로 아침 식사를 나눠 주고 있었다. 마지막 식탁이었지만, 이 식탁에 앉은 사람들에게 아침 식사를 나눠 주고 나면 곧바로 다음 식사 준비를 해야만 했다. 아침 식사 때 처음으로 식탁에 앉았던 사람들이 벌써 소화를 다 시키고 점심 식사를 하러 올 때가 되었던 것이다. 계속 이런 식으로 마지막 저녁 식사 때까지 일을 하고 나면 밤 10시가 돼서야 모두 끝났다. 그래서 첸차가 다른 일을 부탁받았을 때 짜증을 내고 화를 버럭 낸 것은 당연한 수순이었다. 헤르트루디스가 장군이라 해도 예외는 아니었다. 첸차는 단호하게 도움을 줄 수 없다고 말했다. 첸차는 헤르트루디스 휘하의 부대원이 아니었기 때문에 그녀의 명령에 따라 움직이는 다른 남자들처럼 맹목적으로 그 명령에 따를 이유가 없었다.

헤르트루디스는 한순간 티타에게 가서 도움을 청할까 생각해 보았지만 상식적으로 그럴 수는 없는 일이었다. 이 순간만큼은 티타와 페드로를 방해할 수 없었다. 어쩌면 지금 이 순간이 그들 생애에서 가장 중요한 순간일지도 몰랐다.

티타는 과수원의 과일나무들 사이를 천천히 걸어갔다. 주변의 레몬 꽃 향기가 그녀의 체취와 다름없는 재스민 향과 함께 어우러졌다. 페드로는 더할 나위 없이 부드럽게 그녀의 팔짱을 낀 채 걸어갔다.

"왜 나한테 얘기하지 않았어요?"

"먼저 결정을 내리고 싶었어요."

"그래서 결정은 내렸어요?"

"아니요."

"그럼 당신이 어떤 결정이든 내리기 전에 내 얘기부터 듣는 게 좋을 것 같군요. 나로서는 당신과 함께 아이를 갖는 게 내가 얻을 수 있는 최고의 행복이에요. 그러니 여기서 아주 멀리 떠나서 제대로 그 행복을 누리고 살았으면 좋겠어요."

"우리 생각만 할 순 없어요. 로사우라 언니와 에스페란사도 생각해야지요. 그들은 어떻게 해요?"

페드로는 아무 대답도 할 수 없었다. 아직까지 그들을 생각해 보지 않았던 것이다. 솔직히 그들에게 상처를 입히거나 딸을 더 이상 못 보게 되는 것은 원치 않았다. 모두에게 합당한 해결책이 있을 것이다. 페드로는 그 해결책을 찾아내야만 했다. 하지만 적어도 티타가 존 브라운과 함께 농장을 떠나지 않으리라는 것 한 가지만은 분명했다.

그들 뒤에서 무슨 소리가 나서 페드로와 티타는 깜짝 놀랐다. 누군가가 그들 뒤에서 걸어오는 것 같았다. 페드로는 얼른 티타의 팔짱을 풀고는 슬그머니 고개를 돌려 누군지 보았다. 풀케였다. 풀케는 부엌에서 고래고래 질러 대는 헤르트루디스의 고함 소리에 질려서 더 좋은 잠자리를 찾아다니고 있었다. 어쨌든 그들의 대화는 다음 기회로 미루는 게 좋을 것 같았다. 집에 사람들이 너무 많았기 때문에 이렇게 사적인 얘기를 나누는 것 자체가 위험천만한 일이었다.

부엌에 있는 헤르트루디스는 트레비뇨 상사에게 별의별 명령을 다 내렸는데도 자기가 원하는 시럽을 완성시키지 못하고 있었다. 헤르트루디스는 그렇게 중요한 일을 트레비뇨에게 맡긴 것을 후회했다. 그녀가 1파운드가 얼마나 되는지 부대원들에게 물었을 때, 트레비뇨가 1파운드는 460그램이고 1쿠아르티요는 0.25리터[15)]라고 얼른 대답했기 때문에 그가 요리에 대해 많이 아는 줄 알았으나 사실은 그렇지 않았던 것이다.

사실 트레비뇨가 그녀가 맡긴 임무를 제대로 수행하지 못한 것은 이번이 처음이었다. 헤르트루디스는 그가 부대 안의 스파이를 색출했던 때를 떠올렸다.

스파이의 정부였던 매춘부가 낌새를 알아채자 스파이는 자기를 밀고하기 전에 가차 없이 그 매춘부를 총으로 쏴 죽이려고 했다. 그런데 헤르트루디스가 강에서 멱을 감고 돌아오다가 다 죽어 가던 매춘부를 발견했던 것이다. 매춘부는 스파이가 누군지 찾을 수 있는 단서 하나를 간신히 내뱉었다. 배신자의 사타구니에 거미 모양의 빨간색 반점이 있다는 거였다.

헤르트루디스가 부대원 모두를 조사할 수는 없었다. 괜한 오해를 살 뿐만 아니라 잡기도 전에 스파이가 눈치채고 미리

15) 실제로는 1파운드는 453.6그램, 1쿠아르티요는 약 0.5리터이다.

도망칠 수도 있는 일이었다. 그래서 트레비뇨에게 그 임무를 맡겼다. 하지만 그에게도 쉬운 임무는 아니었다. 그가 남자들의 사타구니 사이를 들여다보고 다닌다면 그때는 헤르트루디스보다 더 심한 오해를 받을 수도 있었다. 그래서 트레비뇨는 살티요 시에 도착할 때까지 인내심을 갖고 기다렸다.

살티요 시에 도착하자마자 트레비뇨는 그 즉시 그곳에 있는 사창가들을 모두 돌아다니며 아무도 모르는 기술을 사용해서 그곳의 매춘부들을 모두 자기 편으로 만들었다. 트레비뇨가 그녀들을 귀부인처럼 대하며 왕비가 된 듯한 기분이 들도록 한 것이 가장 주효했다. 그는 매춘부들과 사랑을 나눌 때 시를 낭송하며 그들을 아주 예의 바르고 점잖게 대했다. 그래서 단 한 명의 예외도 없이 모두 그의 덫에 걸려들어 혁명을 위해 일하겠다고 나섰다.

그렇게 배신자를 찾아내고 매춘부들과 함께 덫을 놓기까지는 사흘 이상 걸리지 않았다. 배신자는 싸구려 금발 머리 창녀 '허스키'의 방으로 들어왔다. 문 뒤에서는 트레비뇨가 그를 기다리고 있었다.

배신자가 들어오자 트레비뇨는 발길로 걷어차서 문을 닫고는 전례 없이 가혹하게 그를 때려죽였다. 그리고 그의 숨이 끊어지자 칼을 꺼내 고환을 도려냈다.

헤르트루디스가 총 한 방으로 간단하게 해치우지 않고 왜 그렇게 잔인하게 죽였는지 이유를 묻자 트레비뇨는 복수 때문에 그랬다고 대답했다. 옛날에 사타구니에 거미 모양의 빨간색 반점이 있는 남자가 그의 어머니와 누이를 강간

했던 것이다. 누이는 죽기 전에 그 사실을 털어놓았다. 이렇게 해서 그는 가족의 명예도 함께 회복했다. 이게 트레비뇨가 그의 일생에서 유일하게 저지른 잔인한 행위였다. 그 외에 그는 살인할 때조차 항상 품위 있고 우아했다. 그는 항상 명예를 중히 여기며 일을 처리했다. 스파이를 잡은 것 말고도 트레비뇨는 여성 편력으로도 유명했다. 그리고 그 소문은 사실과 그리 다르지 않았다. 하지만 그의 영원한 사랑은 헤르트루디스뿐이었다. 트레비뇨는 몇 년 동안 헤르트루디스를 정복하려고 무진장 공을 들였지만 아무 소용도 없었다. 그래도 헤르트루디스가 다시 후안과 만나기 전까지는 희망을 버리지 않았었다. 하지만 그 후에는 헤르트루디스를 영원히 잃었다는 사실을 깨달았다. 그래서 지금은 그녀에게서 한시도 떨어지지 않는 충실한 개처럼 늘 그녀 뒤를 지키며 섬길 뿐이었다.

트레비뇨는 전쟁터에서는 가장 뛰어난 병사였지만 부엌에서는 아무것도 할 줄 아는 게 없었다. 그렇지만 트레비뇨는 성격이 워낙 섬세한 데다가 헤르트루디스가 뭐라고 야단만 쳤다 하면 늘 술을 퍼마셨기 때문에 그를 무작정 부엌에서 쫓아낼 수도 없었다. 그래서 헤르트루디스는 그 상황에서 나름대로 최선을 다할 수밖에 없었다. 둘은 주의 깊게 그 유명한 요리법을 한 단계 한 단계 읽어 내려가면서 무슨 얘기인지 이해해 보려고 했다.

"칵테일에 넣는 시럽처럼 투명한 시럽을 원한다면, 앞에서 말한 과정을 다 마친 후에 시럽이 담긴 냄비나 프라이팬을 기울여서 앙금이 딸려 오지 않도록 최대한 조심스럽게 따라낸다."

요리법에는 공 단계가 어떤 건지 아무 설명도 없었다. 그래서 헤르트루디스는 트레비뇨 상사에게 창고에 있는 커다란 요리 책을 뒤져서 답을 찾아오도록 명했다.

트레비뇨는 원하는 정보를 얻고자 갖은 노력을 기울였지만 글을 제대로 읽을 줄 몰랐다. 그래서 옆에서 헤르트루디스가 답답해하는데도 책에 있는 단어 하나하나를 손가락으로 짚으면서 읽어 내려갔다.

"시럽에는 여러 단계가 있다. 부드러운 실 단계, 단단한 실 단계, 말랑말랑한 진주 단계, 단단한 진주 단계, 부풀어 오르는 단계, 깃털 단계, 응고 단계, 캐러멜 단계, 그리고 공 단계……."

"여기 있다! 장군님, 여기에 말랑말랑한 공 단계에 대해 나와 있습니다."

"어디 보자. 이리 가져와 봐. 난 벌써 단념했는데."

헤르트루디스는 크고 낭랑한 목소리로 그 부분을 트레비뇨에게 읽어 주었다.

"시럽이 제대로 되었나 알기 위해서는 대접이나 항아리에 담긴 찬물에 손가락을 적셨다가 시럽을 찍어서 얼른 찬물에 떨어뜨린다. 이때 시럽이 식으면서 공 모양으로 응고되면 공 단계로 만들어진 것이다. 이해했나?"

"네, 이해한 것 같습니다, 장군님."

"그러는 게 좋을 거야. 이해하지 못했다면 자네를 총살시키라고 명령할 테니까!"

결국 헤르트루디스는 필요한 정보를 모두 얻는 데 성공했다. 이제는 트레비뇨 상사가 시럽을 제대로 준비해서 그토록 원하던 크림튀김을 먹는 일만 남았다.

트레비뇨는 상관을 위한 요리를 제대로 하지 못할 경우 어떤 위협이 닥칠지를 염두에 두었다. 그래서 경험이 부족한데도 자신의 임무를 완수했다.

모두 맛있다고 칭찬들이었다. 트레비뇨는 더할 나위 없이 기뻤다. 그는 헤르트루디스의 명령에 따라 티타의 공식적인 인정을 받기 위해 티타의 방까지 직접 크림튀김을 들고 갔다. 티타는 점심을 먹으러 내려오지도 않고 오후 내내 침대에 있었다. 트레비뇨는 방으로 들어가 협탁 위에 크림튀김을 내려놓았다. 그 협탁은 티타가 식당이 아닌 방에서 식사할 때 식탁으로 사용하는 거였다. 티타는 그가 그렇게까지 마음 써 준 것에 대해 고마워했다. 그리고 크림튀김이 정말 맛있었기 때문에 칭찬도 아끼지 않았다. 트레비뇨는 안뜰에서 열릴 헤르트루디스 장군의 환송 파티에서 티타에게 춤 한 곡을 추자고 청할 생각이었다. 그래서 티타가 몸이 좋지 않은 것을 보고 안타까워했다. 티타는 파티에 내려가고 싶은 마음이 생기면 기꺼이 그와 춤을 추겠다고 약속했다. 트레비뇨는 티타가 한 약속을 부대원 모두에게 자랑하기 위해 서둘러 나갔다.

상사가 나가자마자 티타는 다시 침대에 누웠다. 그곳에서 꼼짝도 하고 싶지 않았으며 배가 너무 불러서 오래 앉아 있을 수도 없었다.

티타는 밀이나 콩, 자주개자리[16)]의 씨앗은 자기 모습이 완전히 일그러지고 바뀌는 것도 아랑곳 않고 계속 싹을 틔운다고 생각했다. 이제 티타는 씨앗이나 곡물 들이 새 삶을 주기 위해 자기 몸을 터트려 가며 껍질을 벌려 물을 깊이 빨아들이는 게 놀랍고 존경스러웠다. 씨앗이나 곡물 들은 자기 몸속에서 첫 번째 뿌리 끝이 삐죽 튀어나오는 것을 너무나도 자랑스러워하며, 자신의 원래 모습이 망가져도 겸손하게 받아들이고, 새싹을 당당하게 세상에 보여 주었다. 티타는 자신도 그런 단순한 씨앗이었더라면 하고 바랐다. 그러면 자기 몸속에서 뭐가 자라고 있는지 아무에게도 얘기할 필요가 없고, 사회의 비난을 감수한 채 부른 배를 안고 다니지 않아도 되었다. 씨앗에게는 이런 고민이 없었다. 특히 무서워해야 할 어머니도 없었고, 도덕적으로 비난할 사람들도 없었다. 물론 물리적으로는 티타에게도 어머니가 없었다. 그렇지만 마마 엘레나가 내린 저주가 언제 어느 때 저승에서 떨어질지 불안한 마음을 지울 수가 없었다. 티타는 이런 기분을 잘 알았다. 요리법에 나온 대로 따르지 않고 요리할 때 느끼는 두려움과 비슷한 기분이었다. 그럴 때마다 티타는 마마 엘레나가 기필코 틀린 부분을 찾아내서 자기가 만든 음식을 칭찬하기는커녕 조리법을 제대로 지키지 않았다고 호통을 칠 거라고 확신했다. 하지만 어머니가 부엌과…… 그리고 인생에서 무조건적으로 강요하는 법칙들을 깨고 싶은 유혹도 뿌리칠 수 없었다.

---

16) 자줏빛 꽃이 피는 콩과의 식물.

티타는 침대에 드러누운 채 한참 동안 휴식을 취했다. 그러다가 창문 아래서 페드로가 부르는 사랑 노래를 듣고서야 몸을 일으켰다. 티타는 깜짝 놀라서 창가로 뛰어가 창문을 열었다. 어쩜 저렇게 무모할 수 있을까! 그를 본 순간 그 이유를 알 수 있었다. 멀리서 봐도 잔뜩 취해 있었던 것이다. 옆에서는 후안이 기타를 치고 있었다.

티타는 소스라치게 놀랐다. 제발 로사우라가 잠들었어야 하는데! 안 그러면 무슨 난리가 날지 몰랐다!

그때 노여운 기색이 역력한 마마 엘레나가 방으로 들어와 말했다.

"이제야 네가 무슨 짓을 했는지 알겠니? 페드로와 너는 뻔뻔한 연놈이다. 이 집에서 피를 보고 싶지 않거든 늦기 전에 얼른 떠나. 네가 아무에게도 해코지할 수 없는 곳으로 가라."

"떠나야 할 사람은 어머니예요. 어머니가 이렇게 나를 괴롭히는 데 지쳤어요. 제발 날 좀 가만히 내버려 둬요!"

"네가 양갓집 규수답게 행동하기 전까지는 가만히 내버려 둘 수 없다. 아니면 최소한 정숙하게라도 굴든지!"

"정숙하게 행동하는 게 어떤 건데요? 어머니처럼 행동하는 거요?"

"그래."

"지금 내가 하고 있는 게 바로 그거예요! 어머니도 불륜으로 딸을 낳지 않았던가요?"

"감히 나한테 그런 말을 하다니! 넌 지옥에 떨어질 거다!"

"어머니보다 더한 데는 가지 않겠지요."

"입 닥쳐! 도대체 네가 뭔 줄 알고 이러는 게냐?"

"나는 나예요! 원하는 대로 자기 삶을 살 권리를 가진 인간이란 말이에요. 제발 날 좀 내버려 둬요! 더 이상은 참지 않을 거예요! 나는 어머니를 증오해요! 항상 증오해 왔다고요!"

티타가 그 말을 마치자마자 마마 엘레나는 마술처럼 영원히 사라졌다. 위풍당당하던 어머니의 모습이 점점 작아지더니 조그마한 빛이 되었다. 유령이 사라짐에 따라 티타의 몸도 점점 안도감에 젖어 들었다. 배의 부기와 젖가슴의 통증도 점차 사라졌다. 그녀의 몸 가운데 근육들도 긴장이 풀리면서 생리가 갑작스럽게 시작되었다.

며칠이나 뒤늦게 나온 생리로 티타의 고민은 줄어들었다. 그녀는 안도의 한숨을 내쉬었다. 임신이 아니었던 것이다.

그렇지만 그걸로 그녀의 고민이 모두 사라진 것은 아니었다. 마마 엘레나가 줄어들어서 생긴 작은 불빛이 정신없이 날아다니기 시작했던 것이다.

그 불빛은 창문을 빠져나가 미친 폭죽처럼 안뜰 쪽으로 돌진했다. 페드로는 술에 취해 위험을 알아채지 못했다. 페드로는 그 못지않게 술 취한 혁명군들에게 둘러싸여 티타의 창문 아래에서 마누엘 엠 폰세의 「에스트레이타」를 흥겹게 부르고 있었다. 헤르트루디스와 후안도 불행의 냄새를 맡지 못했다. 그들은 파티를 밝히기 위해 안뜰 여기저기에 달아 놓은 수많은 석유램프의 불빛 아래에서 방금 사랑에 빠진 청춘 남녀처럼 춤추고 있었다. 그때 폭죽이 뱅글뱅글 어지럽게 맴돌며 페드로 쪽으로 다가오더니, 그의 옆에 있던 석유램프에 돌진해서 터지는 바람에 램프가 산산조각이 났다. 순식간에 석유로 불길이 옮겨 붙었고 페드로의 얼굴과 몸이 모두 불길에 휩싸였다.

티타는 생리 준비를 마친 후 페드로의 사고로 인한 왁자지껄한 소리를 들었다. 그녀는 황급히 창가로 가서 창문을 열었고, 인간 횃불이 되어 사방으로 뛰어다니는 페드로를 보았다. 그 순간 헤르트루디스는 드레스의 치맛단을 단번에 찢어서 그걸로 페드로를 덮고는 그를 땅바닥에 뒹굴렸다.

티타는 어떻게 계단을 내려갔는지도 몰랐다. 하지만 단 이십 초 만에 페드로 곁에 와 있었다. 그때 헤르트루디스는 페드로에게서 연기 나는 옷을 벗겨 내고 있었다. 페드로는 고통으로 울부짖었다. 그는 전신에 화상을 입었다. 남자 여러 명이 그를 조심스럽게 들어서 방으로 옮겼다. 티타는 유일하게 화상을 입지 않은 페드로의 한쪽 손을 꼭 쥔 채 그의 곁에서 떨어지지 않았다. 그들이 계단을 올라가는데 로사우라가 방문을 열었다.

로사우라는 그 즉시 깃털이 타는 것 같은 역겨운 노린내를 맡았다. 무슨 일이 있는지 보려고 계단 쪽으로 갔다가 사람들 한 무더기가 연기에 휩싸인 페드로를 들고 오는 것을 보았다. 페드로 옆에서는 티타가 애처롭게 울고 있었다. 로사우라는 우선 자기 남편에게로 달려가서 도와주려고 했다. 티타도 로사우라가 페드로 곁으로 다가올 수 있도록 페드로의 손을 놓으려 했다. 하지만 페드로는 고통으로 신음하면서 처음으로 티타에게 반말로 외쳤다.

"티타, 가지 마. 날 떠나지 마."

"알았어요, 페드로. 가지 않을 게요."

티타는 다시 페드로의 손을 붙잡았다. 로사우라와 티타는 잠시 적의 가득한 눈길로 서로를 바라보았다. 로사우라는 그제야 그곳에서 자기가 할 일은 아무것도 없다는 것을 깨닫고는 방으로 들어가 방문을 걸어 잠갔다. 그러고는 일주일 내내 밖으로 나오지 않았다.

티타는 페드로의 곁을 잠시도 떠날 수 없었기 때문에 첸차에게 거품을 낸 달걀흰자에 기름을 넣은 것과 곱게 간 생감자를 가져오도록 시켰다. 티타가 알고 있는 한에서는 이게 화상에 가장 좋은 방법이었다. 달걀흰자를 부드러운 붓으로 화상 부위에 바르고, 마를 때마다 위에 계속 덧발라 줘야 했다. 염증을 가라앉히고 통증을 덜기 위해서는, 곱게 간 생감자를 상처 부위에 붙여야 했다.

티타는 이런 민간 처방을 하며 밤을 꼬박 새웠다.

티타는 감자 반죽을 붙이면서 사랑하는 페드로의 얼굴을 바라보았다. 짙은 눈썹과 긴 속눈썹은 다 타서 흔적도 남지 않았다. 네모난 턱도 부어서 둥그스름해졌다. 티타는 흉터가 남아도 상관없었지만 페드로는 그렇게 생각하지 않을지도 몰랐다. 어떻게 해야 흉터가 남지 않을까? 이때 전에 새벽빛이 그랬던 것처럼 나차가 해답을 알려 주었다. 테페스코우이테 나무 껍질이 화상에는 가장 좋은 치료법이라고. 티타는 안뜰로 달려 나갔다. 밤이 아주 깊었지만 상관하지 않고 니콜라스를 깨워 그 지역의 최고의 주술사에게로 가서 그 나무 껍질을 구해 오도록 시켰다. 거의 새벽녘이 되어 통증이 조금 가라앉자 페드로는 간신히 잠이 들었다. 티타는 그때를 틈타 헤르트루디스에게 작별 인사를 하러 잠깐 밖으로 나왔다. 부대원들이 말에 안장을 얹는 등 떠날 준비를 하면서 떠들어 대는 소리가 아까부터 들려오고 있었다.

헤르트루디스는 이런 때 함께 곁에 있어 주지 못해 미안하다면서 티타와 한참 동안 얘기를 나누었다. 하지만 그녀는 사카테카스를 공격하라는 명령을 따라야만 했다. 헤르트루디스는 그녀 곁에서 즐거운 시간을 보낼 수 있게 해 줘서 고맙다고 말하고는, 끝까지 싸워서 페드로를 쟁취하라고 충고했다. 그리고 떠나기 전에는 매춘부들의 피임 방법도 알려 주었다. 관계를 가진 후에 식초 몇 방울을 떨어뜨려 끓인 물로 씻어내는 방법이었다. 이때 후안이 다가와 헤르트루디스에게 떠날 시간이 되었다고 말하는 바람에 그들의 얘기는 중단되었다.

후안은 티타를 힘껏 포옹하고는 페드로에게 회복을 빈다는 인사말을 전해 달라고 부탁했다. 티타와 헤르트루디스도 가슴이 벅차올라 서로를 꼭 껴안았다. 헤르트루디스는 말에 올라타고 떠나갔다. 그러나 그녀는 혼자 떠나는 게 아니었다. 안장 옆에 달린 자루에는 어린 시절의 추억이 담긴 크림튀김 병이 들어 있었다.

티타는 눈물을 글썽이며 그들이 떠나는 뒷모습을 지켜보았다. 첸차도 눈물을 글썽거렸다. 하지만 티타와는 반대로 좋아서 흘리는 눈물이었다. 마침내 쉴 수 있게 된 것이다!

티타가 다시 집 안으로 들어가려는데 별안간 첸차의 비명

소리가 들려왔다.

"그럴 리가 없어! 벌써 돌아오다니!"

정말이지 부대원들 중 누군가가 다시 농장으로 되돌아오는 것처럼 보였다. 그러나 그들이 떠나면서 일으킨 자욱한 흙먼지 때문에 누구인지 정확히 분간할 수는 없었다.

티타는 눈을 가늘게 뜨고서야 반갑게도 그게 존의 마차라는 걸 알 수 있었다. 존이 돌아온 것이다. 티타는 존을 본 순간 마음이 너무나도 착잡하고 혼란스러워졌다. 어떻게 해야 할지, 그에게 무슨 말을 해야 할지 몰랐다. 한편으로는 그를 보게 되어 더할 나위 없이 반가웠지만, 또 한편으로는 그와의 혼담을 취소할 생각을 하니 더할 나위 없이 괴로웠다. 존은 커다란 꽃다발을 들고 티타에게 다가왔다. 그는 감격에 겨워 티타를 꼭 껴안았지만 키스를 했을 때 티타의 마음속에 뭔가 변화가 생겼음을 알 수 있었다.

이어서

다음 요리는

칠레고추를 곁들인 테스쿠코[17]식

굵은 강낭콩 요리

---

17) 멕시코의 도시 이름.

11월

칠레고추를 곁들인 테스쿠코식 굵은 강낭콩 요리

재료

굶은 강낭콩

돼지고기

기름에 튀긴 돼지 껍질

안초 칠레고추

양파

치즈 가루

상추

아보카도

무

토르나칠레스 칠레고추

올리브

만드는 방법

우선 콩은 베이킹 소다를 넣고 푹 삶아서 깨끗이 씻은 다음 돼지고기와 튀긴 돼지 껍질을 넣고 다시 삶는다.

티타는 새벽 5시에 일어나자마자 맨 먼저 콩부터 삶았다.

존과 티타의 결혼식에 참석하기 위해 펜실베이니아에서 온 메리 숙모와 존이 오늘 저녁 식사에 오기로 되어 있었다. 메리 숙모는 가장 아끼고 사랑하는 조카의 약혼녀를 무척이나 보고 싶어 했지만 페드로의 건강 상태를 이유로 여태껏 미뤄 왔다. 그들은 정식으로 방문하기 위해 페드로가 어느 정도 회복될 때까지 일주일을 기다렸다. 숙모의 연세가 여든이나 된 데다 티타를 만나겠다는 희망 하나만으로 그 멀리서 왔기 때문에 티타는 이 자리를 취소할 수 없었고 그래서 괴로웠다. 티타는 존과 다정한 메리 숙모에게 최소한 맛있는 식사라도 대접

해야 했지만 존과 결혼하지 않겠다는 얘기 외에는 그들에게 해 줄 것이 없었다. 티타는 맛있는 케이크를 다 먹고 빵 부스러기만 남은 빈 접시 같은 기분이었다. 요리할 만한 재료를 찾아 창고를 뒤져 보았지만 허사였다. 창고는 텅 비어 있었다. 정말 아무것도 없었다. 헤르트루디스가 농장에 머무르는 동안 저장해 두었던 음식을 모두 싹쓸이했던 것이다. 곡물 창고에 있는 것이라곤 맛난 토르티야를 만들 수 있는 옥수수 외에 쌀과 콩 약간이 전부였다. 하지만 정성을 기울이고 약간의 상상력만 발휘하면 훌륭한 식사를 차릴 수도 있었다. 바나나와 테스쿠코식 콩 요리를 곁들인 밥으로 차린 식탁도 그렇게 나쁘진 않았다.

콩이 여느 때처럼 신선하지 않았기 때문에 보통 때보다 훨씬 더 오래 삶아야 할 것 같았다. 그래서 티타는 아침 일찍부터 콩을 삶았고, 콩이 삶아지는 동안 안초 칠레고추를 다듬었다.

칠레고추는 다듬은 다음 뜨거운 물에 담가 두었다가 간다.

티타는 칠레고추를 물에 담근 후 곧바로 페드로의 아침 식사를 준비해서 그의 방으로 가져갔다.

페드로의 화상은 이제 많이 나았다. 티타는 페드로에게 흉터가 남지 않도록 테페스코우이테 나무 껍질을 한시도 거르지 않고 계속 붙여 주었다. 존도 티타의 이런 치료법을 인정했다. 신기하게도 이 치료법은 존의 할머니인 새벽빛이 시작한 것으로 존도 오래전부터 가끔씩 사용하던 방법이었다. 페드로는 티타를 애타게 기다리고 있었다. 티타가 매일 가져다주는 맛난 식사 외에도, 식사 후에 그녀와 나누는 대화가 놀랄 정도로 빠른 페드로의 회복에 결정적인 영향을 미쳤다. 하지만 이날 아침 티타는 페드로와 함께 오래 있을 만한 시간적 여유가 없었다. 그녀는 있는 솜씨 없는 솜씨를 모두 발휘해서 존에게 정성스러운 식사를 대접하고 싶었던 것이다. 질투심이 폭발한 페드로가 티타에게 말했다.

"당신이 해야 할 일은 그를 식사에 초대하는 게 아니라, 당신이 내 아기를 가졌기 때문에 그와 결혼하지 않을 거라고 말하는 거요."

"그렇게 얘기할 순 없어요, 페드로."

"뭐라고? 그 잘난 박사님의 마음을 아프게 할까 봐 두렵소?"

"두려운 게 아니에요. 존을 그런 식으로 대하는 건 부당해요. 저는 그를 존경해요. 존에게 얘기하기에 가장 적당한 때를 기다리겠어요."

"당신이 하지 않는다면 내가 직접 하겠소."

"안 돼요. 당신은 아무 말도 하지 마세요. 그건 내가 허락하지 않을 거예요. 게다가 난 임신하지도 않았어요."

"뭐라고? 그게 무슨 말이오?"

"임신인 줄 알았는데 생리 불순이었어요. 하지만 이제는 괜찮아졌어요."

"그런 거였군? 이제야 당신이 왜 이러는지 알겠어. 당신은 내 곁에 남을지, 존과 결혼할지를 놓고 저울질하고 있기 때문에 존에게 말할 수 없는 거야. 아니야? 이제는 나같이 불쌍한 환자에게 매이고 싶지 않은 거겠지."

티타는 페드로의 행동을 이해할 수가 없었다. 마치 떼쓰는 아이처럼 막무가내였다. 평생 환자로 있을 사람처럼 얘기했다. 하지만 조금만 있으면 완쾌될 수 있었기 때문에 그럴 정도는 아니었다. 사고로 머리가 어떻게 된 게 분명했다. 어쩌면 화상을 입을 때 몸에서 나온 연기로 머리 속이 가득 차서, 새까맣게 탄 토스트의 메케한 냄새가 집 안에 진동하는 것처럼 이렇게 생트집을 잡고 나쁜 생각만 하고, 평소 때의 다정다감한 말 대신 참을 수 없는 말들만 하는 건지도 몰랐다. 그녀를 의심할 수는 없는 일이었다. 게다가 여태까지 그가 사람들을 대할 때 얼마나 점잖았는데 이제 와서 이렇게 상반되게 행동하는 것도 있을 수 없는 일이었다.

티타는 언짢은 마음으로 방에서 나왔다. 문이 닫히기 전에 페드로는 이제 다시는 식사를 가져오지 말라며 소리 질렀다. 아무 문제 없이 존을 실컷 만날 수 있도록 첸차를 보내라고 외치기도 했다.

티타는 화가 잔뜩 난 채로 부엌으로 들어가 아침 식사를 했다. 티타는 페드로부터 챙기기 전에 아침 식사를 하지 못했다. 늘 페드로부터 챙기고 나서 평소의 자기 일을 해 왔는데 그게 다 무슨 소용이란 말인가? 페드로가 그런 그녀를 알아주기는커녕, 오늘처럼 말과 행동으로 모욕하면서 이렇게 막 대하는데. 정말이지 페드로는 이기심과 질투로 가득 찬 괴물로 변해 버렸다.

티타는 칠라킬레스를 만들어서 부엌 식탁에 앉아서 먹었다. 혼자 먹는 것은 싫었지만 요즘은 어쩔 수 없었다. 페드로는 침대에서 움직일 수도 없었고, 로사우라는 식사도 안 한 채 동상처럼 자기 방에만 처박혀서 밖으로 나오지도 않았다. 그리고 첸차는 첫 아이를 출산해 며칠간 쉬고 있었다.

그래서 그런지 칠라킬레스도 보통 때보다 맛이 없었다. 누군가와 함께 먹어야 맛도 느낄 수 있는 법이다. 그런데 그때 갑자기 발자국 소리가 들리더니 부엌문이 열리면서 로사우라가 들어왔다.

로사우라를 본 순간 티타는 깜짝 놀랐다. 처녀 때처럼 날씬해진 것이다. 일주일 먹지 않았다고 저렇게 되다니! 단 이레 만에 삼십 킬로를 뺐다는 게 도무지 불가능해 보였지만 확실히 빠져 있었다. 샌안토니오로 이사 갔을 때도 그랬다. 순식간에 빠졌지만 농장에 돌아오자마자 살찌기 시작했던 것이다!

로사우라는 거만하게 들어와 티타 앞에 앉았다. 드디어 로사우라와 얼굴을 마주하고 얘기할 때가 온 것이다. 하지만 티타가 먼저 언쟁을 시작할 수는 없었다. 티타는 접시를 물리고는 커피를 한 모금 마셨다. 그러고는 칠라킬레스를 만들 때 사용했던 토르티야 가장자리를 조심스럽게 잘게 부수기 시작했다.

먹고 남은 토르티야는 가장자리를 잘라서 닭들에게 모이로 주었다. 빵 부스러기도 잘게 잘라서 같은 용도로 사용했다. 로사우라와 티타는 서로 눈을 응시한 채 바라보았다. 로사우라가 얘기를 시작할 때까지 둘 다 그렇게 한참을 있었다.

"우리 얘기할 게 있지 않니?"

"그래, 그런 것 같아. 언니가 내 애인과 결혼하면서부터."

"좋아. 네가 원한다면 거기서부터 시작하자. 너는 부당하게 애인을 사귀었어. 너한테는 남자 친구를 사귈 자격이 없었어."

"그게 누구 생각인데? 엄마야 아니면 언니야?"

"네가 박살 낸 우리 가족 전통에 의하면 그렇지."

"그 빌어먹을 관습이 날 구속하는 이상, 그런 것쯤은 필요하다면 몇 번이고 박살 낼 수 있어. 나한테도 언니처럼 결혼할 권리가 있었어. 하지만 언니에게는 깊이 사랑하는 두 사람 사이에 끼어들 자격이 없었어."

"그렇게 깊이 사랑한 것 같지도 않던데. 페드로가 여차하는 순간 나를 택한 거 너도 봤잖아. 나는 페드로가 원했기 때문에 그와 결혼한 거야. 너한테 조금이라도 자존심이라는 게 있었다면 그를 영영 잊었어야 했어."

"이제 언니에게 얘기해 주지. 페드로는 내 곁에 있고 싶다는 일념으로 언니랑 결혼한 거야. 그는 언니를 사랑하지 않았어. 그건 언니도 아주 잘 알고 있지."

"티타, 과거에 대해서는 아무 말 하지 않는 게 낫겠다. 페드로가 나랑 왜 결혼했는지 그 이유 따위는 중요하지 않아. 결혼했으면 그걸로 끝이야. 나는 더 이상 페드로와 네가 나를 바보로 만들도록 가만히 있지는 않을 거야. 잘 들어 둬! 절대 그렇게 놔두진 않아."

"아무도 언니를 바보로 만들려고 하지 않았어, 로사우라 언니. 언니는 아무것도 이해 못 해."

"웃기지 마! 네가 나를 얼마나 우습게 만들었는지 나도 확실하게 이해했으니까. 농장 사람들이 모두 네가 페드로 곁에서 그의 손을 사랑스럽게 꼭 붙잡고 울고 짜는 걸 보면서 나를 어떻게 생각했겠니? 나를 완전히 웃음거리로 만들었지! 넌 정말이지 하느님의 용서조차 받을 가치가 없는 애야. 너하고 페드로가 구석구석 숨어 다니면서 키스하다가 지옥에 떨어져도 나는 아무 상관 없어. 이제 앞으로는 너희 하고 싶은 대로 다 하고 다녀도 돼. 다른 사람들이 모르는 한 나는 상관없어. 이제 내 몸에 손끝 하나 대지 못할 테니, 페드로도 누가 됐든 풀어야 할 상대가 필요할 테니까. 나는 자존심이 있는 여자야! 페드로는 너같이 헤픈 여자나 상대하라고 해. 하지만 이 집에서는 내가 계속 아내야. 다른 사람들 앞에서도 마찬가지고. 만약 나중에 누군가 너희들이 함께 있는 걸 봐서 나를 또 다시 우습게 만들면 그때는 둘 다 뼈저리게 후회하게 만들어 줄 줄 알아."

로사우라의 고함 소리와 에스페란사의 숨넘어갈 듯한 울음소리가 함께 뒤섞였다. 아기가 운 지 꽤 되었지만 울음소리가 점점 더 커지면서 이제는 참을 수 없을 정도가 되었다. 배가 고픈 게 분명했다. 로사우라가 천천히 일어나 말했다.

"내가 아기를 먹이러 가겠어. 오늘부터 너는 에스페란사를 먹이지 마. 괜히 아이에게 흙탕물 튀길 수도 있으니까. 너한테서는 못된 짓거리와 나쁜 충고밖에 얻을 게 없어."

"이것만큼은 확실하게 알아 둬. 나도 언니가 병든 머릿속에 들어 있는 그 끔찍한 생각으로 아이를 망치도록 가만히 놔두지는 않을 거야. 그 빌어먹을 전통을 따르도록 강요하면서 에스페란사의 인생을 망치도록 가만 내버려 두지는 않을 거라고."

"아, 그래? 네가 어떻게 막을 건데? 내가 지금까지처럼 너를 아기 곁에 놔둘 줄 아는 모양인데 명심해서 잘 들어, 어리석은 아가씨야. 그렇게 놔두지는 않을 거야. 거리의 여자들과 양갓집 규수가 함께 지내는 거 봤니?"

"정말 이 집안이 점잖은 가문인 줄 알고 있나 보군."

"내 가족만큼은 그래. 그리고 계속 그렇게 되기 위해서 너를 내 딸 가까이에 못 오게 하려는 거야. 정 필요하다면 너를 이 집에서 쫓아낼 거야. 이 집은 어머니가 나한테 물려주신 거니까. 알아들었니?"

로사우라는 티타가 에스페란사를 위해 준비한 이유식을 가지고 부엌에서 나갔다. 티타에게 이보다 더 심하게 대할 수는 없었다. 로사우라는 어떻게 해야 티타의 마음이 가장 많이 아픈지를 잘 알고 있었다.

에스페란사는 티타가 이 세상에서 가장 소중하게 생각하는 것 중 하나였다. 티타가 느낀 뼈저린 고통이란! 티타는 손으로 마지막 토르티야 조각을 뜯으면서 언니가 땅 밑으로 꺼져 버렸으면 하고 간절히 바랐다. 로사우라는 그런 벌을 받아 마땅했다.

티타가 로사우라와 말다툼을 벌이는 내내 계속해서 토르티야 조각을 잘랐기 때문에 이제는 아주 작은 부스러기가 되어 있었다. 화가 잔뜩 난 티타는 토르티야 부스러기를 접시에 담아 밖으로 가지고 나가서 닭들에게 던져 주었다. 그러고 나서 콩 요리를 준비할 생각이었다. 안뜰의 빨랫줄에는 눈부시게 하얀 에스페란사의 기저귀들이 한가득 널려 있었다. 아주 예쁜 기저귀들이었다. 여자들이 모두 모여서 몇 날 며칠 오후마다 기저귀 가장자리에 수를 놓은 것이었다. 바람에 휘날리는 기저귀들이 하얀 거품으로 뒤덮인 파도처럼 보였다. 티타는 기저귀에서 눈을 떼야 했다. 에스페란사는 난생처음 그녀 없이 밥을 먹고 있었다. 제대로 식사 준비를 하려면 이제 아이는 잊어야 했다. 티타는 부엌으로 들어가 콩 요리를 계속했다.

양파는 곱게 다져서 버터에 볶는다. 양파가 노릇노릇해지면 거기에 안초 칠레고추 가루와 소금을 적당량 집어넣는다.

육수에 간이 되어 있기 때문에 고기와 튀긴 돼지 껍질을 콩과 함께 집어넣는다.

에스페란사를 잊으려고 노력했지만 허사였다. 티타가 냄비에 콩을 넣고 있자니 에스페란사가 콩 삶은 국물을 얼마나 좋아하는지가 떠올랐다. 에스페란사를 무릎 위에 앉히고 가슴에다 커다란 냅킨을 두른 다음 은 숟가락으로 한 숟가락씩 국물을 떠 먹였었다. 숟가락이 아이의 젖니 끝에 부딪히는 소리를 얼마나 좋아했던가! 지금은 젖니 두 개가 나오고 있었다. 그래서 밥을 먹일 때는 이에 닿지 않도록 아주 조심스럽게 떠먹여야 했다. 로사우라도 나처럼 해야 할 텐데! 하지만 로사우라가 뭘 알겠어! 한 번도 해 본 적이 없는데. 밤에 깊이 잠들게 하기 위해서는 상추 이파리를 목욕물에 담가 둬야 하는데 로사우라는 그것도 모르겠지. 그녀는 티타처럼 옷을 입힐 줄도, 뽀뽀할 줄도, 안아 줄 줄도, 달래 줄 줄도 모를 것이다. 티타는 자기가 농장을 떠나는 게 차라리 나을 것 같다고 생각했다.

페드로에게도 실망했고, 로사우라도 자기가 집에 없으면 새 생활을 시작할 수 있을 테고, 에스페란사도 언젠가는 친엄마의 보살핌에 익숙해질 것이다. 티타가 점점 더 에스페란사에게 정이 든다면, 로베르토와 헤어질 때처럼 또 고통받게 될지도 모르는 일이었다. 티타에게는 아무런 권리도 없었다. 에스페란사는 그녀의 딸이 아니었기 때문에 콩을 씻으면서 돌을 골라내듯 아무 때나 쉽게 그녀에게서 아이를 뺏어 갈 수 있었다. 반면에 존은 그녀에게 아무도 뺏어 갈 수 없는 새로운 가족을 줄 수 있었다. 그는 정말로 좋은 남자였고 티타를 아주 많이 사랑했다. 시간이 흐르면 그를 깊이 사랑하는 것도 그리 어렵지만은 않을 듯했다.

안뜰에서 암탉들이 난리 법석을 피우는 통에 티타는 더 이상 생각에 잠겨 있을 수도 없었다. 닭들이 미쳤든지, 아니면 싸움에 맛을 들인 게 분명했다. 닭들은 바닥에 떨어져 있던 마지막 토르티야 조각을 차지하려고 서로 부리로 쪼아 댔다. 거칠게 공격하면서 정신없이 사방을 뛰어다니고 날아다녔다. 그중에서도 제일 사나운 암탉 한 마리가 닥치는 대로 다른 암탉들의 눈을 쪼아 대는 바람에, 에스페란사의 하얀 기저귀에 피가 튀었다. 티타는 깜짝 놀라 물 한 양동이를 퍼부어서 싸움을 가라앉히려고 했다. 하지만 닭들의 성질을 더 돋우어 싸움의 강도만 높여 놓은 셈이 되었다. 닭들은 둥그렇게 원을 그리며 서로 정신없이 쫓아다녔다. 곧 그들은 자기네들이 만들어 낸 광란의 추격에서 스스로 헤어나지 못하게 되었다. 닭털과 피, 흙먼지가 뒤섞여 휘몰아치면서 엄청난 회오리를 일으켰고 닭들조차도 그 회오리바람에서 빠져나올 수 없게 되었다. 회오리바람은 닥치는 대로 집어삼켰는데, 가장 가까이 있던 에스페란사의 기저귀부터 제일 먼저 집어삼켰다. 티타는 기저귀 몇 개라도 건져 보려고 다가갔다가, 오히려 그 회오리바람에 휘말려서 바닥에서 몇 미터 위로 붕 떴다가 정신없이 세 바퀴를 돈 다음 안뜰 저편에 감자 자루처럼 나가떨어지고 말았다.

티타는 공포에 질려 가만히 엎드려 있었다. 움직이고 싶지도 않았다. 다시 회오리바람에 휘말린다면 닭들이 눈을 쪼아 댈지도 모르는 일이었다. 닭들로 인한 회오리바람이 점차 거세지더니 잠시 후에는 안뜰 바닥에 깊은 웅덩이가 파였다. 그리고 닭들이 그 안으로 모두 사라져 버렸다. 땅이 닭들을 집어삼켜 버린 것이다. 이 싸움에서 털이 몽땅 뽑히고 애꾸눈이 된 암탉 세 마리만이 간신히 살아남았다. 기저귀는 단 한 장도 건지지 못했다.

티타는 먼지를 털어내며 안뜰을 훑어보았다. 닭들은 흔적조차 없었다. 정성스레 수놓은 기저귀들이 없어진 것이 제일 걱정이었다. 얼른 새 기저귀들을 만들어야 했다. 하지만 생각해 보니 그것은 이제 그녀가 신경 써야 할 문제가 아니었다. 로사우라가 더는 에스페란사에게 접근하지 말라고 하지 않았던가? 그렇다면 그 문제는 로사우라가 알아서 해결할 테고, 그녀는 자기 문제만 해결하면 되었다. 그리고 지금은 존과 메리 숙모에게 대접할 식사부터 준비하는 게 가장 시급한 문제였다.

티타는 부엌으로 들어가서 콩 요리 준비하던 걸 마치려고 했다. 하지만 콩을 불 위에 올려놓은 지가 벌써 몇 시간이 지났는데 아직도 제대로 삶아져 있지 않아서 티타는 깜짝 놀랐다.

뭔가 이상한 일이 벌어지고 있었다. 타말을 준비할 때, 싸우면 타말이 익지 않는다고 했던 나차의 말이 떠올랐다. 타말이 화가 나면 몇 날 며칠이 지나도 익지 않는다는 것이다. 이럴 때는 타말이 마음을 가라앉히고 익을 수 있도록 노래를 불러줘야 한다고 했다. 티타는 자기가 로사우라와 싸워서 콩들이 화가 난 거라고 미뤄 짐작했다. 티타가 마음을 가라앉히고 사랑 가득한 마음으로 콩들에게 노래를 들려주는 것 외에는 다른 방법이 없었다. 손님들을 위한 식사를 준비할 시간이 그리 많이 남지 않았던 것이다.

그러기 위해서 제일 좋은 방법은 티타가 제일 행복했던 순간을 떠올리며 노래를 부르는 것이었다. 티타는 두 눈을 감고 '그대를 본 순간부터 나는 행복했지. 그대에게 내 사랑을 바치고 영혼을 잃었지…….'라는 가사의 왈츠를 부르기 시작했다. 페드로와 어두운 방에서 처음 만났을 때의 장면이 그녀의 머릿속으로 물밀 듯이 밀려들어 왔다. 페드로가 열정적으로 그녀의 옷을 벗기던 장면이 떠올랐다. 그의 뜨거운 손길이 피부 밑으로 파고드는 순간 살이 다 타서 녹아내릴 것만 같았다. 혈관 속에서는 피가 요동치며 들끓었다. 심장은 열정으로 쿵쾅거리며 터질 것만 같았다. 격렬했던 열정이 조금씩 가라앉으면서 지친 영혼도 더할 나위 없는 포근함에 휩싸였다.

티타가 노래를 부르는 동안 콩 국물이 부글부글 끓어올랐다. 국물이 안으로 스며들어서 콩이 터질 듯이 부풀어 올랐다. 티타는 눈을 뜨고 콩 하나를 꺼내어 다 익었는지 살펴보았다. 콩은 아주 제대로 삶아졌다. 덕분에 메리 숙모가 도착하기 전에 몸단장할 시간이 충분히 생겼다. 티타는 행복에 들떠서 부엌을 나가 옷을 갈아입기 위해 방으로 향했다. 우선 이부터 닦아야 했다. 닭들이 회오리바람을 일으켜서 흙바닥을 뒹굴었을 때 흙이 입속에 잔뜩 들어갔다. 티타는 치약 가루를 듬뿍 묻혀서 열심히 닦았다.

치약 가루 만드는 법은 학교에서 배웠다. 주석영 1/2온스와 설탕 1/2온스, 오징어 뼈 1/2온스, 피렌체 백합과 용혈수[18] 1/4온스를 모두 가루로 만든 다음 잘 섞어서 만들었다. 치약 만드는 일은 호비타 선생님이 도맡았는데, 그녀는 삼 년 연속 티타의 담임 선생님이었다. 키가 작고 마른 체구의 여자였다. 누구나 그 선생님을 기억했다. 선생님이 전해 준 지식 때문이 아니라 선생님이 워낙 특이한 인물이었기 때문이다. 사람들 얘기로는 호비타 선생님이 열여덟 살에 아들 하나 있는 과부가 되었다고 했다. 선생님은 아들에게 계부를 갖게 하고 싶지 않았기 때문에 그녀의 의지에 따라 완전한 독신으로 평생을 살았다. 하지만 그녀가 자신의 이런 결정에 얼마나 확신을 가지고 있었는지, 그리고 이 결정이 그녀에게 어떤 영향을 미쳤는지는 아무도 몰랐다. 불쌍한 선생님은 나이가 들면서 조금씩

18) 높이가 20미터 정도 되는 백합과의 상록수.

이성을 잃어 갔다. 선생님은 나쁜 생각이 비집고 들어올 틈을 주지 않기 위해 밤낮으로 일만 했다. 선생님은 '게으름은 모든 악의 근원이다.'라는 문장을 즐겨 사용했다. 그래서 하루 종일 일 분 일 초도 쉬지 않았다. 일은 점점 더 많이 했고 잠은 점점 더 적게 잤다. 시간이 지나면서 집안일만으로는 자신의 영혼을 잠재우기에 충분치 않았다. 그래서 새벽 5시에 보도를 쓸기 위해 길거리로 나왔다. 자기 집 앞이랑 옆집 사람들의 집 앞까지 모두 쓸었다. 나중에는 그녀의 집에서 네 블록 떨어진 곳까지 점점 행동반경을 넓혀갔다. 그렇게 조금씩 조금씩 범위를 넓혀 가다 보니 학교 가기 전에 피에드라스 네그라스 시 전체를 쓸게 되었다. 가끔 쓰레기 조각이 머리에 붙어서 아이들의 놀림감이 되기도 했다. 티타는 거울을 바라보면서 자신의 모습이 선생님과 많이 닮았다는 생각이 들었다. 어쩌면 땅에 떨어졌을 때 머리에 묻은 닭 털 때문에 그렇게 보이는지도 몰랐다. 하지만 그건 생각만 해도 몸서리쳐지는 일이었다.

티타는 무슨 일이 있어도 호비타 선생님처럼 되고 싶지는 않았다. 그녀는 닭 털을 털어 내고는 머리를 박박 빗어 내렸다. 그리고 그때 막 도착한 존과 메리 숙모를 맞으러 내려갔다. 풀케가 짖어 대서 그들이 농장에 도착한 걸 알 수 있었다.

티타는 거실에서 그들을 맞았다. 메리 숙모는 티타가 상상한 그대로였다. 나이가 지긋한 상냥하고 세련된 부인이었다. 나이가 많은데도 몸단장은 흠잡을 데 하나 없었다.

메리 숙모는 하얀 백발이 더욱 돋보이는 파스텔 톤의 점잖은 꽃무늬 모자를 쓰고 있었다. 장갑은 머리 색깔과 어울리는 순백색으로 빛이 났다. 걸을 때는 손잡이에 백조 모양 은장식이 달린 마호가니 지팡이를 짚었다. 그녀의 얘기 또한 즐겁고 재미있었다. 메리 숙모는 티타가 마음에 쏙 든 나머지 조카에게 탁월한 선택을 했다며 내놓고 칭찬했다. 그리고 티타에게도 영어를 완벽하게 잘한다고 칭찬했다.

티타는 언니가 몸이 불편해서 참석할 수 없었다고 양해를 구하고는 그들을 식당으로 안내했다.

메리 숙모는 튀긴 바나나를 곁들인 밥을 아주 맛나게 먹었다. 그러고는 콩 요리를 아주 잘했다며 칭찬했다.

음식을 상에 내놓을 때는 그 위에 치즈 가루를 뿌린 다음, 연한 상추 이파리와 저민 아보카도, 다진 무, 토르나칠레스 칠레고추, 올리브로 장식한다.

메리 숙모는 다른 종류의 음식에 입맛이 길들여져 있었는데도 티타가 요리한 음식은 충분히 음미할 수 있었다.

"음, 정말 맛있어요, 티타 양."

"정말이지 존은 행운아야. 이제부터는 제대로 잘 먹겠구나. 사실, 케이티는 요리가 형편없어. 결혼하면 살찌겠다."

존은 티타가 당혹스러워하고 있다는 걸 눈치챘다.

"무슨 일 있어요, 티타?"

"네, 하지만 지금은 당신한테 말씀드릴 수 없어요. 우리가 영어로 말하지 않으면 당신 숙모가 언짢아하실 테니까요."

존이 스페인어로 티타에게 대답했다.

"그렇지 않아요. 걱정하지 말아요. 숙모님은 귀가 전혀 안 들리시거든요."

"그럼 우리와는 어떻게 얘기하지요?"

"입술을 읽기 때문이지요. 하지만 영어만 읽을 줄 아시니까 걱정 말아요. 게다가 식사하실 때는 아무도 안중에 없어요. 그러니 무슨 일인지 말해 봐요. 얘기할 시간도 별로 없잖아요. 결혼식도 일주일밖에 남지 않았는데."

"존, 결혼을 취소하는 게 낫겠어요."

"왜죠?"

"지금은 말씀드릴 수 없어요."

메리 숙모가 그들이 심각한 문제를 놓고 다투고 있다는 걸 눈치채지 못하도록 티타는 미소를 머금었다. 그러자 메리 숙모도 살짝 미소 지었다. 숙모는 티타가 만든 콩 요리를 먹으며 아주 행복하고 만족스러워했다. 숙모가 스페인어로 말할 때 입술을 읽지 못한다는 것은 사실이었다. 티타는 존과 거리낌 없이 얘기할 수 있었다. 존은 계속해서 그 얘기만 물고 늘어졌다.

"이제는 나를 사랑하지 않나요?"

"모르겠어요."

존의 얼굴 표정이 고통으로 일그러지자 티타는 더 이상 얘기하기가 힘들었다. 존은 곧 평정을 되찾으려고 노력했다.

"당신이 떠나 있는 동안 내가 항상 사랑해 온 남자와 관계를 맺어서 순결을 잃었어요. 그러니 이젠 당신과 결혼할 수 없어요."

존이 한참 침묵을 지킨 끝에 티타에게 물었다.

"나보다 그를 더 사랑하나요?"

"대답 못 하겠어요. 나도 모르겠어요. 당신이 이곳에 없을 때는 그를 사랑한다고 생각했어요. 하지만 당신을 본 순간 모두 바뀌었어요. 당신 옆에서는 편안하고, 든든하고, 차분해져요…… 하지만 모르겠어요, 모르겠어요…… 당신한테 이런 얘기를 하게 되어서 정말 미안해요."

눈물 두 방울이 티타의 볼을 타고 주르륵 흘러내렸다. 메리 숙모가 티타의 손을 잡고는 매우 감격한 듯 영어로 얘기했다.

"사랑에 빠진 여인이 감격해 우는 모습을 보니 너무 아름다워요! 나도 결혼할 때는 그렇게 많이 울었어요."

존은 그 말이 티타의 울음보를 터트려서 상황이 더 건잡을 수 없게 되리라는 것을 알았다.

그는 숙모의 말에 동의하는 듯 환한 미소를 머금고는 손을 뻗어 티타의 손을 잡고 말했다.

"티타, 당신이 뭘 했든 나는 상관없어요. 본질적인 게 바뀌지 않았다면 살면서 어떤 행동을 하든 그리 중요하지 않아요. 내 생각은 당신이 한 말에 조금도 바뀌지 않았습니다. 다시 말하지만 내가 당신 인생의 동반자가 될 수 있다면 더 바랄 게 없을 것 같아요. 하지만 인생의 동반자로 삼을 남자가 나인지 아닌지는 잘 생각해 봐요. 당신의 대답이 긍정적이라면 며칠 내로 결혼식을 올립시다. 만약 그렇지 않다면 내가 제일 먼저 페드로에게 축하 인사를 건네고 당신을 잘 보살펴 달라고 부탁할 거요."

티타는 존의 말을 듣고도 전혀 놀라지 않았다. 그의 말에는 그의 성격이 그대로 배어 있었다. 티타는 존이 자신의 경쟁

상대가 페드로라는 것을 정확하게 알고 있었다는 사실이 더 놀라웠다. 티타는 존이 그렇게 뛰어난 직관력을 가지고 있으리라고는 생각도 못 했다.

티타는 계속 식탁에 앉아 있을 수가 없었다. 그녀는 실례를 구하고는 잠시 안뜰로 달려 나가 진정될 때까지 울었다. 그러고는 디저트가 나올 때에 맞춰서 돌아왔다. 존이 일어나 그녀를 위해 의자를 밀어 주었다. 평소와 다름없이 부드럽고 위엄 있었다. 그는 정말이지 좋은 남자였다. 티타는 존이 그렇게 듬직해 보일 수가 없었다. 그래서 그녀의 머릿속에서는 망설임만 더 커져 갔다. 디저트로 나온 재스민 아이스크림이 그녀에게 커다란 위안이 되었다. 아이스크림을 한 입 삼키자 몸이 상쾌해졌고 정신도 맑아졌다. 메리 숙모는 디저트가 너무 맛있다며 계속해서 칭찬했다. 그녀는 재스민으로 음식을 만들 수 있으리라곤 상상도 못 했던 것이다. 메리 숙모는 호기심에 가득 차서, 나중에 자기 집에서도 똑같은 아이스크림을 만들어 먹을 수 있도록 자세하게 알고 싶어 했다. 티타는 메리 숙모가 자기 입술을 정확하게 읽을 수 있도록 아주 천천히 요리법을 알려 주었다.

"재스민 한 다발을 잘 빻아서, 설탕 0.5파운드를 녹인 물 3쿠아르티요에 넣고 잘 섞으세요. 설탕이 다 녹으면 망이 촘촘한 천을 놓고 거르세요. 그러고 나서 아이스크림 통에 넣어 얼리면 돼요."

그들은 오후 내내 즐거운 시간을 보냈다. 존은 떠날 때 티타의 손에 키스하면서 말했다.

"당신에게 부담은 주고 싶지 않아요. 단지 당신이 내 곁에서 행복할 거라는 확신만은 당신에게 주고 싶습니다."

"나도 알아요."

물론 그녀는 알고 있었다. 그리고 자기가 그들의 미래를 송두리째 뒤바꿔 놓을 결정을 내리더라도 존이 그 결정을 존중해 주리라는 것도 알고 있었다.

이어서

다음 요리는

호두 소스를 끼얹은 칠레고추 요리

12월

호두 소스를 끼얹은
칠레고추 요리

재료

포블라노 칠레고추 25개

석류 8개

캐슈너트 100개

잘 숙성된 치즈 100그램

소고기 간 것 1킬로그램

건포도 100그램

아몬드 0.25킬로그램

호두 0.25킬로그램

토마토 0.5킬로그램

중간 크기 양파 2개

설탕에 절인 시트론 2개

복숭아 1개

사과 1개

커민

흰 후추

소금

설탕

만드는 방법

호두 까는 일은 시간과 손이 많이 드는 일이므로 며칠 전부터 충분한 여유를 갖고 시작한다. 딱딱한 껍데기를 벗겨 낸 후 그 안의 얇은 껍질도 벗겨야 한다. 이때 껍질이 조금이라도 열매에 붙어 있지 않도록 각별하게 주의해야 한다. 안 그러면 호두를 갈아 크림과 섞었을 때 호두 소스에서 쓴맛이 나서 모든 공이 허사가 될 수 있다.

티타와 첸차는 식탁에 앉아 호두 껍데기 벗기는 일을 끝내 가고 있었다. 호두는 다음 날 결혼식 때 주(主) 요리로 내놓을, 호두 소스를 끼얹은 칠레고추 요리에 쓰일 재료였다. 다른 식구들은 하나둘, 이 핑계 저 핑계를 대며 두 사람만 남겨 둔 채 식탁을 떠났고, 지칠 줄 모르는 여기 두 사람만이 굳건히 자리를 지키고 있었다. 사실 티타는 다른 식구들을 탓하지 않았다. 식구들은 일주일 내내 그녀를 충분히 도와주었다. 그리고 쉼 없이 호두 1000개를 깐다는 게 그리 쉽지 않다는 걸 그녀도 잘 알고 있었다. 티타가 아는 한, 이런 일을 전혀 피곤한 기색도 없이 해낼 수 있는 사람은 마마 엘레나 한 사람뿐이었다.

마마 엘레나는 단 며칠 만에 몇 자루의 호두 껍데기를 모두 벗겨 낼 수 있을 뿐만 아니라 그 일을 즐기기까지 했다.

힘을 가해 산산조각을 내고 껍질까지 벗겨 내는 게 마마 엘레나의 전공이었다. 안뜰에 앉아 호두 한 자루를 다리 사이에 놓고 껍데기를 까기 시작하면 시간 가는 줄도 몰랐고, 그 일을 다 끝낼 때까지는 한 번도 일어서지 않았다.

호두 100개를 깐다는 것은 다른 사람들에게는 굉장히 힘든 일이었지만 마마 엘레나에게는 애들 장난과도 같았다. 칠레고추 25개에 호두 100개를 까야 했기 때문에 칠레고추 250개에는 호두 1000개가 들어가야 하는, 엄청난 양이 필요해진 것이다. 결혼식에는 친척들과 가장 친한 친구들 팔십 명을 초대했다. 원한다면 한 사람당 칠레고추 3개씩은 먹을 수 있기 때문에 적당한 양이었다. 조촐한 결혼식이었지만, 그래도 티타는 전례 없이 피로연에 스무 가지 요리를 내놓으려고 했다. 물론 여기에 기막히게 맛 좋은 호두 소스를 끼얹은 칠레고추 요리가 빠질 수 없었다. 손이 많이 가는 힘든 요리였지만 아주 특별한 자리였기 때문에 그 요리로 한층 더 빛내고 싶었던 것이다. 많은 호두를 까고 나면 손끝이 시꺼메졌지만 티타는 그것도 전혀 개의치 않았다. 티타에게는 이 결혼식이 매우 특별한 의미를 지녔기 때문에 그런 희생을 감수할 만한 가치가 충분히 있었다. 그리고 그건 존에게도 마찬가지였다. 존은 크나큰 행복에 들떠서 피로연 준비를 가장 열성적으로 도와주었다. 존은 거의 매일 마지막까지 남아서 일하는 사람들 중 한 명이었다. 이제는 좀 쉬어도 괜찮을 정도였다.

집에 돌아온 존은 피곤에 절어 욕실에서 손을 닦았다. 너무 많은 호두를 깠더니 손끝이 아리고 쓰라렸다. 존은 진한 감동을 느끼며 잠자리에 들었다. 이제 몇 시간만 있으면 티타와 더 가까워질 거라고 생각하니 더할 나위 없이 뿌듯했다. 결혼식은 정오로 예정되어 있었다. 존은 의자 위에 걸쳐진 연미복을 바라보았다. 다음 날 입을 의상은 화려하게 빛날 가장 멋진 순간을 기다리며 모두 꼼꼼하게 준비되어 있었다. 구두는 그 어느 때보다도 번쩍번쩍 광채가 났으며, 나비넥타이와 와이셔츠도 완벽하게 준비되어 있었다. 존은 만족스럽게 모든 준비가 완료되었다고 생각하면서 깊이 숨을 들이마시고 자리에 누웠다. 그러고는 베개에 머리가 닿자마자 곧 곯아떨어졌다.

반면 페드로는 잠을 이룰 수가 없었다. 참을 수 없는 질투심이 속을 긁어 댔던 것이다. 결혼식에 참석해 티타와 존이 함께 있는 모습을 도저히 볼 수 없었다.

페드로는 존의 행동을 이해할 수 없었다. 존의 혈관에는 마치 피가 아닌 아톨레가 흐르는 것 같았다! 그는 티타와 페드로가 어떤 사이인지 아주 잘 알고 있었다. 그런데도 아무것도 모르는 사람처럼 행동했다! 그날 오후 티타가 오븐을 켜려는

데 아무 데서도 성냥을 찾을 수 없었다. 그러자 영원한 신사인 존이 재빨리 도와주겠다며 나섰다. 하지만 그게 다가 아니었다! 불을 켜고 나서는 자기 손으로 티타의 손을 감싸면서 그 성냥 통을 선물했던 것이다. 티타에게 그런 우스꽝스러운 선물을 해서 대체 뭘 얻겠단 말인가? 그건 자기 앞에서 티타의 손을 잡으려는 구실에 불과했다. 존은 틀림없이 스스로를 아주 교양 있는 사람이라고 생각할 것이다. 하지만 페드로는 진정한 남자라면 사랑하는 여자에게 어떻게 해야 하는지 본때를 보여 줄 생각이었다. 페드로는 재킷을 집어 들고는 존의 얼굴을 박살 내기 위해 그를 찾아 나서려고 했다.

그러다가 문 앞에서 멈춰 섰다. 결혼식 하루 전날 티타의 형부가 존과 싸웠다고 괜히 사람들의 입방아에 오르내리고 싶지 않았던 것이다.

또 그러면 티타도 그를 절대 용서하지 않을 것이다. 페드로는 재킷을 침대 위로 내던지고는 두통약을 찾아보았다. 티타가 부엌에서 내는 소리가 두통 때문에 1000배는 더 크게 들려왔다.

티타는 식탁 위에 조금 남아 있던 호두를 마저 까면서 언니를 생각했다. 로사우라가 결혼식에 참석할 수 있다면 얼마나 좋을까. 불쌍한 언니가 죽은 지도 일 년이 지났다. 이 기간 동안에는 언니에 대한 조의로 종교적인 행사는 일체 미루었다. 언니의 죽음은 정말 이상했다. 로사우라는 평소처럼 저녁 식사를 마친 후 곧장 자기 방으로 돌아갔다. 에스페란사와 티타는 식당에 남아서 얘기를 하고 있었다. 페드로는 로사우라에게 잘 자라는 인사를 하기 위해 위층으로 올라갔다. 침실은 식당에서 멀리 떨어져 있었기 때문에 티타와 에스페란사는 아무 소리도 듣지 못했다. 침실 문이 닫혀 있는데도 로사우라의 방귀 소리가 들려왔지만 페드로는 처음에는 이상하게 생각하지 않았다. 하지만 마치 끝나지 않을 것처럼 평소보다 훨씬 더 길게 들리자 기분 좋지 않은 이 소리에 귀를 기울이게 되었다. 페드로는 이 불쾌한 소리가 설마 아내가 소화 불량이라서 내는 소리일 거라고는 생각도 못 한 채 손에 들고 있던 책에 집중하려고 했다. 그런데 바닥이 흔들리고 불빛까지 깜빡거리는 거였다. 페드로는 혁명이 다시 시작되어 엄청난 대포 소리가 들리는 거라고 잠시 생각했다. 하지만 요즘 들어 국내 상황은 그 어느 때보다 잠잠했기 때문에 이 가능성은 일단 제외시켰다. 어쩌면 옆집 사람들의 자동차 엔진 소리일지도 몰랐다. 하지만 잘 생각해 보니 자동차 엔진은 그렇게 고약한 냄새를 풍기지 않았다. 뜨거운 숯덩이 한 조각과 설탕 약간을 숟가락에 담아 방 안 전체를 돌아다니며 조치를 취했는데도 계속 냄새가 나는 게 너무 이상했다.

이 방법은 악취 제거에 가장 효과 있는 방법이었다.

페드로가 어렸을 때 위장을 앓는 사람이 있는 방에서는 늘 이렇게 악취를 제거해서 공기를 완벽하게 정화했다. 하지만 이번에는 그 방법도 통하지 않았다. 페드로는 걱정이 되어 두 사람의 방 사이에 있는 문 옆으로 가서 노크를 하고는 로사우라에게 괜찮냐고 물었다. 아무런 대답이 없자 페드로가 문을 열고 들어갔다. 로사우라는 입술이 보랏빛이 돼서

퉁퉁 부은 몸으로 두 눈을 휑하게 뜨고 넋을 잃은 채 마지막 호흡을 거칠게 내쉬고 있었다. 존은 급성 위경련이라고 진단했다.

장례식에는 몇 안 되는 사람만이 참석했다. 로사우라의 몸에서 풍기던 역겨운 냄새가 죽은 후에 더 고약해졌기 때문에 몇몇 사람만이 용기를 내서 참석했던 것이다. 까마귀 한 떼거리만이 그 장례식에 빠지지 않고 참석했다. 까마귀들은 장례식이 끝날 때까지 원을 그리며 맴돌다가 자기네들이 바라던 연회가 없자 잔뜩 실망하고는 로사우라를 편안히 쉬게 남겨두고 떠나갔다.

하지만 티타는 아직 쉴 수가 없었다. 몸이 쉬고 싶다고 아우성을 쳤지만 그 전에 호두 소스를 만들어 놔야 했다. 따라서 제대로 푹 쉬려면 이렇게 옛날 일이나 되씹고 있을 게 아니라 얼른 요리부터 끝내는 게 가장 현명했다.

호두 껍질을 모두 벗겼으면 치즈와 크림을 넣고 절구통에서 같이 빻는다. 마지막으로 기호에 따라 소금과 흰 후추를 적당량 뿌린다. 속을 채운 칠레고추 위에 호두 소스를 뿌리고 석류로 마무리 장식한다.

칠레고추 소

기름을 약간 두르고 양파를 볶는다. 투명해질 때까지 볶은 다음 고기 간 것과 커민, 설탕을 조금 집어넣는다. 고기가 노릇하게 익으면 복숭아, 사과, 호두, 건포도, 아몬드, 간을 한 토마토소스를 넣는다. 다 익으면 소금을 적당량 뿌리고 국물이 졸아들 때까지 불 위에 둔다.

칠레고추는 따로 구운 다음 껍질을 벗겨 낸다. 그러고 나서 한쪽을 열어 씨와 줄기를 빼낸다.

티타와 첸차는 칠레고추 스물다섯 그릇의 장식을 마친 다음 시원한 곳에 두었다. 그렇게 하면 다음 날 오전 피로연에서 웨이터들이 손님들에게 음식을 내갈 때, 먹기 적당한 상태가 되게 할 수 있었다.

웨이터들은 기분 좋게 들뜬 하객들 사이를 분주하게 오가며 음식을 날랐다. 헤르트루디스가 파티에 도착하자 모든 사람들의 관심이 일제히 그녀에게 쏠렸다. 헤르트루디스는 나오자마자 구입한 포드 사의 최신 모델인 쿠페[19] T를 타고 왔다. 그녀는 자동차에서 내리다가 타조 털로 장식된 챙 넓은 모자를 떨어뜨릴 뻔했으며, 대담한 어깨심이 들어 있는 최신 유행 정장을 입고 있었다. 후안도 그녀에게 뒤지지 않았다. 몸에 딱 맞는 우아한 양복에 실크해트를 쓰고 멋진 각반을 차고 있었다. 그들의 장남은 멋진 물라토로 자라 있었다. 수려한 외모와 파란 눈이 검은 피부 때문에 더욱 눈에 띄었다. 검은 피부는 외할아버지로부터, 파란 눈은 외할머니인 마마 엘레나로부터 물려받았다. 눈은 외할머니를 쏙 빼닮았다. 그리고 그들 뒤에는 트레비뇨 상사가 있었다. 그는 혁명이 끝난 후 헤르트루디스의 개인 경호원으로 고용되었다.

---

19) 문이 두 개만 달린 2인승 자동차.

니콜라스와 로살리오는 농장 입구에서 멋진 차로[20]를 입고 속속 도착하는 손님들의 청첩장을 받고 있었다. 아주 아름다운 청첩장으로, 알렉스와 에스페란사가 직접 만든 것이었다. 청첩장에 사용된 종이와 검정 잉크, 봉투의 모서리에 바른 금물, 봉투를 봉한 빨간 밀랍은 그들이 손수 만든 자랑스러운 작품이었다. 모두 전통적인 데 라 가르사 가문의 방식대로 만든 것이다. 검정 잉크는 페드로와 로사우라의 결혼식 때 쓰고 남은 게 있었기 때문에 굳이 따로 만들 필요가 없었다. 잉크가 좀 마르기는 했지만 물을 몇 방울 넣자 금방 새것처럼 되었다. 검정 잉크는 아라비아고무 8온스와 동물의 쓸개 5온스 반, 황산철 4온스, 로그우드[21] 2온스 반, 황산구리 1/2온스를 섞어서 만든다. 봉투 가장자리를 장식할 금물은 웅황 1온스와 곱게 간 수정 1온스를 섞어서 만들었다. 거품을 잘 낸 5개 내지 6개의 달걀흰자에 이 가루를 넣고 물처럼 묽어질 때까지 휘저어 준다. 빨간 밀랍은 아라비아고무 1파운드와 안식향 0.5파운드, 칼라포니아 0.5파운드, 진사(辰砂) 1파운드를 녹여서 만든다.

다 녹았으면 아몬드유를 바른 탁자 위에 붓고 식기 전에 가는 막대기 또는 나뭇가지 모양으로 만든다.

에스페란사와 알렉스는 이 세상에 딱 하나밖에 없는 청첩장을 만들기 위해 몇 날 며칠을 공들여 완성했다. 한 장 한 장

20) 멕시코 전통 의상. 축제에서 거리의 악사들이 노래 부를 때 입는다.
21) 키가 9~15미터에 달하는, 콩과에 속하는 나무.

이 예술 작품이었다. 치렁치렁하게 긴 드레스나 연애편지, 왈츠처럼 이것 역시 안타깝게도 이제는 모두 구식이 되어 버린 수공예 작품이었다. 하지만 바로 그 순간 페드로의 간곡한 요청으로 오케스트라가 연주하고 있었던 왈츠곡 「젊음의 눈동자」는 페드로와 티타에게는 절대 구식이 될 수 없었다. 페드로와 티타는 최대한 솜씨를 발휘하여 멋지게 춤을 추었다. 티타는 눈부시게 아름다웠다. 페드로와 로사우라의 결혼식 이후 이십이 년이란 세월이 흘렀지만 그녀에게서는 세월의 흔적을 찾아볼 수 없었다. 서른아홉의 나이에도 방금 딴 오이처럼 싱싱하고 상큼했다.

그들이 춤추는 모습을 바라보는 존의 눈길에는 애정과 체념이 섞여 있었다. 페드로가 자신의 볼을 티타의 볼에 부드럽게 스쳤다. 티타는 자기 허리를 잡고 있는 페드로의 손길을 그 어느 때보다도 뜨겁게 느꼈다.

"우리가 맨 처음 이 노래 들었을 때 기억해?"

"평생 잊을 수 없을 거예요."

"그날 밤 나는 당장 당신에게 청혼하고 싶은 마음에 잠을 이룰 수가 없었어. 당신에게 나의 아내가 되어 달라고 다시 이렇게 청혼하게 될 때까지 이십이 년이란 세월이 흘러야 할 줄은 정말 몰랐어."

"진심이에요?"

"물론이지! 당신이 내 아내가 되기 전에는 죽을 수 없어. 당신과 함께 하얀 꽃이 가득한 성당 안으로 들어가는 꿈을 늘 꿔 왔지. 물론 그중에서 가장 아름다운 건 바로 당신이고 말이야."

"하얀 웨딩드레스를 입고요?"

"물론! 아무도 당신을 막지 못할 거야! 우리가 결혼하면 당신과 아이를 갖고 싶어. 아직 늦지 않았어, 안 그래? 이제 에스페란사도 우리 곁을 떠날 테니 우리도 곁에 있어 줄 누군가가 필요해."

티타는 페드로에게 아무 대답도 할 수 없었다. 목이 메어 아무 말도 할 수 없었다. 눈물이 그녀의 볼을 타고 천천히 흘러내렸다. 처음으로 행복에 겨워 흘리는 눈물이었다.

"그리고 날 막을 생각은 아예 하지 마. 이제는 내 딸이 아니라 그 누가 뭐라 해도 상관없어. 우리는 남들이 뭐라고 할까 걱정하느라 너무 많은 세월을 보냈어. 그러나 오늘 밤부터는 그 무엇도 당신과 나를 떼어 놓을 수 없어."

사실 이제 그들의 애정 관계가 알려졌을 때 사람들이 뭐라 얘기할지는 티타에게 전혀 중요하지 않았다.

티타는 이십 년 동안이나 로사우라와 맺은 둘만의 계약을 존중했고, 이제는 그녀도 지쳐 있었다. 로사우라는 자신의 결혼이 겉으로는 아무 문제가 없는 것처럼 보이고, 또 딸이 가족이라는 성스러운 울타리 안에서 자라길 바랐다. 이 두 가지가 그녀에게는 가장 중요하고 절대적이었다. 그래서 그들의 계약은 이 점에 근거했다. 로사우라의 말에 의하면 그녀만이 딸을 도덕적이고 강하게 교육시킬 수 있었다. 페드로와 티타는 가능한 한 신중하게 만나야 했으며 그들의 사랑은 절대적으로 숨겨야 했다. 다른 사람들의 눈에는 항상 정상적인 가족처럼 보여야 했다. 그래서 티타는 자기 아이를 갖는 것도 포기해야 했다. 대신 로사우라와 에스페란사를 공유하기로 했다. 티타가 아이의 먹을거리를 책임지고 로사우라가 교육을 맡기로 했다.

그리고 로사우라는 의무적으로 그들에게 질투심이나 불평을 드러내지 않고 사이좋게 지내야 했다.

대체적으로 에스페란사의 교육 문제만 제외하고는 모두 그 계약을 존중했다. 티타는 로사우라와는 달리 에스페란사를 교육시키고 싶어 했다. 그래서 자기 몫은 아니었지만 에스페란사와 함께 있는 시간을 이용해서 로사우라가 가르치는 것과는 다른 지식을 전해 주려고 노력했다.

에스페란사가 가장 좋아하는 장소는 부엌이었고, 그녀에게 티타는 속마음까지 털어놓을 수 있는 가장 좋은 친구였기 때문에 그들은 대부분의 시간을 함께 보냈다.

어느 날 오후 부엌에 함께 있다가 티타는 존 브라운의 아들인 알렉스가 에스페란사를 좋아한다는 사실을 알게 되었다. 티타가 제일 먼저 그 사실을 알게 되었던 것이다. 그들은 오랜 세월이 지난 후 에스페란사가 다니던 학교 축제에서 다시 만났다. 그때 알렉스는 이미 의대 졸업반이었다. 그들은 처음 만났을 때부터 서로에게 강하게 끌렸다. 에스페란사는 알렉스의 눈길이 자기 몸에 닿은 순간 마치 끓는 기름에 도넛 반죽을 넣었을 때와 같은 기분이었다고 티타에게 말했다. 그때 티타는 알렉스와 에스페란사가 떨어질 수 없는 사이라는 걸 알았다.

로사우라는 그것을 막기 위해 모든 방법을 총동원했다.

처음부터 단도직입적으로 내놓고 반대했다. 페드로와 티타가 에스페란사 편을 들었기 때문에 그들 사이에 정말로 살벌한 전쟁이 시작되었다. 로사우라는 페드로와 티타가 계약을 어겼으니 공정치 못하다며 큰소리로 자신의 권리를 고집했다.

에스페란사 때문에 싸운 게 이번이 처음은 아니었다. 처음으로 싸운 것은 로사우라가 에스페란사를 학교에 보내지 않으려 했을 때였다. 로사우라는 학교에 다니는 건 시간 낭비라고 생각했다. 이 세상에서 에스페란사의 유일한 의무는 영원히 엄마를 돌보는 것이기 때문에 수준 높은 지식은 아무 필요가 없다는 거였다. 대신 피아노와 노래, 춤을 배우는 게 훨씬 낫다고 생각했다. 이런 재주를 익히면 살아가면서 아주 유용하다는 거였다. 우선 에스페란사가 로사우라와 함께 즐겁고 재미있는 오후를 보낼 수 있을 것이고, 둘째로 사교 무도회에서 돋보일 수 있기 때문이었다. 그렇게 하면 모든 사람들의 시선을 끌어서 상류층에서 늘 대접받을 수 있다는 거였다. 페드로와 티타는 많은 노력을 기울이고 오랜 대화를 가진 끝에 로사우라를 설득했다. 에스페란사가 사람들 사이에서 인기를 얻으려면 제대로 노래 부르고, 춤추고, 피아노를 치는 것 말고도 흥미롭게 대화를 잘 이끌어 갈 줄 알아야 하며, 그러기 위해서는 학교에 가야 한다고 말이다. 로사우라는 마지못해 에스페란사를 학교에 보냈다. 하지만 로사우라가 에스페란사를 학교에 보낸 이유는 에스페란사가 즐겁고 흥미롭게 대화를 이끌어 나가는 것 외에도 피에드라스 네그라스 사회의 상류층과 어깨를 나란히 하도록 하기 위해서였다. 그래서 에스페란사는 교양을 갈고 닦기 위해 제일 좋은 학교에 들어갔다. 한편 티타도 나름대로 중요한 것을, 부엌에서 알게 된 인생과 사랑의 비밀을 에스페란사에게 가르쳤다.

마침내 로사우라를 설득해 간신히 승리를 거두었기 때문에 알렉스가 등장할 때까지는 별다른 논쟁이 없었다. 하지만 알렉스가 등장함으로써 에스페란사가 남자를 사귈 수 있다는 가능성이 제기되었다. 로사우라는 페드로와 티타가 무조건적으로 에스페란사를 지지하는 것을 보고는 노발대발이었다. 로사우라는 자기 선에서 할 수 있는 방법은 모두 동원해서 전통에 따라 자신에게 부여된 권리, 즉 죽을 때까지 딸이 자기를 보살펴야 한다는 권리를 지키기 위해 암사자처럼 싸웠다. 소리 지르고, 발버둥 치고, 악을 쓰고, 토하고, 필사적인 위협을 가했다. 로사우라는 처음으로 계약을 위반하고 페드로와 티타에게 악담을 퍼부어 댔다. 그 외에도 그들이 자신에게 고통을 주었다며 대놓고 으르렁거렸다.

집은 살벌한 전쟁터로 돌변했다. 쾅쾅 문 닫는 소리가 일상이 되었다. 다행히 이 싸움은 그리 오래 지속되지 않았다. 양편으로 나뉘어 격렬하고도 무시무시한 싸움을 벌인 지 사흘만에 로사우라가 심각한 소화 불량으로, 죽음의 진짜 원인은 알 수 없었지만…… 숨을 거두었던 것이다.

알렉스와 에스페란사의 결혼을 성사시킨 것은 티타에게 있어서 가장 큰 승리였다. 티타는 자기 자신에 대한 확신으로 가득 찬 에스페란사를 바라보며 더할 나위 없이 자랑스럽고 뿌듯해했다. 에스페란사는 너무나도 총명하고, 너무나도 지적이고, 너무나도 행복하고, 너무나도 능력 있었다. 하지만 그와 동시에 너무나도 참하고, 여러 의미에서 너무나도 여자다웠다. 웨딩드레스를 입고 알렉스와 함께 「젊음의 눈동자」에 맞춰 왈츠를 추는 에스페란사는 더없이 아름다워 보였다.

음악이 끝나자 로보가(家)의 파키타와 호르헤가 다가와 페드로와 티타에게 축하 말을 전했다.

"축하합니다, 페드로 씨. 따님이 근방 십육 킬로미터 내에서는 최고의 신랑감과 결혼했군요."

"그렇습니다. 알렉스 브라운은 아주 훌륭한 청년입니다. 우리와 함께 지낼 수 없다는 것이 유일하게 안타까운 점이지요. 알렉스가 하버드대학에서 박사 과정 장학금을 받게 되어서 결혼식만 마치고 오늘 당장 그곳으로 떠나야 합니다."

"어떡해요, 티타! 이제 어떻게 할 거예요?"

파키타가 짓궂게 질문했다.

"에스페란사 없이 더 이상 이 집에서 페드로와 단둘이 살 수는 없을 거 아니에요? 아이, 다른 데로 가기 전에 호두 소스를 끼얹은 칠레고추 요리법이나 알려 줘요. 너무 맛있어 보여요!"

호두 소스를 얹은 칠레고추 요리는 맛있어 보이기만 한 게 아니라 정말로 맛있었다. 티타도 이렇게 맛있게 요리한 적은 없을 정도였다. 칠레고추의 초록색과 호두 소스의 하얀색, 석류의 빨간색이 어우러져서 칠레고추 요리는 자랑스러운 멕시코 국기의 색깔을 나타내고 있었다.

세 가지 색깔이 어우러진 이 요리는 그리 오래가지 않았다.

칠레고추 요리는 게 눈 감추듯 쟁반에서 순식간에 모습을 감추었다……. 사람들이 식탐을 드러내지 않기 위해 호두 소스를 끼얹은 칠레고추 한 개는 예의상 남겨 두었던 옛날이 티타는 멀게만 느껴졌다.

티타는 칠레고추가 한 개도 남지 않은 게 사람들이 미풍양속을 잃어버려서 그런 건지, 아니면 정말 맛있어서 그런 건지 의아하기만 했다.

하객들 모두 너무나 즐거운 모습이었다. 이번 결혼식과 불미스러웠던 페드로와 로사우라의 결혼식은 달라도 너무 달랐다. 그때는 하객들 모두가 체해서 난리였었다. 하지만 지금은 그때와는 정반대로 호두 소스를 끼얹은 칠레고추 요리를 입에 넣는 순간 크나큰 슬픔과 좌절감을 느끼는 대신, 헤르트루디스가 장미 꽃잎을 곁들인 메추리 요리를 먹었을 때와 비슷한 감정을 경험했다. 이번에도 그러한 증상을 처음으로 느낀 사람은 헤르트루디스였다. 헤르트루디스는 안뜰 한가운데서 「나의 사랑스러운 대장님」이라는 노래에 맞춰 후안과 춤을 추고 있었다. 그녀는 그 어느 때보다 황홀하게 춤을 추며 후렴을 따라 불렀다. "아이, 아이, 아이, 아이, 나의 사랑스러운 대장님."이라는 후렴을 따라 부를 때마다 먼 옛날 후안이 대장이었던 시절, 완전히 발가벗고 들판 한가운데서 그를 만났을 때가 떠올랐다. 그 즉시 가랑이 사이가 후끈 달아오르면서 몸 한가운데가 간질간질해졌고 음탕한 생각이 떠올랐기 때문에 헤르트루디스는 일이 더 커지기 전에 남편과 함께 얼른 다른 곳으로 향했다. 다른 하객들도 모두 음탕한 시선으로 이 핑계

저 핑계를 대며 양해를 구하고는 얼른 자리를 떠났다. 모두들 떠나 버리자 신랑 신부도 빨리 가방을 챙겨서 떠날 수 있었기 때문에 속으로는 고마워했다. 그들 역시 얼른 호텔로 가고 싶었던 것이다.

티타와 페드로도 그런 느낌이 들었을 때는 농장에 존과 첸차, 그들 두 사람만이 남아 있었다. 농장 일꾼들을 포함한 다른 사람들은 모두 그곳에서 최대한 멀리 떨어진 곳으로 가서 격렬한 사랑을 나누었다. 몇몇 사람들은 피에드라스 네그라스와 이글 패스 사이의 다리 밑에서 사랑을 나누었다. 그리고 보수적인 사람들은 도로변에 대충 급한 대로 주차시켜 놓고 차 안에서 사랑을 나누었다. 대부분의 사람들은 되는 대로 아무 데서나 사랑을 나누었다. 어디든 상관없었다. 강이나 계단, 욕조, 벽난로, 오븐, 약국 판매대, 옷장, 나무 꼭대기도 가리지 않았다. 궁하면 통한다는 말이 있듯 알아서 잘 대처했다. 그날은 인류 역사상 가장 많은 창조가 이루어진 날이었다.

한편 티타와 페드로는 성욕을 드러내지 않기 위해 엄청난 노력을 기울여야 했다. 하지만 그 힘이 워낙 강해서 성욕은 그들의 피부를 뚫고 밖으로 나와 열과 특이한 체취로 발산되었다. 존이 이 사실을 눈치채고 그곳에서 자신은 거추장스러운 존재밖에 되지 않는다는 것을 깨닫고는 작별 인사를 하고 떠났다. 티타는 그가 혼자 떠나는 모습을 보며 안타까워했다. 존은 그녀가 거절했을 때 다른 사람을 찾았어야 했지만 재혼하지 않았다.

존이 떠나자마자 첸차도 자기 고향에 다녀오겠다며 허락을 구했다. 며칠 전에 첸차의 남편이 건물 공사 일로 고향에 갔는데 갑자기 남편이 보고 싶어서 미칠 지경이었던 것이다.

페드로와 티타는 아무런 힘도 들이지 않고 달콤한 신혼 같은 둘만의 시간을 가질 수 있게 되었다. 살면서 처음으로 자유롭게 사랑을 할 수 있었다. 오랜 세월 아무에게도 들키지 않기 위해, 아무에게도 의심을 사지 않기 위해, 임신하지 않기 위해, 상대방의 몸속에서 쾌락에 떨며 소리 지르지 않기 위해 최대한 조심하며 전전긍긍했다. 하지만 이제는 그 모든 게 옛날 일이 되었다.

그들은 말없이 손을 잡고 '어두운 방'으로 향했다. 안으로 들어가기 전에 페드로는 티타를 안아 올리고는 천천히 방문을 열었다. 어두운 방은 완전히 다른 모습으로 바뀌어 있었다. 모든 잡동사니는 사라지고 없었다. 방 한가운데에 양철 침대만이 위풍당당하게 놓여 있었다. 실크 시트와 매트리스가 모두 하얀색이었다. 양탄자처럼 바닥을 뒤덮은 꽃들과, 어두운 방이라는 이름에 어울리지 않게 방 전체를 환하게 밝히는 양초 250개도 모두 하얀색이었다. 티타는 페드로가 이렇게 꾸며 놓은 줄 알고 감격했고, 페드로 역시 티타가 자기 몰래 이렇게 준비했다고 생각해 감격했다.

그들은 너무 기쁨에 취한 나머지, 방 한쪽 구석에서 나차가 마지막 양초에 불을 밝히고 조용히 사라지는 것을 보지 못했다.

페드로는 티타를 침대 위에 눕히고는 그녀의 옷을 하나하나 천천히 벗겨 냈다. 그들은 한참 동안 서로를 애무하고 애정 가득한 시선으로 그윽이 바라본 후에 그 오랜 세월 꾹꾹 억눌러 두었던 열정을 밖으로 분출했다.

양철 침대 머리가 벽에 부딪히는 소리와 그들에게서 뿜어져 나오는 숨 가쁜 호흡 소리는 비둘기 1000마리가 그들 위에서 요란하게 날아다니며 구구거리는 소리와 하나가 되었다. 동물들이 지닌 직감으로 비둘기들은 얼른 농장에서 도망쳐야 한다는 걸 알고 있었다. 그리고 그건 소나 돼지, 닭, 메추리, 당나귀, 말 같은 다른 가축들도 마찬가지였다.

티타는 아무것도 눈치채지 못했다. 단지 자기가 너무나도 격렬한 절정에 올라 두 눈을 감고 있는데도 모든 게 밝게 빛나고, 자기 앞에 환한 터널이 나타났다는 것만 느낄 수 있었다.

그 순간 티타는 언젠가 존이 자신에게 했던 말이 떠올랐다.

"아주 강렬한 흥분을 느껴서 우리 몸 안에 있던 성냥들이 모두 한꺼번에 타오르면, 강렬한 광채가 일면서 평소 우리가 볼 수 있었던 것, 그 이상이 보이게 될 겁니다. 우리가 태어나면서 잊어버렸던 길과 연결된 찬란한 터널이 우리 눈앞에 펼쳐질 거고요. 그곳은 우리가 잃어버린 신성한 근본을 다시 찾으라고 손짓할 겁니다. 영혼은 축 늘어진 육체를 남겨 둔 채 왔던 곳으로 다시 돌아가고 싶어 할 테고요……."

티타는 흥분을 간신히 억눌렀다.

티타는 죽고 싶지 않았다. 이렇게 감정이 폭발하는 순간을 몇 번이고 더 만끽하고 싶었다. 이건 시작에 불과했다.

티타는 거친 호흡을 가라앉히기 위해 안간힘을 썼다. 그때 마지막으로 후다닥 떠나는 비둘기의 날갯짓 소리가 들려왔다. 이 소리 외에는 오직 두 사람의 심장 박동 소리만이 들릴 뿐이었다. 심장 고동 소리는 아주 격렬했다. 페드로의 심장이 그녀의 가슴에 부딪히는 소리까지 느낄 수 있었다. 그런데 갑자기 심장 고동이 멈추었다. 끔찍한 침묵이 방 전체에 퍼졌다. 페드로가 죽었다는 걸 티타가 알게 될 때까지는 그리 오랜 시간이 걸리지 않았다.

페드로와 함께, 그녀의 마음속 불길이 다시 타오를 가능성도 죽어 버렸다. 페드로와 함께 성냥들도 모두 떠나 버렸다. 티타는 지금 그녀가 느끼는 열기도 그걸 지탱할 연료가 없으면 차츰 식을 거라는 걸 알았다.

틀림없이 페드로는 환한 터널이 펼쳐진 그 황홀한 순간에 죽었을 것이다. 티타는 자기도 그렇게 하지 않은 게 못내 후회되었다. 이제는 아무것도 느낄 수 없을 테니 그 빛을 다시 보기란 불가능할 것이다. 티타는 이제 혼자가 되어, 처절할 정도로 혼자가 되어 영원토록 안개 속을 헤매며 정처 없이 떠돌아다녀야 할 것이다. 자신의 근원으로, 페드로 곁으로 돌아갈 수 있는 길을 밝혀 줄 불을 인위적이나마 켤 수 있는 방법을 찾아내야만 했다. 하지만 우선은 온몸이 얼어붙을 것 같은 이 끔찍한 추위부터 잠재워야 했다. 고독과 불면증에 시달리던 긴긴밤에 떴던 커다란 담요를 찾아 뒤집어쓰기 위해 티타는 벌떡 일어나 달려갔다. 그 담요는 3만 제곱미터나 되는 농장 전체를 뒤덮고도 남았다. 티타는 책상 서랍에서 존이 선물했던 성냥갑을 꺼냈다. 몸 안에 많은 성냥이 필요했던 것이다.

그래서 티타는 성냥갑 안에 들어 있던 성냥들을 하나씩 집어 삼켰다. 티타는 성냥을 한 개비씩 씹을 때마다 두 눈을 꼭 감은 채 페드로와 함께했던 가장 격렬한 순간을 떠올려 보려고 했다. 페드로에게서 처음으로 뜨거운 눈길을 받았을 때, 처음으로 손길이 스쳤을 때, 처음으로 장미 꽃다발을 선물받았을 때, 첫 키스를 나누었을 때, 처음으로 애무했을 때, 처음으로 뜨거운 관계를 가졌을 때를 떠올렸다. 티타는 결국 원하던 바를 이루었다. 그녀가 씹고 있던 인과 격렬했던 추억이 부딪히자 드디어 성냥에 불이 붙었던 것이다. 조금씩 조금씩 시야가 밝아 오면서 터널이 다시 그녀 앞으로 모습을 드러냈다. 터널 입구에서는 페드로가 환한 광채에 휩싸인 채 그녀를 기다리고 있었다. 티타는 주저하지 않았다. 페드로에게 달려가 긴 포옹을 나누고 한참 동안 하나가 되었다. 그들은 다시 절정에 오른 사랑을 느끼며 잃어버린 에덴을 향해 함께 떠났다. 이제 다시는 헤어지지 않을 것이다.

그 순간 불길에 휩싸인 페드로와 티타의 몸에서 환한 불꽃이 치솟았다. 그리고 그 불꽃이 담요에 옮겨 붙으면서 농장 전체가 불길에 휩싸였다. 동물들은 화재를 피해 제때 피신했던 것이다! 어두운 방은 격렬한 분화구와도 같았다. 돌덩이와 재가 사방으로 튕겨 나갔다. 하늘 높이 치솟은 돌덩이는 색색가지 황홀한 불꽃을 내며 폭발했다. 근처에 살던 주민들은 몇 킬로미터 떨어진 곳에서 그 장관을 바라보며 알렉스와 에스페란사의 결혼식이 끝난 후에 불꽃놀이를 하는 거라고 생각했다. 하지만 이 불꽃놀이가 일주일이나 지속되자 사람들은 호기심에 농장 근처까지 다가갔다.

몇 미터나 되는 재가 농장 전체를 뒤덮었다. 나의 엄마인 에스페란사는 신혼여행에서 돌아왔을 때 농장의 잔해 속에서 이 요리 책 하나만 간신히 찾아낼 수 있었다. 엄마가 돌아가시면서 내가 물려받은 이 요리 책의 요리법 하나하나에는 사랑이 깃들어 있다.

사람들 얘기로는 그 잿더미 아래에서 갖가지 인생이 꽃을 피웠기 때문에 그 토양이 일대에서 가장 비옥해진 거라고 했다.

내가 어렸을 때는 그곳에서 나는 맛난 과일과 야채를 마음껏 먹는 행운을 누릴 수 있었다. 세월이 흐른 후 엄마는 그곳에 작은 아파트를 지었고, 나의 아빠인 알렉스는 아직도 그곳에 살고 계신다. 오늘은 내 생일을 축하하기 위해 아빠가 우리 집에 오실 것이다. 그래서 지금 나는 내가 가장 좋아하는 크리스마스파이를 준비하고 있다. 엄마는 매년 크리스마스파이를 만들어 주시곤 했었다. 엄마……! 엄마가 만든 음식 냄새와 맛이 너무나도 그립다! 음식을 만들면서 엄마와 나눴던 대화, 엄마가 만들어 주시던 크리스마스파이가 너무 그립다! 내가 만든 크리스마스파이는 왜 절대 엄마 것처럼 나오지 않는지 정말 모르겠다. 그리고 크리스마스파이를 만들 때 왜 그렇게 눈물이 나오는지도 정말 모르겠다. 어쩌면 내가 티타 이모할머니처럼 양파에 민감해서 그런지도 모른다. 티타 이모할머니는 누군가 그녀의 요리법으로 요리를 하는 동안은 영원히 살아 있을 것이다.

작품 해설

영혼에 주문을 거는 요리와 사랑

『달콤 쌉싸름한 초콜릿』은 라우라 에스키벨의 첫 장편 소설로 33개 언어로 번역되고, 전 세계적으로 450만 부 이상 판매된 베스트셀러다. 라우라 에스키벨은 첫 소설을 발표하기 전 시나리오 작가 및 아동 작가로 활동했고, 이 소설 역시 「구름 속의 산책」을 감독한 전남편 알폰소 아라우 감독이 영화화하면서 더욱 유명해졌다. 원제목인 'Como agua para chocolate'는 초콜릿이 부글부글 끓어오르는 상태를 가리키는 말로 더 이상 참을 수 없는 심리 상태나 상황을 의미한다. 하지만 이 작품이 국내에서는 소설보다 영화로 먼저 소개되었고, 그때 「달콤 쌉싸름한 초콜릿」이라는 매혹적인 제목으로 사람들의 뇌리에 깊이 각인되었기 때문에 이 책의 제목도 영화 제목을 따르기로 했다.

『달콤 쌉싸름한 초콜릿』은 연금술사의 주문처럼 "양파는 아주 곱게 다진다."라는 문구로 부엌과 문학이라는 신비한 세계의 문을 활짝 열어준다. 이 소설은 성(性)과 음식이라는 오묘한 관계를 통해 티타와 페드로의 사랑을 그린 이야기다. 작가는 음식이 지닌 풍부한 감각을 통해 독자의 은밀한 감성과 욕망을 건드려 에로틱한 상상력을 부추긴다. 오감을 열어 풍만한 감각의 세계인 음식을 즐길 때 우리 인간은 삶을 윤택하게 하는 에로틱한 정경을 만날 수 있는 것이다. 막내딸은 독신으로 남아 어머니가 죽을 때까지 돌봐야 한다는 가족 전통을 고집하는 마마 엘레나 때문에 티타와 페드로는 사랑을 이루지 못한 채 서로 안타깝게 지켜볼 뿐이다. 하지만 그들의 사랑은 멕시코 전통 요리의 향긋한 냄새와 맛을 통해 간접적으로 표현되면서 시간과 공간을 초월해 죽음 너머까지 이어진다.

작가는 장미 꽃잎을 곁들인 메추리 요리나 호두 소스를 끼얹은 칠레고추 요리를 통해 끓어오르는 듯한 강렬한 사랑을 맛깔스럽게 표현한다. 이 소설은 독자의 상상력을 자극하는 최음제와 같은 역할을 하면서 신비한 세계와 현실 세계를 다양한 언어로 묘사한다. 이 소설에서 요리법은 페미니즘 담론의 또 다른 표현이다. 다른 나라와 마찬가지로 라틴아메리카의 페미니즘 문학도 남성과 여성이라는 이분법적 대립을 전제한 상태에서, 억압적인 가부장제하에서 수난을 겪는 여성의 상황을 증언하고 여성 자신의 위치를 재평가하여 정체성을 회복한다는 목표를 설정한다. 하지만 전통적인 페미니즘 문학에서 부엌이라는 공간은 창조적이고 능동적인 남성들의 외부 세계와 분리된 폐쇄적인 공간으로 묘사되었고, 그 안에서 이루어지는 가사 활동은 소모적인 것으로, 그리고 그곳에서 일하는 여성들은 수동적인 존재로 묘사되었다. 이렇듯 부엌은 오랜 세월 사회적으로 소외된 여성이라는 주체가 존재하는 상징적인 장소였고, 요리는 여성에게 주어진 의무에 불과했다. 그러나 『달콤 쌉싸름한 초콜릿』에서는 남성 중심 문학에서는 거의 찾아볼 수 없었던, 후각과 미각을 자극하는 단어들과 상세한 묘사로 이른바 '요리 문학(literatura culinaria)'이라는, 페미니즘 문학이 애호하는 하나의 원형을 만들어 냈고 지금까지 거의 사용되지 않던 부엌과 요리라는 테마를 문학적 담론에 도입하는 계기가 되었다. 그와 아울러 라틴아메리카 문학에서 금기시되어 오던 성적 담론, 특히 여성의 시각에서 바라본 성적 표현을 도입하고 있다는 점에도 의의를 부여할 수 있다.

『달콤 쌉싸름한 초콜릿』에서 부엌은 이중적인 의미를 지닌 공간이다. 여성의 시각에서 보면 신비로우면서도 남성들에게는 금지된 왕국으로 보르헤스의 우주적인 도서관처럼 다양한 공간들로 이루어진 열린 세계지만, 남성의 시각으로 보게 되면 복종으로 일관된 폐쇄적 공간일 수도 있다. 가부장적인 역할을 맡은 어머니 마마 엘레나는 남몰래 혼자 간직해야 하는 엄청난 과거 때문에 애써 사랑이란 감정을 외면하고, 티타를 낳은 후 젖이 마르면서 그녀의 인생도 함께 메말라 간다. 어머니의 사랑으로부터 외면당한 티타는 부엌에 갇혀 사는 것처럼 보이지만 사실 티타는 자기만의 은밀하고 신비스러운 세계를 만들어 내고 그 안에서 자기만의 자유를 만끽하며 살아간다.

하지만 집에만 갇혀 지내는 언니들은 태어나면서부터 새장 안에 갇혀 자란 새가 새장 문이 열려도 두려움에 떨며 날지 못하는 것처럼 열린 세계로 나가는 것을 두려워한다. 불륜으로 태어난 헤르트루디스만이 티타가 해 준 음식을 먹고 억누를 수 없는 감정의 폭발을 느껴서 집을 떠나 자신의 인생을 개척하고 혁명군 장군으로 승승장구하게 된다. 장미 꽃잎을 곁들인 메추리 요리는 애절한 욕망에 불타는 티타와 페드로의 몸을 거쳐 헤르트루디스에게서 폭발한다. 그들이 먹은 음식은 티타의 욕망의 대상인 페드로가 티타에게 선물한 장미로 만든 것이고, 요리법은 저세상에 있는 나차가 알려 준 것이다. 그리고 메추리는 마마 엘레나에게 머리와 영혼이 꺾인 또 다른 티타로, 티타는 그 요리법을 통해 자신의 고통을 사라지게 할 요리를 만들어서 자신의 욕망을 분출한다. 티타는 이 요리를 통해 자신의 기나긴 고통, 영혼까지 꺾인 서글픔, 어렸을 때부터 목구멍에 걸려 있던 미지근한 계란으로부터 자유로워지고 싶었던 것이다. 단호하게 메추리의 목을 비틀어 죽여야 하는 이 요리법은 끔찍한 희생을 치른 후 쟁반이라는 제단 위에 올려지는 사랑의 공물이다. 하지만 결혼하도록 운명 지어진 또 다른 자매는 첫날밤 신부의 은밀한 부분만 살짝 비치는 이불을 덮은 채 자유를 저당 잡히고 행복을 포기해야 한다.

티타는 음식을 통해서 평등을 위해 싸우고, 행복을 지키기 위해 싸우고, 전통을 깨기 위해 싸우고, 자신의 존재 가치를 위해 싸우고, 목소리를 갖기 위해 싸운다. 또 헤르트루디스는 멕시코 혁명이라는 남성 중심적 요소에서 억압되어 있던 여성을 해방시켜 사회 변화 과정에서 능동적인 여성으로 변화되었다. 작가는 헤르트루디스를 통해 혁명이라는 무장 투쟁은 물론, 계층 간의 싸움, 인종 간의 싸움도 극복하게 만들었다.

『달콤 쌉싸름한 초콜릿』에서는 부엌이라는 우주 공간 이외에 시간 또한 중요한 역할을 한다. 티타는 현재를 참고 버티기 위해 과거로 도피한다. 과거의 경험들은 그렇게 현재의 순간에 맞설 수 있는 커다란 버팀목이 되어 주는 것이다. 티타는 페드로와 언니의 결혼식 날 자기를 보며 수군거리는 사람들에 맞서서, 어렸을 때 동네 사내아이들과 빨리 헤엄치기 내기를 해서 1등 했던 기억과 폭죽에 놀란 말을 진정시켰을 때의 기억을 떠올리며 당당한 미소를 머금는다. 이렇듯 티타는 자유롭고 당당한 미래를 위해 부엌에 있는 음식 재료들과 시간에 주문을 걸어 향수와 추억, 잃어버린 것들이 가진 엄청난 힘을 발산시킨다. 또한 티타는 이승뿐 아니라, 저승의 죽은 자들에게서도 사랑의 비법과 음식 비법, 민간요법을 전수받는다. 이승과 저승의 사람들이 공존하는 세계에서 티타는 추억이 지배하는 현재에 살고 있는 반면, 존의 할머니와 나차는 미래를 지배하는 과거에 살고 있다. 그리고 이러한 공간들은 '새벽빛'의 성냥 이론과 나차가 켜놓은 촛불과 함께 티타의 몸에서 현실로 실현되어, 페드로의 몸과 티타의 추억을 통해 무한대의 터널로서 활짝 열리게 된다.

『달콤 쌉싸름한 초콜릿』은 성과 음식이라는, 당시로서는 참신한 주제로 새로운 페미니즘 문학을 구축했다. 너무 가볍다는 평과 지나치게 여성적이라는 평도 없진 않지만 이 작품은 논의의 대상에서 제외될 수도 있는 대중 소설을 문학의 영역으로 끌어올렸고, 소외된 자들의 목소리를 전달할 수 있는 방법을 창출해 냈다. 여성의 구체적인 삶과 경험을 바탕으로 계급과 인종의 범주를 가미해 페미니즘 논의를 한층 더 풍부하고 다양하게 만들었다고도 할 수 있다. 라우라 에스키벨은 음식과 사랑에는 명확한 경계가 없다고 말했다. 작가는 우리가 거품을 걷어 내며 정성껏 스튜를 끓이는 동안은 연금술사나 마법사처럼 잃어 가고 있는 사랑을 회복할 수 있다고 말한다. 『달콤 쌉싸름한 초콜릿』은 공허한 단어가 아닌, 가슴에 진한 감동을 전해 주는 뜨거운 불꽃 같은 작품이다.

2004년 가을

권미선

작가 연보

1950년 9월 30일 멕시코시티에서 태어났다.

유치원 교사, 아동극 배우, 아동 작가 및 시나리오 작가로 활동했다.

영화배우이자 감독인 알폰소 아라우와 결혼했다.

1985년 영화 치도 구안, 엘 타코스 데 오로(Chido Guán, el Tacos de Oro)의 각본으로 멕시코 영상 예술 아카데미가 수여하는 각본상인 아리엘 상(premio Ariel) 후보에 올랐다.

1989년 원래는 영화 시나리오로 구상하였으나 영화로 제작되기 어려울 거라는 주변 사람들의 설득으로 『달콤 쌉싸름한 초콜릿』을 장편 소설로 발표한다. 소설로서는 작가의 데뷔작이었던 이 작품은 멕시코뿐 아니라 라틴아

메리카 전 지역에서 베스트셀러에 올랐고, 미국에서도 200만 부 이상이 판매되었다.

1992년 소설의 인기에 힘입어, 작가 자신이 직접 각색한 시나리오와 남편인 알폰소 아라우 감독의 연출로 영화 「달콤 쌉싸름한 초콜릿」이 제작되었다. 영화는 멕시코에서 흥행에 성공하고, 멕시코 영상 예술 아카데미 시상식에서 열한 개 부문 상을 휩쓸었다. 이어서 미국에서 개봉하여 외국 영화에 배타적인 미국 시장에서도 흥행에 성공하는 한편, 전미 비평가 협회에서 수여하는 '최우수 외국어 영화 상'을 수상했다.

1994년 『달콤 쌉싸름한 초콜릿』으로 미국 출판인 협회에서 수여하는 '에비 상(ABBY, American Booksellers Book of the Year)'을 수상했다.

1997년 장편 소설 『사랑의 법칙(La ley del amor)』을 발표했다.

1998년 단편집 『은밀한 만찬, 부엌의 철학(Intimas suculencias, tratado filosofico de cocina)』을 발표했다.

1999년 아동소설 『불가사리(Estrellita marinera)』를 발표했다.

2000년 에세이집 『마음이 없는 이성의 소리(El libro de las emociones: son de la razón sin corazón)』를 발표했다.

현재는 알폰소 아라우와 십이 년간의 결혼 생활을 끝내고 하비에르 발데스와 재혼하여 멕시코시티와 뉴욕을 오가며 살고 있다. 『사랑의 법칙』의 시나리오를 준비 중이며, 로버트 레드포드가 제작, 알폰소 아라우가 감독을 맡을 예정인 가브리엘 가르시아 마르케스의 『백년의 고독』의 영화화를 위한 시나리오도 구상 중이다.

2001년 장편 소설 『휘몰아친 사랑(Tan veloz como el deseo)』을 발표했다.

2004년 장편 소설 『휘몰아친 사랑』으로 Giussepe Acerbi 상을 수상했다.

2006년 장편 소설 『말린체(Malinche)』를 발표했다. 멕시코의 아즈텍 문명을 파괴한 스페인 정복자 에르난 코르테스와 그의 통역사인 말린체의 비극적 사랑을 그린 소설이다. 2008년에는 이 작품이 스페인어권 최고의 오디오북을 수상했다.

2008년-2011년 코요아칸 연방구의 문화총괄이사 직책을 수행했다.

2014년 장편 소설 『루피타는 다림질을 좋아했다(A Lupita le gustaba planchar)』를 발표했다. 작가의 첫 추리소설로 작가 특유의 블랙 유머와 날카로운 통찰력으로 위기에 처한 현대 사회를 풍자한 소설이다.

2015년 멕시코의 좌파정당인 '국가재건운동당' 소속의 연방의원 직책을 수행하고 있다.

2016년 장편 소설 『티타의 일기장(El diario de Tita)』을 발표했다. 『달콤 쌉싸름한 초콜릿』의 후속작으로 데 라 가르사 집안의 비밀과 은밀한 이야기가 담긴 소설이다.

2017년 장편 소설 『나의 어두운 과거(Mi negro pasado)』를 발표했다. 『달콤 쌉싸름한 초콜릿』으로 시작된 삼부작의 마지막 작품으로 주인공 마리아가 할머니로부터 받은

『티타의 일기장』을 통해 현대 여성들이 겪는 박탈감과 상실감, 공허한 소비주의를 극복하는 과정을 그린 소설이다.

세계문학전집 108

달콤 쌉싸름한 초콜릿

1판 1쇄 펴냄 2004년 10월 20일
1판 54쇄 펴냄 2024년 10월 28일

지은이 라우라 에스키벨
옮긴이 권미선
발행인 박근섭, 박상준
펴낸곳 (주)민음사

출판등록 1966. 5. 19. (제 16-490호)
서울특별시 강남구 도산대로1길 62(신사동) 강남출판문화센터 5층 (우편번호 06027)
대표전화 02-515-2000 팩시밀리 02-515-2007
www.minumsa.com

ISBN 978-89-374-6108-8 04800
ISBN 978-89-374-6000-5 (세트)

세계문학전집 목록

1·2 **변신 이야기 오비디우스·이윤기 옮김** 서울대 권장도서 100선
3 **햄릿 셰익스피어·최종철 옮김** 서울대 권장도서 100선 | 미국대학위원회 선정 SAT 추천도서
4 **변신·시골의사 카프카·전영애 옮김** 서울대 권장도서 100선
5 **동물농장 오웰·도정일 옮김** 미국대학위원회 선정 SAT 추천도서 | 《타임》 선정 현대 100대 영문소설
6 **허클베리 핀의 모험 트웨인·김욱동 옮김** 《뉴스위크》 선정 100대 명저
7 **암흑의 핵심 콘래드·이상옥 옮김** 미국대학위원회 선정 SAT 추천도서 | 《뉴스위크》 선정 10대 명저
8 **토니오 크뢰거·트리스탄·베네치아에서의 죽음 토마스 만·안삼환 외 옮김** 노벨 문학상 수상 작가
9 **문학이란 무엇인가 사르트르·정명환 옮김**
10 **한국단편문학선 1 김동인 외·이남호 엮음** 국립중앙도서관 선정 청소년 권장도서
11·12 **인간의 굴레에서 서머싯 몸·송무 옮김**
13 **이반 데니소비치, 수용소의 하루 솔제니친·이영의 옮김** 노벨 문학상 수상 작가
14 **너새니얼 호손 단편선 호손·천승걸 옮김**
15 **나의 미카엘 오즈·최창모 옮김**
16·17 **중국신화전설 위앤커·전인초, 김선자 옮김**
18 **고리오 영감 발자크·박영근 옮김**
19 **파리대왕 골딩·유종호 옮김** 노벨 문학상 수상 작가 | 《타임》 선정 현대 100대 영문소설
20 **한국단편문학선 2 김동리 외·이남호 엮음**
21·22 **파우스트 괴테·정서웅 옮김** 서울대 권장도서 100선 | 미국대학위원회 선정 SAT 추천도서
23·24 **빌헬름 마이스터의 수업시대 괴테·안삼환 옮김**
25 **젊은 베르테르의 슬픔 괴테·박찬기 옮김** 논술 및 수능에 출제된 책(1998~2005)
26 **이피게니에·스텔라 괴테·박찬기 외 옮김**
27 **다섯째 아이 레싱·정덕애 옮김** 노벨 문학상 수상 작가
28 **삶의 한가운데 린저·박찬일 옮김**
29 **농담 쿤데라·방미경 옮김**
30 **야성의 부름 런던·권택영 옮김**
31 **아메리칸 제임스·최경도 옮김**
32·33 **양철북 그라스·장희창 옮김** 노벨 문학상 수상 작가 | 서울대 권장도서 100선
34·35 **백년의 고독 마르케스·조구호 옮김** 노벨 문학상 수상 작가 | 서울대 권장도서 100선
36 **마담 보바리 플로베르·김화영 옮김** 서울대 권장도서 100선
37 **거미여인의 키스 푸익·송병선 옮김**
38 **달과 6펜스 서머싯 몸·송무 옮김**
39 **폴란드의 풍차 지오노·박인철 옮김**
40·41 **독일어 시간 렌츠·정서웅 옮김**
42 **말테의 수기 릴케·문현미 옮김**
43 **고도를 기다리며 베케트·오증자 옮김** 노벨 문학상 수상 작가 | 서울대 권장도서 100선
44 **데미안 헤세·전영애 옮김** 노벨 문학상 수상 작가
45 **젊은 예술가의 초상 조이스·이상옥 옮김** 서울대 권장도서 100선
46 **카탈로니아 찬가 오웰·정영목 옮김**
47 **호밀밭의 파수꾼 샐린저·정영목 옮김** 《타임》 선정 현대 100대 영문소설 | 미국대학위원회 선정 SAT 추천도서 | 《뉴스위크》 선정 100대 명저 | BBC 선정 꼭 읽어야 할 책
48·49 **파르마의 수도원 스탕달·원윤수, 임미경 옮김**
50 **수레바퀴 아래서 헤세·김이섭 옮김** 노벨 문학상 수상 작가 | 국립중앙도서관 선정 청소년 권장도서

51·52 **내 이름은 빨강** 파묵 · 이난아 옮김 노벨 문학상 수상 작가
53 **오셀로** 셰익스피어 · 최종철 옮김 서울대 권장도서 100선
54 **조서** 르 클레지오 · 김윤진 옮김 노벨 문학상 수상 작가
55 **모래의 여자** 아베 코보 · 김난주 옮김
56·57 **부덴브로크 가의 사람들** 토마스 만 · 홍성광 옮김 노벨 문학상 수상 작가
58 **싯다르타** 헤세 · 박병덕 옮김 노벨 문학상 수상 작가
59·60 **아들과 연인** 로렌스 · 정상준 옮김 《뉴스위크》 선정 100대 명저
61 **설국** 가와바타 야스나리 · 유숙자 옮김 노벨 문학상 수상 작가 | 서울대 권장도서 100선
62 **벨킨 이야기 · 스페이드 여왕** 푸슈킨 · 최선 옮김
63·64 **넙치** 그라스 · 김재혁 옮김 노벨 문학상 수상 작가
65 **소망 없는 불행** 한트케 · 윤용호 옮김 노벨 문학상 수상 작가
66 **나르치스와 골드문트** 헤세 · 임홍배 옮김 노벨 문학상 수상 작가
67 **황야의 이리** 헤세 · 김누리 옮김 노벨 문학상 수상 작가
68 **페테르부르크 이야기** 고골 · 조주관 옮김
69 **밤으로의 긴 여로** 오닐 · 민승남 옮김 노벨 문학상 수상 작가 | 미국대학위원회 선정 SAT 추천도서
70 **체호프 단편선** 체호프 · 박현섭 옮김
71 **버스 정류장** 가오싱젠 · 오수경 옮김 노벨 문학상 수상 작가
72 **구운몽** 김만중 · 송성욱 옮김 서울대 권장도서 100선 | 국립중앙도서관 선정 청소년 권장도서
73 **대머리 여가수** 이오네스코 · 오세곤 옮김
74 **이솝 우화집** 이솝 · 유종호 옮김 논술 및 수능에 출제된 책(1998~2005)
75 **위대한 개츠비** 피츠제럴드 · 김욱동 옮김 《타임》 선정 현대 100대 영문소설
76 **푸른 꽃** 노발리스 · 김재혁 옮김
77 **1984** 오웰 · 정회성 옮김 《타임》 선정 현대 100대 영문소설 | 《뉴스위크》 선정 100대 명저
78·79 **영혼의 집** 아옌데 · 권미선 옮김
80 **첫사랑** 투르게네프 · 이항재 옮김
81 **내가 죽어 누워 있을 때** 포크너 · 김명주 옮김 노벨 문학상 수상 작가
82 **런던 스케치** 레싱 · 서숙 옮김 노벨 문학상 수상 작가
83 **팡세** 파스칼 · 이환 옮김
84 **질투** 로브그리예 · 박이문, 박희원 옮김
85·86 **채털리 부인의 연인** 로렌스 · 이인규 옮김
87 **그 후** 나쓰메 소세키 · 윤상인 옮김
88 **오만과 편견** 오스틴 · 윤지관, 전승희 옮김 미국대학위원회 선정 SAT 추천도서
89·90 **부활** 톨스토이 · 연진희 옮김 논술 및 수능에 출제된 책(1998~2005)
91 **방드르디, 태평양의 끝** 투르니에 · 김화영 옮김
92 **미겔 스트리트** 나이폴 · 이상옥 옮김 노벨 문학상 수상 작가
93 **페드로 파라모** 룰포 · 정창 옮김
94 **차라투스트라는 이렇게 말했다** 니체 · 장희창 옮김 국립중앙도서관 선정 청소년 권장도서
95·96 **적과 흑** 스탕달 · 이동렬 옮김 국립중앙도서관 선정 청소년 권장도서
97·98 **콜레라 시대의 사랑** 마르케스 · 송병선 옮김 노벨 문학상 수상 작가 | BBC 선정 꼭 읽어야 할 책
99 **맥베스** 셰익스피어 · 최종철 옮김 서울대 권장도서 100선 | 미국대학위원회 선정 SAT 추천도서
100 **춘향전** 작자 미상 · 송성욱 풀어 옮김 서울대 권장도서 100선
101 **페르디두르케** 곰브로비치 · 윤진 옮김
102 **포르노그라피아** 곰브로비치 · 임미경 옮김
103 **인간 실격** 다자이 오사무 · 김춘미 옮김
104 **네루다의 우편배달부** 스카르메타 · 우석균 옮김

105·106 **이탈리아 기행** 괴테 · 박찬기 외 옮김

107 **나무 위의 남작** 칼비노 · 이현경 옮김

108 **달콤 쌉싸름한 초콜릿** 에스키벨 · 권미선 옮김

109·110 **제인 에어** C. 브론테 · 유종호 옮김 BBC 선정 꼭 읽어야 할 책

111 **크눌프** 헤세 · 이노은 옮김 노벨 문학상 수상 작가

112 **시계태엽 오렌지** 버지스 · 박시영 옮김 《타임》 선정 현대 100대 영문소설 | 《뉴스위크》 선정 100대 명저

113·114 **파리의 노트르담** 위고 · 정기수 옮김 미국대학위원회 선정 SAT 추천도서

115 **새로운 인생** 단테 · 박우수 옮김

116·117 **로드 짐** 콘래드 · 이상옥 옮김 《뉴스위크》 선정 100대 명저

118 **폭풍의 언덕** E. 브론테 · 김종길 옮김 미국대학위원회 선정 SAT 추천도서

119 **텔크테에서의 만남** 그라스 · 안삼환 옮김 노벨 문학상 수상 작가

120 **검찰관** 고골 · 조주관 옮김

121 **안개** 우나무노 · 조민현 옮김

122 **나사의 회전** 제임스 · 최경도 옮김 미국대학위원회 선정 SAT 추천도서

123 **피츠제럴드 단편선 1** 피츠제럴드 · 김욱동 옮김

124 **목화밭의 고독 속에서** 콜테스 · 임수현 옮김

125 **돼지꿈** 황석영

126 **라셀라스** 존슨 · 이인규 옮김

127 **리어 왕** 셰익스피어 · 최종철 옮김 서울대 권장도서 100선 | 《뉴스위크》 선정 100대 명저

128·129 **쿠오 바디스** 시엔키에비츠 · 최성은 옮김 노벨 문학상 수상 작가

130 **자기만의 방 · 3기니** 울프 · 이미애 옮김

131 **시르트의 바닷가** 그라크 · 송진석 옮김

132 **이성과 감성** 오스틴 · 윤지관 옮김

133 **바덴바덴에서의 여름** 치프킨 · 이장욱 옮김

134 **새로운 인생** 파묵 · 이난아 옮김 노벨 문학상 수상 작가

135·136 **무지개** 로렌스 · 김정매 옮김

137 **인생의 베일** 서머싯 몸 · 황소연 옮김

138 **보이지 않는 도시들** 칼비노 · 이현경 옮김

139·140·141 **연초 도매상** 바스 · 이운경 옮김 《타임》 선정 현대 100대 영문소설

142·143 **플로스 강의 물방앗간** 엘리엇 · 한애경, 이봉지 옮김 미국대학위원회 선정 SAT 추천도서

144 **연인** 뒤라스 · 김인환 옮김

145·146 **이름 없는 주드** 하디 · 정종화 옮김

147 **제49호 품목의 경매** 핀천 · 김성곤 옮김 《타임》 선정 현대 100대 영문소설

148 **성역** 포크너 · 이진준 옮김 노벨 문학상 수상 작가 | 퓰리처상 수상 작가

149 **무진기행** 김승옥

150·151·152 **신곡(지옥편 · 연옥편 · 천국편)** 단테 · 박상진 옮김 《뉴스위크》 선정 100대 명저

153 **구덩이** 플라토노프 · 정보라 옮김

154·155·156 **카라마조프가의 형제들** 도스토옙스키 · 김연경 옮김

157 **지상의 양식** 지드 · 김화영 옮김 노벨 문학상 수상 작가

158 **밤의 군대들** 메일러 · 권택영 옮김 퓰리처상 수상 작가

159 **주홍 글자** 호손 · 김욱동 옮김 서울대 권장도서 100선 | 미국대학위원회 선정 SAT 추천도서

160 **깊은 강** 엔도 슈사쿠 · 유숙자 옮김

161 **욕망이라는 이름의 전차** 윌리엄스 · 김소임 옮김

162 **마사 퀘스트** 레싱 · 나영균 옮김 노벨 문학상 수상 작가

163·164 **운명의 딸** 아옌데 · 권미선 옮김

165 모렐의 발명 비오이 카사레스·송병선 옮김
166 삼국유사 일연·김원중 옮김 서울대 권장도서 100선
167 풀잎은 노래한다 레싱·이태동 옮김 노벨 문학상 수상 작가
168 파리의 우울 보들레르·윤영애 옮김
169 포스트맨은 벨을 두 번 울린다 케인·이만식 옮김
170 썩은 잎 마르케스·송병선 옮김 노벨 문학상 수상 작가
171 모든 것이 산산이 부서지다 아체베·조규형 옮김 《타임》 선정 현대 100대 영문소설
172 한여름 밤의 꿈 셰익스피어·최종철 옮김 미국대학위원회 선정 SAT 추천도서
173 로미오와 줄리엣 셰익스피어·최종철 옮김 미국대학위원회 선정 SAT 추천도서
174·175 분노의 포도 스타인벡·김승욱 옮김 노벨 문학상 수상 작가 | 《타임》 선정 현대 100대 영문소설
176·177 괴테와의 대화 에커만·장희창 옮김
178 그물을 헤치고 머독·유종호 옮김 《타임》 선정 현대 100대 영문소설
179 브람스를 좋아하세요... 사강·김남주 옮김
180 카타리나 블룸의 잃어버린 명예 하인리히 뵐·김연수 옮김 노벨 문학상 수상 작가
181·182 에덴의 동쪽 스타인벡·정회성 옮김 노벨 문학상 수상 작가
183 순수의 시대 워튼·송은주 옮김 《뉴스위크》 선정 100대 명저 | 퓰리처상 수상작
184 도둑 일기 주네·박형섭 옮김
185 나자 브르통·오생근 옮김
186·187 캐치-22 헬러·안정효 옮김 《타임》 선정 현대 100대 영문소설
188 숄로호프 단편선 숄로호프·이항재 옮김 노벨 문학상 수상 작가
189 말 사르트르·정명환 옮김
190·191 보이지 않는 인간 엘리슨·조영환 옮김 《타임》 선정 현대 100대 영문소설
192 왑샷 가문 연대기 치버·김승욱 옮김 퓰리처상 수상 작가
193 왑샷 가문 몰락기 치버·김승욱 옮김 퓰리처상 수상 작가
194 필립과 다른 사람들 노터봄·지명숙 옮김
195·196 하드리아누스 황제의 회상록 유르스나르·곽광수 옮김
197·198 소피의 선택 스타이런·한정아 옮김 퓰리처상 수상 작가
199 피츠제럴드 단편선 2 피츠제럴드·한은경 옮김
200 홍길동전 허균·김탁환 옮김
201 요술 부지깽이 쿠버·양윤희 옮김
202 북호텔 다비·원윤수 옮김
203 톰 소여의 모험 트웨인·김욱동 옮김
204 금오신화 김시습·이지하 옮김
205·206 테스 하디·정종화 옮김 미국대학위원회 선정 SAT 추천도서 | BBC 선정 꼭 읽어야 할 책
207 브루스터플레이스의 여자들 네일러·이소영 옮김
208 더 이상 평안은 없다 아체베·이소영 옮김
209 그레인지 코플랜드의 세 번째 인생 워커·김시현 옮김 퓰리처상 수상 작가
210 어느 시골 신부의 일기 베르나노스·정영란 옮김
211 타라스 불바 고골·조주관 옮김
212·213 위대한 유산 디킨스·이인규 옮김 서울대 권장도서 100선 | BBC 선정 꼭 읽어야 할 책
214 면도날 서머싯 몸·안진환 옮김
215·216 성채 크로닌·이은정 옮김
217 오이디푸스 왕 소포클레스·강대진 옮김 서울대 권장도서 100선
218 세일즈맨의 죽음 밀러·강유나 옮김
219·220·221 안나 카레니나 톨스토이·연진희 옮김 서울대 권장도서 100선

222 오스카 와일드 작품선 와일드 · 정영목 옮김
223 벨아미 모파상 · 송덕호 옮김
224 파스쿠알 두아르테 가족 호세 셀라 · 정동섭 옮김 노벨 문학상 수상 작가
225 시칠리아에서의 대화 비토리니 · 김운찬 옮김
226·227 길 위에서 케루악 · 이만식 옮김 《타임》 선정 현대 100대 영문소설 | 《뉴스위크》 선정 100대 명저
228 우리 시대의 영웅 레르몬토프 · 오정미 옮김
229 아우라 푸엔테스 · 송상기 옮김
230 클링조어의 마지막 여름 헤세 · 황승환 옮김 노벨 문학상 수상 작가
231 리스본의 겨울 무뇨스 몰리나 · 나송주 옮김
232 뻐꾸기 둥지 위로 날아간 새 키지 · 정회성 옮김 《타임》 선정 현대 100대 영문소설
233 페널티킥 앞에 선 골키퍼의 불안 한트케 · 윤용호 옮김 노벨 문학상 수상 작가
234 참을 수 없는 존재의 가벼움 쿤데라 · 이재룡 옮김
235·236 바다여, 바다여 머독 · 최옥영 옮김
237 한 줌의 먼지 에벌린 워 · 안진환 옮김 《타임》 선정 현대 100대 영문소설
238 뜨거운 양철 지붕 위의 고양이 · 유리 동물원 윌리엄스 · 김소임 옮김 퓰리처상 수상작
239 지하로부터의 수기 도스토옙스키 · 김연경 옮김
240 키메라 바스 · 이운경 옮김
241 반쪼가리 자작 칼비노 · 이현경 옮김
242 벌집 호세 셀라 · 남진희 옮김 노벨 문학상 수상 작가
243 불멸 쿤데라 · 김병욱 옮김
244·245 파우스트 박사 토마스 만 · 임홍배, 박병덕 옮김 노벨 문학상 수상 작가
246 사랑할 때와 죽을 때 레마르크 · 장희창 옮김
247 누가 버지니아 울프를 두려워하랴? 올비 · 강유나 옮김
248 인형의 집 입센 · 안미란 옮김
249 위폐범들 지드 · 원윤수 옮김 노벨 문학상 수상 작가
250 무정 이광수 · 정영훈 책임 편집 서울대 권장도서 100선
251·252 의지와 운명 푸엔테스 · 김현철 옮김
253 폭력적인 삶 파솔리니 · 이승수 옮김
254 거장과 마르가리타 불가코프 · 정보라 옮김
255·256 경이로운 도시 멘도사 · 김현철 옮김
257 야콥을 둘러싼 추측들 욘존 · 손대영 옮김
258 왕자와 거지 트웨인 · 김욱동 옮김
259 존재하지 않는 기사 칼비노 · 이현경 옮김
260·261 눈먼 암살자 애트우드 · 차은정 옮김 《타임》 선정 현대 100대 영문소설
262 베니스의 상인 셰익스피어 · 최종철 옮김
263 말리나 바흐만 · 남정애 옮김
264 사볼타 사건의 진실 멘도사 · 권미선 옮김
265 뒤렌마트 희곡선 뒤렌마트 · 김혜숙 옮김
266 이방인 카뮈 · 김화영 옮김 노벨 문학상 수상 작가 | 미국대학위원회 선정 SAT 추천도서
267 페스트 카뮈 · 김화영 옮김 노벨 문학상 수상 작가 | 국립중앙도서관 선정 청소년 권장도서
268 검은 튤립 뒤마 · 송진석 옮김
269·270 베를린 알렉산더 광장 되블린 · 김재혁 옮김
271 하얀 성 파묵 · 이난아 옮김 노벨 문학상 수상 작가
272 푸슈킨 선집 푸슈킨 · 최선 옮김
273·274 유리알 유희 헤세 · 이영임 옮김 노벨 문학상 수상 작가

275 픽션들 보르헤스 · 송병선 옮김 서울대 권장도서 100선
276 신의 화살 아체베 · 이소영 옮김
277 빌헬름 텔 · 간계와 사랑 실러 · 홍성광 옮김
278 노인과 바다 헤밍웨이 · 김욱동 옮김 노벨 문학상 수상 작가 | 퓰리처상 수상작
279 무기여 잘 있어라 헤밍웨이 · 김욱동 옮김 미국대학위원회 선정 SAT 추천도서
280 태양은 다시 떠오른다 헤밍웨이 · 김욱동 옮김 《타임》 선정 현대 100대 영문 소설
281 알레프 보르헤스 · 송병선 옮김
282 일곱 박공의 집 호손 · 정소영 옮김
283 에마 오스틴 · 윤지관, 김영희 옮김
284·285 죄와 벌 도스토옙스키 · 김연경 옮김 미국대학위원회 선정 SAT 추천도서
286 시련 밀러 · 최영 옮김
287 모두가 나의 아들 밀러 · 최영 옮김
288·289 누구를 위하여 종은 울리나 헤밍웨이 · 김욱동 옮김 노벨 문학상 수상 작가
290 구르브 연락 없다 멘도사 · 정창 옮김
291·292·293 데카메론 보카치오 · 박상진 옮김
294 나누어진 하늘 볼프 · 전영애 옮김
295·296 제브데트 씨와 아들들 파묵 · 이난아 옮김 노벨 문학상 수상 작가
297·298 여인의 초상 제임스 · 최경도 옮김 미국대학위원회 선정 SAT 추천도서
299 압살롬, 압살롬! 포크너 · 이태동 옮김 노벨 문학상 수상 작가
300 이상 소설 전집 이상 · 권영민 책임 편집
301·302·303·304·305 레 미제라블 위고 · 정기수 옮김
306 관객모독 한트케 · 윤용호 옮김 노벨 문학상 수상 작가
307 더블린 사람들 조이스 · 이종일 옮김
308 에드거 앨런 포 단편선 앨런 포 · 전승희 옮김 미국대학위원회 선정 SAT 추천도서
309 보이체크 · 당통의 죽음 뷔히너 · 홍성광 옮김
310 노르웨이의 숲 무라카미 하루키 · 양억관 옮김
311 운명론자 자크와 그의 주인 디드로 · 김희영 옮김
312·313 헤밍웨이 단편선 헤밍웨이 · 김욱동 옮김 노벨 문학상 수상 작가
314 피라미드 골딩 · 안지현 옮김 노벨 문학상 수상 작가
315 닫힌 방 · 악마와 선한 신 사르트르 · 지영래 옮김
316 등대로 울프 · 이미애 옮김 《타임》 선정 현대 100대 영문소설 | 《뉴스위크》 선정 100대 명저
317·318 한국 희곡선 송영 외 · 양승국 엮음
319 여자의 일생 모파상 · 이동렬 옮김
320 의식 노터봄 · 김영중 옮김
321 육체의 악마 라디게 · 원윤수 옮김
322·323 감정 교육 플로베르 · 지영화 옮김
324 불타는 평원 룰포 · 정창 옮김
325 위대한 몬느 알랭푸르니에 · 박영근 옮김
326 라쇼몬 아쿠타가와 류노스케 · 서은혜 옮김
327 반바지 당나귀 보스코 · 정영란 옮김
328 정복자들 말로 · 최윤주 옮김
329·330 우리 동네 아이들 마흐푸즈 · 배혜경 옮김 노벨 문학상 수상 작가
331·332 개선문 레마르크 · 장희창 옮김
333 사바나의 개미 언덕 아체베 · 이소영 옮김
334 게걸음으로 그라스 · 장희창 옮김 노벨 문학상 수상 작가

335 코스모스 곰브로비치 · 최성은 옮김
336 좁은 문 · 전원교향곡 · 배덕자 지드 · 동성식 옮김 노벨 문학상 수상 작가
337·338 암 병동 솔제니친 · 이영의 옮김 노벨 문학상 수상 작가
339 피의 꽃잎들 응구기 와 시옹오 · 왕은철 옮김
340 운명 케르테스 · 유진일 옮김 노벨 문학상 수상 작가
341·342 벌거벗은 자와 죽은 자 메일러 · 이운경 옮김 퓰리처상 수상 작가
343 시지프 신화 카뮈 · 김화영 옮김 노벨 문학상 수상 작가
344 뇌우 차오위 · 오수경 옮김
345 모옌 중단편선 모옌 · 심규호, 유소영 옮김 노벨 문학상 수상 작가
346 일야서 한사오궁 · 심규호, 유소영 옮김
347 상속자들 골딩 · 안지현 옮김 노벨 문학상 수상 작가
348 설득 오스틴 · 전승희 옮김
349 히로시마 내 사랑 뒤라스 · 방미경 옮김
350 오 헨리 단편선 오 헨리 · 김희용 옮김
351·352 올리버 트위스트 디킨스 · 이인규 옮김
353·354·355·356 전쟁과 평화 톨스토이 · 연진희 옮김
357 다시 찾은 브라이즈헤드 에벌린 워 · 백지민 옮김
358 아무도 대령에게 편지하지 않다 마르케스 · 송병선 옮김
359 사양 다자이 오사무 · 유숙자 옮김
360 좌절 케르테스 · 한경민 옮김 노벨 문학상 수상 작가
361·362 닥터 지바고 파스테르나크 · 김연경 옮김 노벨 문학상 수상 작가
363 노생거 사원 오스틴 · 윤지관 옮김
364 개구리 모옌 · 심규호, 유소영 옮김 노벨 문학상 수상 작가
365 마왕 투르니에 · 이원복 옮김 공쿠르상 수상 작가
366 맨스필드 파크 오스틴 · 김영희 옮김
367 이선 프롬 이디스 워튼 · 김욱동 옮김 퓰리처상 수상 작가
368 여름 이디스 워튼 · 김욱동 옮김 퓰리처상 수상 작가
369·370·371 나는 고백한다 자우메 카브레 · 권가람 옮김
372·373·374 태엽 감는 새 연대기 무라카미 하루키 · 김난주 옮김
375·376 대사들 제임스 · 정소영 옮김
377 족장의 가을 마르케스 · 송병선 옮김 노벨 문학상 수상 작가
378 핏빛 자오선 매카시 · 김시현 옮김
379 모두 다 예쁜 말들 매카시 · 김시현 옮김
380 국경을 넘어 매카시 · 김시현 옮김
381 평원의 도시들 매카시 · 김시현 옮김
382 만년 다자이 오사무 · 유숙자 옮김
383 반항하는 인간 카뮈 · 김화영 옮김 노벨 문학상 수상 작가
384·385·386 악령 도스토옙스키 · 김연경 옮김
387 태평양을 막는 제방 뒤라스 · 윤진 옮김
388 남아 있는 나날 가즈오 이시구로 · 송은경 옮김
389 앙리 브륄라르의 생애 스탕달 · 원윤수 옮김
390 찻집 라오서 · 오수경 옮김
391 태어나지 않은 아이를 위한 기도 케르테스 · 이상동 옮김 노벨 문학상 수상 작가
392·393 서머싯 몸 단편선 서머싯 몸 · 황소연 옮김
394 케이크와 맥주 서머싯 몸 · 황소연 옮김

395 월든 소로 · 정회성 옮김
396 모래 사나이 E. T. A. 호프만 · 신동화 옮김
397·398 검은 책 오르한 파묵 · 이난아 옮김 노벨 문학상 수상 작가
399 방랑자들 올가 토카르추크 · 최성은 옮김 노벨 문학상 수상 작가
400 시여, 침을 뱉어라 김수영 · 이영준 엮음
401·402 환락의 집 이디스 워튼 · 전승희 옮김
403 달려라 메로스 다자이 오사무 · 유숙자 옮김
404 아버지와 자식 투르게네프 · 연진희 옮김
405 청부 살인자의 성모 바예호 · 송병선 옮김
406 세피아빛 초상 아옌데 · 조영실 옮김
407·408·409·410 사기 열전 사마천 · 김원중 옮김 서울대 권장도서 100선
411 이상 시 전집 이상 · 권영민 책임 편집
412 어둠 속의 사건 발자크 · 이동렬 옮김
413 태평천하 채만식 · 권영민 책임 편집
414·415 노스트로모 콘래드 · 이미애 옮김
416·417 제르미날 졸라 · 강충권 옮김
418 명인 가와바타 야스나리 · 유숙자 옮김 노벨 문학상 수상 작가
419 핀처 마틴 골딩 · 백지민 옮김 노벨 문학상 수상 작가
420 사라진 · 샤베르 대령 발자크 · 선영아 옮김
421 빅 서 케루악 · 김재성 옮김
422 코뿔소 이오네스코 · 박형섭 옮김
423 블랙박스 오즈 · 윤성덕, 김영화 옮김
424·425 고양이 눈 애트우드 · 차은정 옮김
426·427 도둑 신부 애트우드 · 이은선 옮김
428 슈니츨러 작품선 슈니츨러 · 신동화 옮김
429·430 세계의 끝과 하드보일드 원더랜드 무라카미 하루키 · 김난주 옮김
431 멜랑콜리아 I–II 욘 포세 · 손화수 옮김 노벨 문학상 수상 작가
432 도적들 실러 · 홍성광 옮김
433 예브게니 오네긴 · 대위의 딸 푸시킨 · 최선 옮김
434·435 초대받은 여자 보부아르 · 강초롱 옮김
436·437 미들마치 엘리엇 · 이미애 옮김
438 이반 일리치의 죽음 톨스토이 · 김연경 옮김
439·440 캔터베리 이야기 초서 · 이동일, 이동춘 옮김
441·442 아소무아르 졸라 · 윤진 옮김
443 가난한 사람들 도스토옙스키 · 이항재 옮김
444·445 마차오 사전 한사오궁 · 심규호, 유소영 옮김
446 집으로 날아가다 랠프 엘리슨 · 왕은철 옮김
447 집으로부터 멀리 피터 케리 · 황가한 옮김
448 바스커빌가의 사냥개 코넌 도일 · 박산호 옮김
449 사냥꾼의 수기 투르게네프 · 연진희 옮김
450 필경사 바틀비 · 선원 빌리 버드 멜빌 · 이삼출 옮김
451 8월은 악마의 달 에드나 오브라이언 · 임슬애 옮김

세계문학전집은 계속 간행됩니다.